普通高等教育"十一五"规划教材 （高职高专教育）

PUTONG GAODENG JIAOYU SHIYIWU GUIHUA JIAOCAI

U0116149

HUHUANXING YU CELIANG JISHU

互换性与测量技术

主　编　徐从清　胡长对
副主编　王伟京　边兵兵　匡　清
编　写　张国平　王云德
主　审　雷贤卿

中国电力出版社
http://jc.cepp.com.cn

内 容 提 要

本书为普通高等教育"十一五"规划教材（高职高专教育）。

本书主要内容包括：互换性的认识，测量技术及量具的使用，光滑圆柱的公差、配合选择与检测，形位公差与检测，表面粗糙度与检测，光滑极限量规设计，圆锥的公差与检测，常用结合件的公差与检测，渐开线直齿圆柱齿轮的公差与检测，尺寸链的运用十个课题。全书注重内容的实用性与针对性，列举了大量实例，较全面地介绍了机械测量技术几何量的各种误差检测方法和原理。

本书可作为高职高专院校机械类各专业的教材，也可供其他院校学生和工程技术人员参考。

图书在版编目（CIP）数据

互换性与测量技术/徐从清，胡长对主编．—北京：中国电力出版社，2009

普通高等教育"十一五"规划教材．高职高专教育

ISBN 978-7-5083-8177-0

Ⅰ.互…　Ⅱ.①徐…②胡…　Ⅲ.①零部件－互换性－高等学校：技术学校－教材②零部件－测量－技术－高等学校：技术学校－教材　Ⅳ.TG801

中国版本图书馆 CIP 数据核字（2008）第 198241 号

中国电力出版社出版、发行

（北京三里河路 6 号　100044　http：//jc.cepp.com.cn）

北京市同江印刷厂印刷

各地新华书店经售

＊

2009 年 1 月第一版　2009 年 1 月北京第一次印刷

787 毫米×1092 毫米　16 开本　12 印张　290 千字

定价 **19.20** 元

前　言

为贯彻落实教育部《关于进一步加强高等学校本科教学工作的若干意见》和《教育部关于以就业为导向深化高等职业教育改革的若干意见》的精神，加强教材建设，确保教材质量，中国电力教育协会组织制订了普通高等教育"十一五"教材规划。该规划强调适应不同层次、不同类型院校，满足学科发展和人才培养的需求，坚持专业基础课教材与教学急需的专业教材并重、新编与修订相结合。本书为新编教材。

"互换性与测量技术"是高职高专院校机械类及机电类各专业的重要技术基础课。它包括几何量公差与测量技术两方面内容，把标准化和计量学两大领域的有关部分有机地结合在一起。它与机械设计、机械制造、CAD/CAM 的应用、质量控制等方面密切相关，是机械工程技术人员和管理人员必备的基础知识和技能。

本书是在广泛征求意见的基础上，总结了编者多年的教学经验，根据全国高等工程专科机械工程类专业教学指导委员会审定的教学大纲编写而成的。书中采用最新国家标准，重点讲解基本概念和标准的应用，较全面地介绍了几何量各种误差检测方法的原理。

本书共分十个课题，包括互换性的认识，测量技术及量具的使用，光滑圆柱的公差、配合选择与检测，形位公差与检测，表面粗糙度与检测，光滑极限量规设计，圆锥的公差与检测，常用结合件的公差与检测，渐开线直齿圆柱齿轮的公差与检测，尺寸链的运用。

本书由徐从清、胡长对任主编，王伟京、边兵兵、匡清担任副主编。参加编写的有：平顶山工业职业技术学院的徐从清（前言、课题七、课题十），平顶山工业职业技术学院的胡长对（课题一、课题九），平煤集团东联机械制造公司的张国平（编写课题二），平顶山工业职业技术学院的王伟京（课题三和课题五），平顶山工业职业技术学院的边兵兵（课题四的项目 4.1 和课题八），苏州工业职业技术学院的匡清（课题四的项目 4.2～4.5），甘肃畜牧工程职业技术学院的王云德（编写课题六）。

本书由河南科技大学机电工程学院雷贤卿教授主审，并提出了宝贵的意见和建议，在此表示感谢。

由于编者水平所限，书中难免存在不足之处，敬请广大读者批评指正。

编　者

2008 年 10 月

目　录

课题一　互换性的认识

1.1　互换性概述

1.1.1　互换性及其意义

现代化的制造业是按照高度专业化和社会化协作组织生产的。例如，一辆汽车一般由 2 万多个零部件组成。汽车的零部件是由分布在全国甚至全世界的几百家专业零部件制造厂生产，然后汇集到汽车制造厂的自动装配线上的，4～5min 便可装配一辆汽车。这就提出了如何保证汽车零部件的互换性问题。

所谓互换性就是指制成同一规格的零件或部件，不需做任何挑选、调整或修配，就能装到机器上去，并符合规定的设计性能要求，零部件的这种特性就叫互换性。

能够保证产品具有互换性的生产称为遵循互换性原则的生产。互换性原则已经成为组织现代化大生产的一项极其重要的技术经济原则，已广泛地应用在一切现代化大批量的生产部门。从手表、自行车、汽车到电视机、计算机、手机及各种军工产品的生产，都在极大的规模和极高的程度上，按照互换性的原则进行生产。

具体而言，互换性给产品的设计、制造、装配、维修及管理都带来很大的优越性。

从设计上看，按照互换性原则进行设计，就可以最大限度地采用标准件、通用件，大幅减少计算、绘图等设计工作量，缩短设计周期，并有利于产品品种的系列化和多样化，有利于计算机辅助设计（CAD）。

从制造上看，互换性有利于组织大规模专业化生产，有利于采用先进工艺和高效率的专用设备，有利于计算机辅助制造（CAM）。

从装配上看，互换性有利于装配过程的机械化、自动化，实现高效益的装配，即流水线和自动线的装配。

从维护上看，互换性有利于维修，简化维修过程。若零部件损坏，可快速更换，减少维修时间和费用，提高设备的利用率，延长其使用寿命。

从管理上看，互换性有利于系列化、标准化的设计制造，大量采用标准件和通用件，使得生产管理、仓库管理方便简化。

综上所述，互换性对提高劳动生产率、保证产品质量、增加经济效益都具有重大的意义。它不仅适用于大批量生产，即使是单件小批量生产，为了快速组织生产及经济性，也常常采用已经标准化了的零部件。

因此，互换性原则是组织现代化生产的极其重要的技术经济原则。

1.1.2　互换性的分类

互换性通常包括几何参数（如尺寸）、机械性能（如硬度、强度）、理化性能（如化学成分）等。本书仅讨论几何参数的互换性。

几何参数互换是指零件的尺寸、形状、位置、表面粗糙度等几何参数具有互换性。

互换性按照其互换程度，可分为完全互换和不完全互换。具有完全互换性的零部件在装配时无需挑选和辅助加工；具有不完全互换性的零部件则要求在装配前进行预先分组或在装配时采取调整等措施。

一般而言，使用要求与制造水平、经济效益没有矛盾时，采用完全互换；反之采用不完全互换。不完全互换通常用于零部件制造厂内部，而厂际协作一般都要求完全互换。

1.2　公差与检测

为了实现互换，最好将同一规格的零部件做成"一模一样"，但事实上这是不可能的，也是不必要的。无论设备的精度和操作工人的技术水平多么高，加工零件的尺寸、形状、位置等也不可能做得绝对精确。一般而言，只要将几何参数的误差控制在一定的范围内，就能满足互换性的要求。

零件几何参数的这种允许变动量称为公差，包括尺寸公差、形状公差、位置公差、角度公差等。

制成后的零件是否满足要求，要通过检测才能判断。检测包含检验与测量。几何量的检验是指确定零件的几何参数是否在规定的极限范围内，并做出合格性判断，不一定得出被测量具体数值。测量是将被测量的量与一个作为计量单位的标准量进行比较，以确定被测量具体数值的过程。检测不仅用来评定产品合格与否，还用于分析产生不合格品的原因、改进生产工艺过程、预防废品产生等。事实证明，产品质量的提高，除了需要设计和加工精度的提高外，还必须依靠检测精度的提高。

综上所述，合理确定公差标准，采用相应的测量技术措施是实现互换性的必要条件。

1.3　标　准　化

现代化生产的特点是规模大、品种多、分工细、协作广，为使社会生产高效率地运行，必须通过标准化使产品的品种规格简化，使各分散的生产环节相互协调和统一。几何量的公差与检测也应纳入标准化的轨道。标准化是实现互换性的前提。

1.3.1　标准

标准是对重复性事物和概念所做的统一规定。它以科学技术和实践经验的综合成果为基础，经有关方面协商一致，由主管机构批准，以特定形式发布，作为共同遵守的准则和依据。

标准的范围极其广泛，种类繁多，涉及人类生产、生活的各个领域。本课程研究的公差标准、检测标准，大多属国家基础标准。

我国标准分为国家标准、行业标准、地方标准和企业标准。

国家标准，代号为GB，是对全国范围内需统一的技术要求。行业标准，如机械标准（JB）等，是对全国某个行业范围内统一的技术要求。地方标准，代号为DB，是在某一地域范围内需统一的技术要求。企业标准，代号为Q，是在某一企业内需统一的技术要求。

《中华人民共和国标准化法》规定，国家标准和行业标准又分为强制性标准和推荐性标准。少量有关人身安全、健康、卫生及环境之类的标准属于强制性标准。国家用法律、行政、经济等手段来实施强制性标准。大量的标准属于推荐性标准。推荐性国家标准代号为GB/T，推荐标准也应积极采用。因为标准是科学技术的结晶，是多年实践经验的总结，它代表了先进的生产力，对生产具有普遍指导作用。

在国际上，有国际标准化组织（简称 ISO）和国际电工委员会（简称 IEC），它们负责制定和颁布国际标准，促进国际技术统一和交流，代表了国际上先进的科技水平。我国于 1978 年恢复 ISO 组织成员资格。

1.3.2　标准化

标准化是指在经济、技术、科学、管理等社会实践中，对重复性事物和概念通过制订、发布和实施标准，达到统一，以获得最佳秩序和社会效益的全部活动过程。

标准化是组织现代化生产的重要手段，是实现互换性的必要前提。标准化既是一项技术基础工作，也是一项重要的经济技术政策，它在工业生产和经济建设中起着重要作用，也是国家现代化水平的重要标志之一。

1.3.3　优先数和优先数系标准

在制订工业标准的表格以及进行产品设计时，都会遇到选择数值系列的问题。为了满足市场需求，同一品种同一参数，还要从大到小取不同的值，从而形成不同规格的产品系列。这个系列确定得是否合理，与所取的数值如何分挡、分级有直接关系。产品设计中的参数往往不是孤立的，一旦选定，这个数值就会按照一定规律，向一切相关的参数传播。例如，螺栓的尺寸一旦确定，将会影响与之配合的螺母的尺寸，丝锥、板牙的尺寸，螺栓孔的尺寸，加工螺栓孔的钻头、铰刀的尺寸等。这种技术参数的关联和传播扩散在生产实际中是极为普遍的现象。所以，机械产品中的各种技术参数不能随意确定，否则将会出现品种规格恶性膨胀的混乱局面，给生产组织、协调配套以及使用维护带来极大的困难。

为使产品的设计参数选择能遵守统一的规律，使参数选择一开始就纳入标准化轨道，必须对各种技术参数的数值做出统一规定。GB/T 321—2005《优先数和优先数系》就是其中最重要的一个标准，要求工业产品设计中应尽可能采用。

GB/T 321—2005 中规定以十进制等比数列为优先数系，并规定了五个系列，它们分别用系列符号 R5、R10、R20、R40 和 R80 表示，其中前四个系列作为基本系列，R80 为补充系列，仅用于分级很细的特殊场合。各系列的公比如下：

R5 的公比

$$q_5 = \sqrt[5]{10} \approx 1.60$$

R10 的公比

$$q_{10} = \sqrt[10]{10} \approx 1.25$$

R20 的公比

$$q_{20} = \sqrt[20]{10} \approx 1.12$$

R40 的公比

$$q_{40} = \sqrt[40]{10} \approx 1.06$$

R80 的公比

$$q_{80} = \sqrt[80]{10} \approx 1.03$$

优先数系的五个系列中任一个项值均为优先数。按照公比计算得到优先数的理论值，除 10 的整数幂外，都是无理数，工程技术上不能直接应用。实际应用的都是经过圆整后的近似值。根据圆整的精确度，可分为计算值和常用值两种。

1）计算值：取五位有效数字，供精确计算用。

2）常用值：即经常使用的通常所称的优先数，取三位有效数字。

表 1-1 中列出了 1～10 范围内基本系列的常用值。如将表中所列优先数乘以 10、100、…，或乘以 0.1、0.01、…，即可得到所有大于 10 或小于 1 的优先数。

表 1-1　　　　　　　　　　标准尺寸（摘自 GB/T 2822—2005）

10～100（mm）					
R			Ra		
R10	R20	R40	Ra10	Ra20	Ra40
10.0	10.0		10	10	
	11.2			11	
12.5	12.5	12.5	12	12	12
		13.2			13
	14.0	14.0		14	14
		15.0			15
16.0	16.0	16.0	16	16	16
		17.0			17
	18.0	18.0		18	18
		19.0			19
20.0	20.0	20.0	20	20	20
		21.2			21
	22.4	22.4		22	22
		23.6			24
25.0	25.0	25.0	25	25	25
		26.5			26
	28.0	28.0		28	28
		30.0			30
31.5	31.5	31.5	32	32	32
		33.5			34
	35.5	35.5		36	36
		37.5			38
40.0	40.0	40.0	40	40	40
		42.5			42
	45.0	45.0		45	45
		47.5			48
50.0	50.0	50.0	50	50	50
		53.0			53
	56.0	56.0		56	56
		60.0			60

续表

10～100 (mm)					
R			Ra		
R10	R20	R40	Ra10	Ra20	Ra40
63.0	63.0	63.0	63	63	63
		67.0			67
	71.0	71.0		71	71
		75			75
80.0	80.0	80.0	80	80	80
		85.0			85
	90.0	90.0		90	90
		95.0			95
100.0	100.0	100.0	100	100	100

国家标准规定的优先数系分挡合理、疏密均匀，具有广泛的适用性。常见的量值，如长度、直径、转速、功率等分级，基本上都是按照优先数系选用的。掌握优先数系可以使我们方便记忆工程参数，如圆柱齿轮第一系列标准模数（GB/T 1357—1987）

1，1.25，1.5，2，2.5，3，4，5，6，8，10，12，16，20，25，32，40

这是公比为 1.25 的优先数系且是公比 $q_{10} \approx 1.25$ 的基本系列，只要记住首项 1，则其余项随之产生，个别项（1.5，3，4）经过圆整，即 $1 \rightarrow 1 \times 1.25 = 1.25 \rightarrow 1.25 \times 1.25 = 1.5625$ 圆整为 $1.5 \rightarrow 1.5 \times 1.25 = 1.875$ 圆整为 $2 \rightarrow 2 \times 1.25 = 2.5 \rightarrow 2.5 \times 1.25 = 3.125$ 圆整为 $3 \rightarrow 3 \times 1.25 = 3.75$ 圆整为 $4 \rightarrow 4 \times 1.25 = 5 \rightarrow 5 \times 1.25 = 6.25$ 圆整为 $6 \rightarrow 6 \times 1.25 = 7.5$ 圆整为 8……，依次类推。同样螺纹公称直径及粗牙导程优先系列（GB/T 196～197—2003），见表 1 - 2。显然，公称直径、导程都为公比为 1.25 的优先数系且是公比 $q_{10} \approx 1.25$ 的基本系列，只要记住首项，则其余项随之产生，个别项经过圆整，即 $\begin{bmatrix} M4 \\ 0.7 \end{bmatrix} \rightarrow$

$\begin{bmatrix} M(4 \times 1.25) = M5 \\ 0.7 \times 1.25 = 0.875, 圆整为 0.8 \end{bmatrix} \rightarrow \begin{bmatrix} M(5 \times 1.25) = M6.25, 圆整为 M6 \\ 0.8 \times 1.25 = 1 \end{bmatrix} \rightarrow$

$\begin{bmatrix} M(6 \times 1.25) = M7.5, 圆整为 M8 \\ 1 \times 1.25 = 1.25 \end{bmatrix} \rightarrow \begin{bmatrix} M(8 \times 1.25) = M10 \\ 1.25 \times 1.25 = 1.5625, 圆整为 1.5 \end{bmatrix}$，依次类推。

表 1 - 2　　　　　　　　　　螺纹公称直径和粗牙导程优先系列

公称直径	M4	M5	M6	M8	M10	M12	M16	M20	M24	M30	M36
粗压导程	0.7	0.8	1	1.25	1.5	1.75	2	2.5	3	3.5	4

习　　题

1-1　什么叫互换性？完全互换与不完全互换有何区别？

1-2　互换性在机械制造中有何意义？

1-3 按标准颁发级别分类，标准有哪几种？

1-4 下面两列数据属于哪种系列？公比 q 为多少？

1）电动机转速有：375，750，1500，3000 等（单位为 r/min）。

2）摇臂钻床的主参数：25，40，63，80，100，125 等（最大钻孔直径，单位为 mm）。

1-5 查阅相关教材，用优先数系概念分析图幅尺寸、零件粗糙度和液压缸内径系列值。

课题二　测量技术及量具的使用

2.1　概　　述

在机械制造中，加工后的零件，需要对其几何参数（尺寸、形位公差、表面粗糙度等）进行测量，以确定它们是否符合技术要求和能否实现互换性。

测量是指为确定被测量的量值而进行的实验过程，其实质是将测几何量 L 与复现计量单位 E 的标准量进行比较，从而确定比值 q 的过程，即 $L/E=q$ 或 $L=qE$。

一个完整的测量过程应包括以下四个要素。

1）测量对象。本课程涉及的测量对象是几何量，包括长度、角度、表面粗糙度、形状、位置误差等。

2）测量单位。在机械制造中常用的单位为毫米（mm）。

3）测量方法。测量方法指测量时所采用的测量原理、计量器具以及测量条件的总和。

4）测量精确度。测量精确度指测量结果与真值的一致程度。

测量是互换性生产过程中的重要组成部分，是保证各种公差与配合标准贯彻实施的重要手段，也是实现互换性生产的重要前提之一。为了实现测量，必须使用统一的标准量，采用一定的测量方法和运用适当的测量工具，而且要达到一定的测量精确度，以确保零件的互换性。

2.2　长度和角度计量单位与量值传递

2.2.1　长度单位与量值传递系统

为了进行长度计量，必须规定一个统一的标准，即长度计量单位。1984 年国务院发布了《关于在我国统一实行法定计量单位的命令》，决定在采用先进的国际单位制的基础上，进一步统一我国的计量单位，并发布了《中华人民共和国法定计量单位》，其中规定长度的基本单位为米（m）。机械制造中常用的长度单位为毫米（mm），1mm＝0.001m。精密测量时，多采用微米（μm）为单位，1μm＝0.001mm。超精密测量时，则用纳米（nm）为单位，1nm＝0.001μm。

米的最初定义始于 1791 年的法国。随着科学技术的发展，对米的定义不断进行完善。1983 年，第十七届国际计量大会正式通过米的新定义：米是光在真空中 299792458^{-1} s 时间间隔内所经路径的长度。

1985 年，我国用自己研制的碘吸收稳定的 $0.633\mu m$ 氦氖激光辐射来复现我国的国家长度基准。

在实际生产和科研中，不便于用光波作为长度基准进行测量，而是采用各种计量器具进行测量。为了保证量值统一，必须将长度基准的量值准确地传递到生产中应用的计量器具和工件上去。因此，必须建立一套从长度的最高基准到被测工件的严密而完整的长度量值传递系统。在组织上，我国自国务院到地方，已建立起各级计量管理机构，负责其管辖范围内的计量工具和量值传递工作。在技术上，从国家基准谱线开始，长度量值分两个平行的系统向下传递（见图 2-1），一个是端面量具（量块）系统，另一个是刻线量具（线纹尺）系统。其中以量块为媒介的传递系统应用较广。

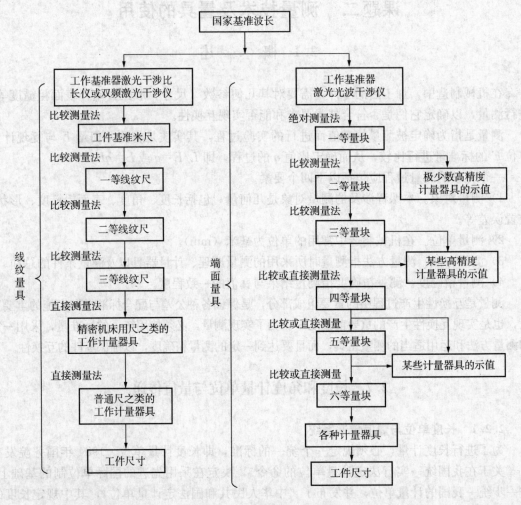

图 2-1　长度量值传递系统

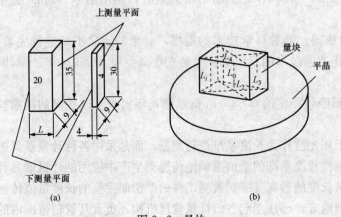

(a)　　　　　　　　　　　(b)

图 2-2　量块

2.2.2　量块

量块是没有刻度的、截面为矩形的平面平行的端面量具。量块用特殊合金钢制成，具有线胀系数小、不易变形、硬度高、耐磨性好、工作面粗糙度值小、研合性好等特点。

如图 2-2（a）所示，量块上有两个平行的测量面，其表面光滑平整。两个测量面间具有精确的尺寸。另外还有四个非测量面。从量块一个测量面上任意一点（距边缘 0.5mm 区域除外）到与此量块另一个测量面相研合的面的垂直距离称为量块的长度 L_i，从量块一个测量面上中心点到与此量块另一个测量面相研合的面的垂直距离称为量块的中心长度 L。量块上标出的尺寸称为量块的标称长度。

为了能用较少的块数组合成所需要的尺寸，量块应按一定的尺寸系列成套生产供应。国家标准共规定了 17 种系列的成套量块。表 2-1 列出了其中两套量块的尺寸系列。

根据不同的使用要求，量块做成不同的精度等级。划分量块精度有两种规定：按"级"划分和按"等"划分。

国标 GB/T 6093—2001 按制造精度将量块分为 00、0、1、2、3、k 级共 6 级，精度依次降低。量块按"级"使用时，是以量块的标称长度为工作尺寸的，该尺寸包含了量块的制造误差，它们将被引入到测量结果中。但因不需要加修正值，使用方便。

表 2-1 **成套量块的尺寸（摘自 GB/T 6093—2001）**

序　号	总块数	级　别	尺寸系列（mm）	间隔（mm）	块　数
1	83	00, 0, 1, 2, (3)	0.5		1
			1	—	1
			1.005	—	1
			1.01, 1.02, …, 1.49	0.01	49
			1.5, 1.6, …, 1.9	0.1	5
			2.0, 2.5, …, 9.5	0.5	16
			10, 20, …, 100	10	10
2	46	0, 1, 2	1	—	1
			1.001, 1.002, …, 1.009	0.001	9
			1.01, 1.02, …, 1.09	0.01	9
			1.1, 1.2, …, 1.9	0.1	9
			2, 3, …, 9	1	8
			10, 20, …, 100	10	10

注 带括号的等级，根据订货供应。

国家计量局标准 JJG 146—2003《量块检定规程》按检定精度将量块分为 1～6 等，精度依次降低。量块按"等"使用时，不再以标称长度作为工作尺寸，而是用量块经检定后所给出的实测中心长度作为工作尺寸，该尺寸排除了量块的制造误差，仅包含检定时较小的测量误差。

量块在使用时，常用几个量块组合成所需要的尺寸，如图 2-2（a）所示，一般不超过 4 块。可以从消去尺寸的最末位数开始，逐一选取。例如，使用 83 块一套的量块组，从中选取量块组成 33.625mm。查表 2-1，可按如下步骤选择量块尺寸：

$$
\begin{array}{r}
33.625 \\
-\ 1.005 \\
\hline
32.62 \\
-\ 1.02 \\
\hline
31.6 \\
-\ 1.6 \\
\hline
30
\end{array}
$$

　　33.625 ·················量块组合尺寸
　　－ 1.005 ·················第一块量块尺寸
　　32.62
　　－ 1.02 ·················第二块量块尺寸
　　31.6
　　－ 1.6 ·················第三块量块尺寸
　　30 ·················第四块量块尺寸

量块除了作为长度基准的传递媒介以外，也可以用来检定、校对和调整计量器具，还可以用于精密划线和精密调整机床。

2.2.3　角度单位与量值传递系统

角度是机械制造中重要的几何参数之一。

我国法定计量单位规定平面角的角度单位为弧度（rad）及度（°）、分（′）、秒（″）。

1rad 是指在一个圆的圆周上截取弧长与该圆的半径相等时所对应的中心平面角。$1° = (\pi/180)\text{rad}$。度、分、秒的关系采用 60 进位制，即 $1° = 60′$，$1′ = 60″$。

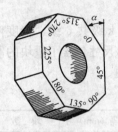

图 2-3　正八面棱体

由于任何一个圆周均可形成封闭的 360°（2πrad）中心平面角，因此，角度不需要和长度一样再建立一个自然基准。但在计量部门，为便于工作，在高精度的分度中，仍常以多面棱体作为角度基准来建立角度传递系统。

多面棱体是用特殊合金或石英玻璃精细加工而成。常见的有 4、6、8、12、24、36、72 等正多面棱体。图 2-3 所示为正八面棱体，在任意轴切面上，相邻两面法线间的夹角为 45°。它可作为 $n×45°$ 角度的测量基准，其中 $n=1, 2, 3, \cdots$。

以多面棱体为基准的角度传递系统如图 2-4 所示。

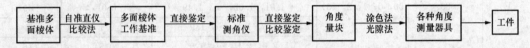

图 2-4　角度量值传递系统

2.2.4　角度量块

在角度量值传递系统中，角度量块是量值传递媒介，它的性能与长度量块类似。角度量块用于检定和调整普通精度的测角仪器，校正角度样板，也可直接用于检验工件。

角度量块有三角形和四边形两种，如图 2-5 所示。三角形角度量块只有一个工作角，角度值在 10°～79°范围内。四边形角度量块有四个工作角，角度值在 80°～100°范围内，并且短边相邻的两个工作角之和为 180°，即 $\alpha+\delta=\beta+\gamma$。

同成套的长度量块一样，角度量块也由若干块组成一套，以满足测量不同角度的需要。角度量块可以单独使用，也可以在 10°～350°范围内组合使用。

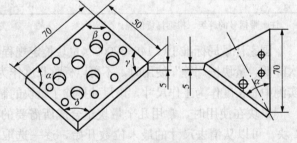

图 2-5　角度量块

2.3　计量器具与测量方法

2.3.1　计量器具的分类

计量器具可按用途、结构和工作原理分类。

（1）按用途分类

1）标准计量器具。标准计量器具是指测量时体现标准量的测量器具，通常用来校对和调整其他计量器具，或作为标准几何量与被测几何量进行比较。如量块、多面棱体等。

2）通用计量器具。通用计量器具指通用性大、可用来测量某一范围内各种尺寸（或其他几何量），并能获得具体读数值的计量器具。如千分尺、千分表、测长仪等。

3）专用计量器具。专用计量器具是指用于专门测量某种或某个特定几何量的计量器具。如量规、圆度仪、基节仪等。

（2）按结构和工作原理分类

1）机械式计量器具。机械式计量器具是指通过机械结构实现对被测量的感受、传递和放大的计量器具。如机械式比较仪、百分表、扭簧比较仪等。

2）光学式计量器具。光学式计量器具是指用光学方法实现对被测量的转换和放大的计量器具。如光学比较仪、投影仪、自准直仪、工具显微镜等。

3）气动式计量器具。气动式计量器具是指靠压缩空气通过气动系统的状态（流量或压力）变化来实现对被测量转换的计量器具。如水柱式、浮标式气动量仪等。

4）电动式计量器具。电动式计量器具是指将被测量通过传感器转变为电量，再经变换而获得读数的计量器具。如电动轮廓仪、电感测微仪等。

5）光电式计量器具。光电式计量器具是指利用光学方法放大或瞄准，通过光电元件再转换为电量进行检测，以实现几何量测量的计量器具。如光电显微镜、光电测长仪等。

2.3.2　计量器具的基本度量指标

度量指标是用来说明计量器具的性能和功用的，它是选择和使用计量器具、研究和判断测量方法正确性的依据。基本度量指标如下所述。

1）分度值（刻度值）。分度值是指在测量器具的标尺或刻度盘上，相邻两刻线间所代表被测量的量值，如千分表的分度值为 0.001mm，百分表的分度值为 0.01mm。对于数显式仪器，其分度值称为分辨率。一般而言，分度值越小，计量器具的精度越高。

2）刻度间距。刻度间距是指计量器具的刻度尺或刻度盘上相邻两刻度线中心之间的距离。为便于目视估计，一般刻度间距为 1～2.5mm。

3）示值范围。示值范围是指计量器具所显示或指示的最小值到最大值的范围。如光学比较仪的示值范围为 ±0.1mm。

4）测量范围。测量范围是指计量器具所能测量零件的最小值到最大值的范围。如某一千分尺的测量范围为 75～100mm，光学比较仪的测量范围为 0～180mm。

5）灵敏度。灵敏度是指计量器具对被测量变化的反应能力。若被测量变化为 ΔL，计量器具上相应变化为 ΔX，则灵敏度为

$$S = \frac{\Delta X}{\Delta L} \qquad (2-1)$$

当 ΔX 和 ΔL 为同一类量时，灵敏度又称放大比，其值为常数。放大比 K 可表示为

$$K = \frac{c}{i} \qquad (2-2)$$

式中　　c——计量器具的刻度间距；

　　　　i——计量器具的分度值。

6）测量力。测量力是指计量器具的测头与被测表面之间的接触力。在接触测量中，要求要有一定的恒定测量力。测量力太大会使零件或测头产生变形，测量力不恒定会使示值不稳定。

7）示值误差。示值误差是指计量器具上的示值与被测量真值的代数差。

8）示值变动。示值变动是指在测量条件不变的情况下，用计量器具对被测量多次测量（一般 5～10 次）所得示值的最大差值。

9）回程误差（滞后误差）。回程误差是指在相同条件下，对同一被测量进行往返两个方向测量时，计量器具示值的最大变动量。

10）不确定度。不确定度是指由于测量误差的存在而对被测量值不能肯定的程度，是对被测量值不能肯定的误差范围的一种评定，不确定度越小，测量结果的可信度越高。不确定度用极限误差表示，它是一个综合指标，包括示值误差、回程误差等。如分度值为 0.01mm 的千分尺，在车间条件下测量一个尺寸小于 50mm 的零件时，其不确定度为 ±0.004mm。

2.3.3 测量方法的分类

按照不同的出发点，测量方法有不同的分类。

（1）直接测量和间接测量

直接测量是指直接从计量器具获得被测量量值的测量方法。如用游标卡尺、千分尺或比较仪器测量轴径。

间接测量是指测量与被测量有一定函数关系的量，然后通过函数关系算出被测量值的测量方法。

为减少测量误差，一般都采用直接测量，必要时才用间接测量。

（2）绝对测量和相对测量

绝对测量是指被测量的全值从计量器具的读数装置直接读出。如用测长仪测量零件，其尺寸由刻度尺上直接读出。

相对测量是指计量器具的示值仅表示被测量对已知标准量的偏差（是被测量的部分量），而被测量的量值为计量器具的示值与标准量的代数和。如用比较仪测量时，先用量块调整仪器零位，然后测量被测量，所获得的示值就是被测量相对量块尺寸的偏差。

一般而言，相对测量的测量精度比绝对测量的测量精度高。

（3）单项测量和综合测量

单项测量是指分别测量工件各个参数的测量，如分别测量螺纹的中径、螺距和牙型半角。

综合测量是指同时测量工件上某些相关几何量的综合结果，以判断综合结果是否合格。例如，用螺纹通规检验螺纹的单一中径、螺距和牙型半角实际值的综合结果，即为作用中径。

单项测量的效率比综合测量低，但单项测量结果便于工艺分析。

（4）接触测量和非接触测量

接触测量是指计量器具在测量时，其测头与被测表面直接接触的测量，如用卡尺、千分尺测量工件。

非接触测量是指计量器具在测量时，其测头与被测表面不接触的测量，如用气动量仪测量孔径和用显微镜测量工件的表面粗糙度。

接触测量有测量力，会引起被测表面和计量器具有关部分的弹性变形，因而影响测量精度；非接触测量则无此影响。

（5）在线测量和离线测量

在线（online）测量是指在加工过程中对工件的测量，其测量结果可用来控制工件的加工过程，决定是否要继续加工或调整机床，可及时防止废品的产生。

离线（offline）测量是指在加工后对工件进行的测量，主要用来发现并剔除废品。

在线测量使检测与加工过程紧密结合，可保证产品质量，因而是检测技术的发展方向。

（6）等精度测量和不等精度测量

等精度测量是指决定测量精度的全部因素或条件都不变的测量。如由同一人员、使用同一台仪器，在同样的条件下，以同样的方法和测量精度，同样仔细地测量同一个量的测量。

不等精度测量是指在测量过程中，决定测量精度的全部因素或条件可能完全改变或部分改变的测量。如上述的测量中，当改变其中之一或几个甚至全部条件或因素的测量就是不等精度测量。

一般采用等精度测量。不等精度测量的数据处理比较麻烦，只运用于重要的科研实验中的高精度测量。

2.4 常用量具及使用方法

在实际生产中，尺寸的测量方法和使用的计量器具种类很多，本节主要介绍以下几种常用的计量器具。

（1）游标类量具

游标类量具是利用游标读数原理制成的一种常用量具，它具有结构简单、使用方便、测量范围大等特点。

游标量具的主体是一个刻有刻度的尺身，沿尺身滑动的尺框上装有游标，将尺身刻度（$n-1$）格的宽度等于游标刻度 n 格的宽度，使游标一个刻度间距与尺身一个刻度间距相差一个读数值。游标量具的读数值有 0.1、0.05、0.02mm 三种，其中常用的读数值是 0.02mm，见图 2-7（a）。尺身上 49 格对齐游标上 50 格，尺身上一格为 1mm，游标上一格为 $\frac{49}{50}$mm，因此游标上一格与尺身上一格相差 $\left(1\text{mm}-\frac{49}{50}\text{mm}\right)=0.02\text{mm}$。

读数时首先以游标零刻度线为准在尺身上读取毫米整数，即以毫米为单位的整数部分。然后看游标上第几条刻度线与尺身的刻度线对齐，如第 6 条刻度线与尺身刻度线对齐，则小数部分即为游标上刻度值×格数 6（mm），若没有正好对齐的线，则取最接近对齐的线进行读数。如有零误差，则一律用上述结果加（减）去零误差，读数结果为

$$L = 整数部分 + 小数部分 \pm 零误差$$

判断游标上哪条刻度线与尺身刻度线对准，可用下述方法：选定相邻的三条线，如左侧的线在尺身对应线的右侧，右侧的线在尺身对应线的左侧，中间那条线便可以认为是对准了，如图 2-6 所示刻度值 0.02mm 游标卡尺的读数值为

$$L = 0 + 0.02 \times 4 \pm 0 = 0.08(\text{mm})$$

常用的游标量具有游标卡尺、深度游标尺、高度游标尺，它们的读数原理相同，所不同的主要是测量面的位置不同，如图2-7所示。

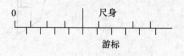

图 2-6 卡尺读数举例

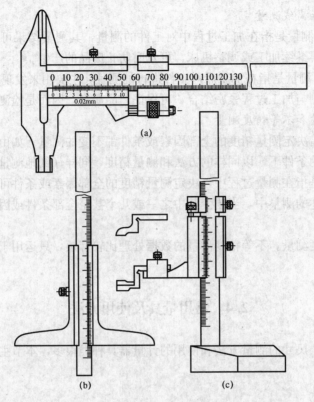

图 2-7　游标量具

(a) 游标卡尺；(b) 深度游标尺；(c) 高度游标尺

为了读数方便，有的游标卡尺上装有测微表头，如图 2-8 所示。它是通过机械传动装置，将测量爪相对移动转变为指示表的回转运动，并借助尺身刻度和指示表，对两测量爪相对移动所分隔的距离进行读数。

图 2-9 所示为电子数显卡尺，它具有非接触性电容式测量系统，有液晶显示器显示，读数更加方便。

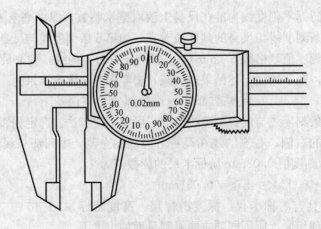

图 2-8　带表游标卡尺

（2）螺旋测微类量具

这类量具是利用螺旋副运动原理进行测量和读数的一种测微量具。可分为外径千分尺、内径千分尺、深度千分尺。

千分尺是应用螺旋副的传动原理，将角位移变为直线位移。测量螺杆的螺距是 0.5mm 时，固定套筒上的刻度间距也是 0.5mm，微分筒的圆锥面上刻有 50 等分的圆周刻线。将微分筒旋转一圈时，测微螺杆轴向位移 0.5mm，当微分筒转过一格时，测微螺杆位移为

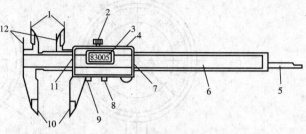

图 2-9　电子数显卡尺
1—内测量爪；2—紧固螺钉；3—液晶显示器；4—数据输出端口；
5—深度尺；6—尺身；7、11—防尘板；8—置零按钮；
9—米制、英制转换按钮；10—外测量爪；
12—台阶测量面

$$0.5\text{mm} \times \frac{1}{50} = 0.01\text{mm}$$

这样，可由微分筒上的刻度精确地读出测微螺杆轴向位移的小数部分。由此可见，千分尺的分度值为 0.01。

读数时，先以微分筒的端面为准线，读出固定套管下刻度线的分度值（只读出以 mm 为单位的整数），再以固定套管上的水平横线作为读数准线，读出可动刻度上的分度值，读数时应估读到最小刻度的十分之一，即 0.001mm。如果微分筒的端面与固定刻度的下刻度线之间无上刻度线，测量结果即为下刻度线的数值加可动刻度的值；如微分筒端面与下刻度线之间有一条上刻度线，测量结果应为下刻度线的数值加上 0.5mm，再加上可动刻度的值，如图 2-10 所示。

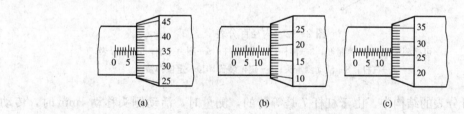

图 2-10　千分尺读数举例
(a) 8.35mm；(b) 14.68mm；(c) 14.76mm

（3）机械量仪

机械量仪是利用机械结构将直线位移经传动、放大后，通过读数装置表示出来的一种测量器具。机械量仪的种类很多，这里主要介绍以下几种。

1）百分表。百分表是应用最广的机械量仪，它的外形及传动如图 2-11 所示。百分表的分度值为 0.01mm，表盘圆周刻有 100 条等分刻线。百分表的齿轮传动系统是测量杆移动 1mm，指针回转一圈。百分表的示值范围有 0~3、0~5、0~10mm 三种。

2）内径百分表。内径百分表是一种用相对测量法测量孔径的常用量仪，它可测量 6~1000mm 的内尺寸，特别适合于测量深孔。内径百分表的结构如图 2-12 所示。它主要由百分表和表架组成。

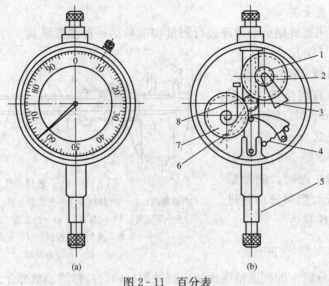

(a)   (b)

图 2-11 百分表

1—小齿轮；2、7—大齿轮；3—中间齿轮；4—弹簧；

5—测量杆；6—指针；8—游丝

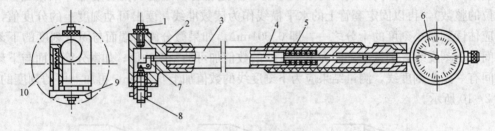

图 2-12 内径百分表

1—可换测量头；2—测量套；3—测杆；4—传动杆；5—测力弹簧；6—百分表；

7—杠杆；8—活动测量头；9—定位装置；10—定位弹簧

在内径百分表的结构中，由于杠杆 7 是等臂的，测量时，活动侧头移动 1mm 时，传动杆也移动 1mm，推动百分表指针回转一圈。因此，活动测头的移动量可以在百分表上读出来。内径百分表活动测头的位移量很小，它的测量范围是由更换或调整可换测量头的长度而达到的。

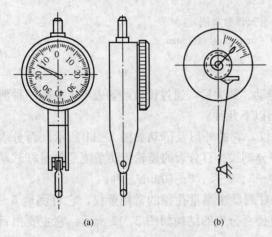

(a)   (b)

图 2-13 杠杆百分表

(a) 外形；(b) 传动原理

3）杠杆百分表。杠杆百分表又称靠表。其分度值为 0.01mm，示值范围一般为 ±0.4mm。图 2-13 所示为杠杆百分表的外形与传动原理。它由杠杆、齿轮传动机构等组成。杠杆百分表的测量杆方向是可以改变的，同时体积又小，在校正工件和测量工件时都很方便。尤其对于小孔的校正和在机床上校正零件时，由于空间限制，百分表放不进去，这时，使用杠杆百分表就显得比较方便了。

4）扭簧比较仪。利用扭簧作为传动放大机构，将测量杆的直线位移转变为指针的角位移。其外形与传动原理如图 2-14 所示。

扭簧比较仪的分度值有 0.001、0.0005、0.0002、0.0001mm 四种，其标尺的示值范围分别为±0.03、±0.015、±0.006、±0.003mm。

扭簧比较仪结构简单，它的内部没有相互摩擦的零件，因此灵敏度极高，可用作精密测量。

（4）光学量仪

光学量仪是利用光学原理制成的量仪，在长度测量中应用比较广泛的有光学计、测长仪等。

1）立式光学计。立式光学计是利用光学杠杆放大作用将测量杆的直线位移转换为反射镜的偏转，使反射光线也发生偏转，从而得到标尺影像的一种光学量仪。用相对测量法测量长度时，以量块或标准件与工件相比较来测量它的偏差尺寸，故又称立式光学比较仪。

立式光学计的外形结构如图 2-15 所示。测量时，先将量块置于工作台上，调整仪器使反射镜与主光轴垂直，然后换上被测工件。由于工件和量块尺寸的差异而使测杆产生位移。测量时测帽与被测件相接触，通过目镜读数。测帽有球形、平面形和刀口形三种，根据被测零件表面的几何形状来选择，使被测件与测帽表面尽量满足点接触，所以测量平面或圆柱面工件时，选用平面形测帽，测量小于 10mm 的圆柱面工件时，选用刀口形测帽。

立式光学计的分度值为 0.001mm，示值范围为±0.1mm，测量范围为高 0～180mm、直径 0～150mm。

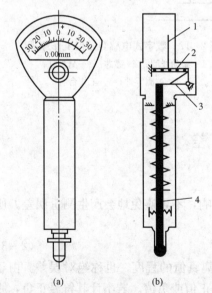

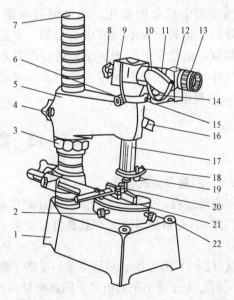

图 2-14　扭簧比较仪

（a）外形；（b）传动原理
1—指针；2—灵敏弹簧片；
3—弹性杠杆；4—测量杆

图 2-15　立式光学计

1—底座；2—调整螺钉；3—升降螺母；4、8、15、16—固定螺钉；
5—横臂；6—微动手轮；7—立柱；9—插孔；10—进光反射镜；
11—连接座；12—目镜座；13—目镜；14—调节手轮；
17—光学计管；18—螺钉；19—提升器；20—测帽；
21—工作台；22—基础调整螺钉

2) 万能测长仪。万能测长仪是一种精密量仪，它是利用光学系统和电气部分相结合的长度测量仪器。可按测量轴的位置分为卧式测长仪和立式测长仪两种。立式测长仪用于测量外尺寸，卧式测长仪除对外尺寸进行测量外，更换附件后还能测量内尺寸及内、外螺纹中径等，故称万能测长仪。测长仪以一精密刻线尺作为实物基准，并利用显微镜细分读数的高精度长度测量仪器，对零件的尺寸可进行绝对测量和相对测量。万能测长仪的外形结构如图 2-16 所示。其分度值为 0.001mm，测量范围为 0～100mm。

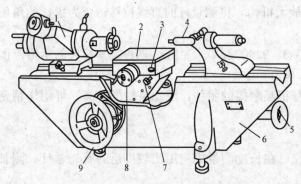

图 2-16 万能测长仪

1—测座；2—万能工作台；3、7—手柄；4—尾座；
5、9—手轮；6—底座；8—微分筒

3) 电感测微仪。电感测微仪是一种常用的电动量仪。它是利用磁路中气隙的改变，引起电感量相应改变的一种量仪。数字式电感测微仪的工作原理如图 2-17 所示。测量前，用量块调整仪器的零位，即调整测量杆 3 与工作台 5 的相对位置，使测量杆 3 上端的磁芯处于两只差动线圈 1 的中间位置，数字显示为零。测量时，若被测尺寸相对于量块尺寸有偏差，测量杆 3 带动磁芯 2 在差动线圈 1 内上下移动，引起差动线圈电感量的变化，通过测量电路，将电感量的变化转化为电压或电流信号，并经放大和整流，由数字电压表显示，这样就显示出被测尺寸相对于量块的偏差。数字显示可读出 0.1μm 的量值。

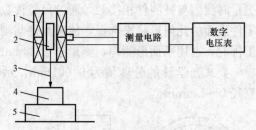

图 2-17 数字式电感测微仪工作原理

1—差动线圈；2—磁芯；3—测量杆；
4—被测零件；5—工作台

2.5 测 量 误 差

2.5.1 测量误差的概念

任何测量过程，由于受到计量器具和测量条件的影响，不可避免地会产生测量误差。所谓测量误差 δ，是指测得值 x 与其真值 Q 之差，即

$$\delta = x - Q \tag{2-3}$$

由式（2-3）所表达的测量误差，反映了测得值偏离真值的程度，也称绝对误差。由于测得值 x 可能大于或小于真值 Q，因此测量误差可能是正值或负值。若不计其符号正负，则可用绝对值表示，即

$$|\delta| = |x - Q|$$

这样，真值 Q 可表示为

$$Q = x \pm \delta \tag{2-4}$$

式（2-4）表明，可用测量误差来说明测量的精度。当测量误差的绝对值愈小，说明测

得值愈接近真值，测量精度也愈高；反之，测量精度就愈低。但这一结论只适用于测量尺寸相同的情况下。因为测量精度不仅与绝对误差的大小有关，而且还与被测量的尺寸大小有关。为了比较不同尺寸的测量精度，可应用相对误差的概念。

相对误差 ε 是指绝对误差的绝对值 $|\delta|$ 与被测量真值之比，由于被测量的真值 Q 是未知的，故实用中常以被测量的测得值 x 替代，即

$$\varepsilon = \frac{|\delta|}{Q} \approx \frac{|\delta|}{x} \times 100\% \tag{2-5}$$

相对误差是一个无量纲的数值，通常用百分数（%）表示。例如，某两个轴径的测得值分别为 $x_1 = 500\text{mm}$，$x_2 = 50\text{mm}$；$\delta_1 = \delta_2 = 0.005\text{mm}$，则其相对误差分别为 $\varepsilon_1 = 0.005/500 \times 100\% = 0.001\%$，$\varepsilon_2 = 0.005/50 \times 100\% = 0.01\%$。由此可看出前者的测量精度要比后者高。

2.5.2 测量误差的来源

产生测量误差的原因很多，通常可归纳为以下几个方面。

（1）计量器具误差

计量器具误差是指计量器具本身在设计、制造和使用过程中造成的各项误差。

设计计量器具时，为了简化结构而采用近似设计，或者设计的计量器具不符合阿贝原则等因素，都会产生测量误差。例如，杠杆齿轮比较仪中测杆的直线位移与指针的角位移不成正比，而表盘标尺却采用等分刻度，由于采用了近似设计，测量时就会产生误差。

阿贝原则是指"在设计计量器具或测量工件时，将被测长度与基准长度沿测量轴线成直线排列"。例如，千分尺的设计是符合阿贝原则的，即被测两点间的尺寸线与标尺（基准长度）在一条线上，从而提高了测量精度。而游标卡尺的设计则不符合阿贝原则，如图2-18所示。被测长度与基准刻线尺相距 s 平行配置，在测量过程中，卡尺活动量爪倾斜一个角度 φ，此时，产生的测量误差

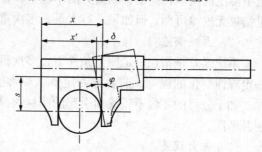

图 2-18 用游标卡尺测量轴径

$$\delta = x - x' = s\tan\varphi \approx s\varphi$$

计量器具零件的制造和装配误差也会产生测量误差，如游标卡尺刻线不准确，指示盘刻度线与指针回转轴的安装有偏心等。

计量器具的零件在使用过程中的变形、滑动表面的磨损等，也会产生测量误差。

此外，相对测量时使用的标准器，如量块、线纹尺等的制造误差，也将直接反映到测量结果中。

（2）测量方法误差

测量方法误差是指测量方法不完善所引起的误差，包括计算公式不准确，测量方法选择不当，测量基准不统一，工件安装不合理以及测量力等引起的误差。例如测量大圆柱的直径 D，先测量周长 L，再按 $D = L/\pi$ 计算直径，若取 $\pi = 3.14$，则计算结果会带入 π 取近似值的误差。

（3）测量环境误差

测量环境误差是指测量时的环境条件不符合标准条件所引起的误差。环境条件是指湿度、温度、振动、气压、灰尘等。其中，温度对测量结果的影响最大。在长度计量中，规定

标准温度为 20℃。若不能保证在标准温度 20℃ 条件下进行测量，则引起的测量误差为

$$\Delta L = L[\alpha_2(t_2 - 20) - \alpha_1(t_1 - 20)] \qquad (2-6)$$

式中　ΔL——测量误差；

　　　L——被测尺寸；

　t_1、t_2——计量器具和被测工件的温度，℃；

　α_1、α_2——计量器具和被测工件的线胀系数。

（4）人为误差

人为误差是指测量人员的主观因素（如技术熟练程度、分辨能力、思想情绪等）引起的误差。例如，测量人员眼睛的最小分辨能力、调整能力、量值估读错误等。

总之，造成测量误差的因素很多，有些误差是不可避免的，有些误差是可以避免的。测量时应采取相应的措施，设法减小或消除测量误差对测量结果的影响，以保证测量的精度。

2.5.3　测量误差的种类和特性

测量误差按其性质可分为随机误差、系统误差和粗大误差（过失或反常误差）。

（1）随机误差

随机误差是指在一定测量条件下，多次测量同一量值时，其数值大小和符号以不可预定方式变化的误差。它是由于测量中的不稳定因素综合形成的，是不可避免的。例如，测量过程中温度的波动、振动、测量力的不稳定、量仪的示值变动、读数不一致等。对于某一次测量结果无规律可循，但如果进行大量、多次重复测量，随机误差分布则服从统计规律。

（2）系统误差

系统误差是指在一定测量条件下，多次测量同一量值时，误差的大小和符号均不变或按一定规律变化的误差。前者称为定值（或常值）系统误差，可以用校正值从测量结果中消除。如千分尺的零位不正确而引起的测量误差；后者称为变值系统误差，可用残余误差法发现并消除。

（3）粗大误差

粗大误差是指由于主观疏忽大意或客观条件发生突然变化而产生的误差。在正常情况下，一般不会产生这类误差。例如，由于操作者的粗心大意，在测量过程中看错、读错、记错以及突然的冲击振动而引起的测量误差。通常情况下，这类误差的数值都比较大。

习　　题

2-1　测量及其实质是什么？一个完整的测量过程包括哪几个要素？

2-2　长度的基本单位是什么？机械制造和精密测量中常用的长度单位是什么？

2-3　什么是尺寸传递系统？为什么要建立尺寸传递系统？

2-4　量块的"等"和"级"是根据什么划分的？按"等"和按"级"使用有何不同？

2-5　计量器具的基本度量指标有哪些？示值范围和测量范围有何不同？

2-6　何谓测量误差？其主要来源有哪些？

2-7　我国法定的平面角度单位有哪些？它们有何换算关系？

2-8　何谓随机误差、系统误差和粗大误差？三者有何区别？应该如何区别对待？

2-9　试从 83 块一套的量块中，组合尺寸 48.98mm。

实训项目　常用量具的使用

实验课题	常用量具的使用
实验目的	掌握常用量具的使用方法
实验器材	卡尺、千分尺、万能角度尺、量块、六角螺母、204轴承滚动体
实验步骤与内容	1. 用游标卡尺测量六角螺母六方的对边，测量三个数据，读到小数点后两位； 　2. 用量块组出13.535，写出所用量块尺寸，并用千分尺测量验证，测量一个数，精确到小数点后三位； 　3. 用千分尺测量滚动体直径，测量三个数据，读到小数点后三位； 　4. 用万能角度尺测量六角螺母六方的一个角，测量三个数据，读数精确到分。
数据记录与处理	1. 记录所用量具的规格型号、分度值、刻度间距、测量范围； 　2. 对应步骤4中的数据。
结果分析	若步骤1～4中数据不一样，分析原因。
思考题	1. 所用量具按用途、结构分属什么量具？ 　2. 使用量具应注意哪些事项（保护、保持卫生、方法、体会等)？ 　3. 分析滚动体的基本尺寸和公差值。
教师评语	

课题三　光滑圆柱的公差、配合选择与检测

机械中最基本的装配关系，就是一个零件的圆柱形内表面包容另一个零件的圆柱形外表面，即孔与轴的结合。所以，光滑圆柱的公差与配合标准是机械工程方面重要的基础标准。

3.1　基本术语及定义

3.1.1　有关线性尺寸的定义

（1）轴

轴（shaft）是指工件的圆柱形的外表面，也包括非圆柱形外表面（由两平行平面或切面形成的被包容面）。

（2）孔

孔（hole）是指工件的圆柱内表面，也包括非圆柱形内表面（由两平行平面或切面形成的包容面）。

（3）线性尺寸

线性尺寸（dimention），简称尺寸，是指两点之间的距离，如直径、半径、宽度、深度、高度、中心距等。我国国家标准采用毫米（mm）为尺寸的基本单位。一般而言，当尺寸的单位缺省时，即为 mm。

（4）基本尺寸

基本尺寸是指设计给定的尺寸，用 $D(d)$ 表示。例如，直径为 20mm 的孔和轴配合，装配后要求间隙控制在 0～0.02mm 之间，则可对其直径做如下规定：孔的基本尺寸 $D=20$，轴的基本尺寸 $d=20$。见图 3-1，一般而言，与孔有关的代号用大写字母表示，与轴有关的代号用小写字母表示。基本尺寸是根据零件的强度、刚度等要求计算并圆整后确定的，并应尽量采用标准尺寸。

（5）极限尺寸

极限尺寸是指允许尺寸变化的两个界限尺寸，其中较大的一个称为最大极限尺

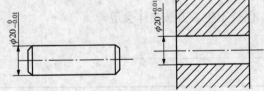

图 3-1　孔与轴的直径

寸，用 D_{max} 或 d_{max} 来表示，较小的一个称为最小极限尺寸，用 D_{min} 或 d_{min} 来表示。如图 3-1 所示，其中各极限尺寸为

$$D_{max} = 20.01, \quad D_{min} = 20.00$$
$$d_{max} = 20.00, \quad d_{min} = 19.99$$

（6）实际尺寸

实际尺寸是指通过两点法测量得到的尺寸，用 D_a 或 d_a 来表示。由于零件表面总是存在形状误差，所以被测表面各处的实际尺寸不尽相同，如图 3-2 所示。

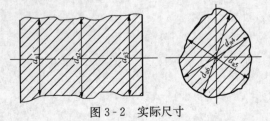

图 3-2　实际尺寸

3.1.2 有关偏差、公差的定义

（1）尺寸偏差

尺寸偏差简称偏差，是指某一尺寸减去基本尺寸所得的代数差。

当某一尺寸为实际尺寸时得到的偏差叫做实际偏差，当某一尺寸为极限尺寸时得到的偏差叫做极限偏差。最大极限尺寸与基本尺寸之差称为上偏差，用 ES 或 es 表示。最小极限尺寸与基本尺寸之差称为下偏差，用 EI 或 ei 表示，即

$$ES = D_{max} - D, \quad EI = D_{min} - D$$
$$es = d_{max} - d, \quad ei = d_{min} - d$$

偏差值可为正值、负值或零。偏差值除零外，前面必须冠以正负号。极限偏差用于控制实际偏差。例如，图 3-1 中 ES=+0.01，EI=0，es=0，ei=−0.01。

（2）尺寸公差

尺寸公差简称公差（tolerance），是指实际尺寸的允许变动量。公差是用来控制误差的。孔和轴的公差分别用 T_h 和 T_s 表示，则

$$T_h = |D_{max} - D_{min}| = |ES - EI|$$
$$T_s = |d_{max} - d_{min}| = |es - ei|$$

由上式可知，公差值不可能为负值和零，也就是说尺寸公差是一个没有正负符号的绝对值。

（3）公差带

在公差带图解中，由代表上、下偏差的两条直线所限定的一个区域称为公差带，如图3-3所示。公差带在垂直零线方向的宽度代表公差值，公差带沿零线方向的长度可任取。公差带图中，尺寸、偏差及公差通常用 mm 表示。

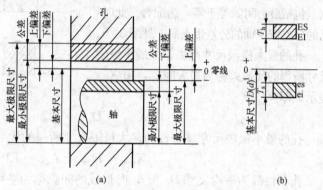

图 3-3　公差与配合的示意图和尺寸公差带图
(a) 配合示意图；(b) 尺寸公差带图

[例 3-1] 基本尺寸 $D(d) = \phi50mm$，孔的极限尺寸为 $D_{max} = 50.025$，$D_{min} = 50$；轴的极限尺寸为 $d_{max} = 49.950$，$d_{min} = 49.934$。现测得孔、轴的实际尺寸分别为 $D_a = 50.010$，$d_a = 49.946$。求：孔、轴的极限偏差、实际偏差及公差，并画出公差带图，判别零件的合格性。

解 孔的极限偏差

$$ES = D_{max} - D = 50.025 - 50 = +0.025$$
$$EI = D_{min} - D = 50 - 50 = 0$$

轴的极限偏差

$$es = d_{max} - d = 49.950 - 50 = -0.050$$
$$ei = d_{min} - d = 49.934 - 50 = -0.066$$

孔的实际偏差

$$D_a - D = 50.010 - 50 = +0.010$$

轴的实际偏差

$$d_a - d = 49.946 - 50 = -0.054$$

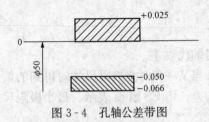

图 3-4 孔轴公差带图

孔的公差
$$T_h = |D_{max} - D_{min}| = |50.025 - 50| = 0.025$$
轴的公差
$$T_s = |d_{max} - d_{min}| = |49.950 - 49.934| = 0.016$$

因为实际尺寸在两个极限尺寸之内,所以零件合格。公差带图如图 3-4 所示。

3.1.3 有关配合的定义

(1) 配合 (fit)

配合是指基本尺寸相同,相互结合的孔和轴公差带之间的关系。不同的配合就是不同的孔、轴公差带之间的关系。

(2) 间隙或过盈

间隙或过盈是指孔的尺寸减去相配合的轴的尺寸所得的代数差。此差值为正时叫做间隙 (Xi),用 X 表示,此差值为负时叫做过盈 (Ying),用 Y 表示。为简便起见,常简称间隙、过盈为"隙"、"盈"。

1) 间隙配合。间隙配合是指具有间隙(包括最小间隙等于零)的配合。此时,孔的公差带在轴的公差带上面,见图 3-5。

孔的最大极限尺寸减去轴的最小极限尺寸所得的代数差称为最大间隙,用 X_{max} 表示,即

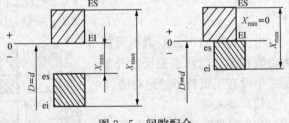

图 3-5 间隙配合

$$X_{max} = D_{max} - d_{min} = ES - ei$$

孔的最小极限尺寸减去轴的最大极限尺寸所得的代数差称为最小间隙,用 X_{min} 表示,即
$$X_{min} = D_{min} - d_{max} = EI - es$$
孔和轴都为平均尺寸 D_{av} 和 d_{av} 时形成的间隙称为平均间隙,用 X_{av} 表示,即
$$X_{av} = D_{av} - d_{av} = (X_{max} + X_{min})/2$$

2) 过盈配合。过盈配合是指具有过盈(包括最小过盈等于零)的配合。此时,孔的公差带在轴的公差带下面,如图 3-6 所示。

孔的最大极限尺寸减去轴的最小极限尺寸所得的代数差称为最小过盈,用 Y_{min} 表示,即
$$Y_{min} = D_{max} - d_{min} = ES - ei$$
孔的最小极限尺寸减去轴的最大极限尺寸所得的代数差称为最大过盈,用 Y_{max} 表示,即
$$Y_{max} = D_{min} - d_{max} = EI - es$$

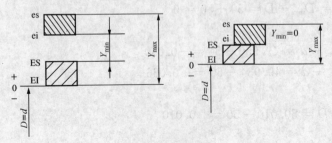

图 3-6 过盈配合

孔和轴都为平均尺寸 D_{av} 和 d_{av} 时形成的过盈称为平均过盈,用 Y_{av} 表示,即
$$Y_{av} = D_{av} - d_{av} = (Y_{max} + Y_{min})/2$$

3) 过渡配合。过渡配合是指可能具有间隙或过盈的配合。此时,孔的公差带和轴的公差带相互交叠,如图 3-7 所示。

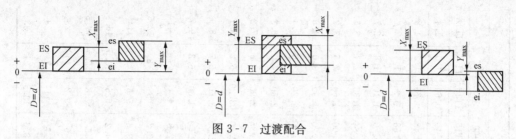

图 3-7　过渡配合

孔的最大极限尺寸减去轴的最小极限尺寸所得的代数差称为最大间隙，用 X_{max} 表示，即
$$X_{max} = D_{max} - d_{min} = ES - ei$$
孔的最小极限尺寸减去轴的最大极限尺寸所得的代数差称为最大过盈，用 Y_{max} 表示，即
$$Y_{max} = D_{min} - d_{max} = EI - es$$
孔和轴都为平均尺寸 D_{av} 和 d_{av} 时，形成平均间隙或平均过盈，用 X_{av}、Y_{av} 表示，即
$$X_{av}(Y_{av}) = D_{av} - d_{av} = (X_{max} + Y_{max})/2$$
按上式计算所得的值为正时是平均间隙，为负时是平均过盈。

（3）配合公差

配合公差是指间隙或过盈的允许变动量，用 T_f 表示。对于间隙配合 $T_f = |X_{max} - X_{min}|$；对于过盈配合 $T_f = |Y_{min} - Y_{max}|$；对于过渡配合 $T_f = |X_{max} - Y_{max}|$。

容易求证三类配合的配合公差皆满足
$$T_f = T_h + T_s$$
上式说明，配合精度（配合公差）取决于相互配合的孔和轴的尺寸精度（尺寸公差）。设计时，可根据配合公差来确定孔和轴的尺寸公差。

[例 3-2]　试判别轴 $\phi 35 \pm 0.01$ 和孔 $\phi 35^{+0.021}_{0}$ 的配合类型，极限盈隙指标，并计算配合公差。

解　因为轴 $\phi 35 \pm 0.01$ 和孔 $\phi 35^{+0.021}_{0}$ 的公差带有重叠，所以形成过渡配合。
$$X_{max} = ES - ei = +0.021 - (-0.01) = +0.031$$
$$Y_{max} = EI - es = 0 - 0.01 = -0.01$$
$$X_{av} = [+0.031 + (-0.01)]/2 = +0.0105$$
$$T_f = |X_{max} - Y_{max}| = |0.031 - (-0.01)| = 0.041$$
$$T_f = T_h + T_s = 0.02 + 0.021 = 0.041$$

3.2　尺寸的公差与配合

3.2.1　标准公差

标准公差为国家标准规定的公差值。它是从生产实践出发，经一定公式计算得到的，实际使用时，可查表得到。为了保证零部件具有互换性，必须按国家规定的标准公差对零部件的加工尺寸提出明确的公差要求。在机械产品中，常用尺寸为小于或等于 500 的尺寸。它们的标准公差值详见表 3-1。

GB/T 1800.3—1998 中，标准公差用 IT 表示，将标准公差等级分为 20 级，用 IT 和阿拉伯数字表示为 IT01、IT0、IT1、IT2、IT3、…、IT18。其中 IT01 最高，等级依次降低，IT18 最低。从表 3-1 中可以看出，公差等级越高，公差值越小，加工难度越高。其中，IT01～IT11 主要用于配合尺寸，而 IT12～IT18 主要用于非配合尺寸。同时也可看出，同一公差等级中，基本尺寸越大，公差值也越大，说明相同公差等级尺寸的加工中，难易程度基本相同。

表 3-1　　标准公差数值（摘自 GB/T 1800.3—1998）

基本尺寸 (mm)	公 差 等 级																			
	IT01	IT0	IT1	IT2	IT3	IT4	IT5	IT6	IT7	IT8	IT9	IT10	IT11	IT12	IT13	IT14	IT15	IT16	IT17	IT18
	μm													mm						
≤3	0.3	0.5	0.8	1.2	2	3	4	6	10	14	25	40	60	0.10	0.14	0.25	0.40	0.60	1.0	1.4
>3~6	0.4	0.6	1	1.5	2.5	4	5	8	12	18	30	48	75	0.12	0.18	0.30	0.48	0.75	1.2	1.8
>6~10	0.4	0.6	1	1.5	2.5	4	6	9	15	22	36	58	90	0.15	0.22	0.36	0.58	0.9	1.5	2.2
>10~18	0.5	0.8	1.2	2	3	5	8	11	18	27	43	70	110	0.18	0.27	0.43	0.70	1.10	1.8	2.7
>18~30	0.6	1	1.5	2.5	4	6	9	13	21	33	52	84	130	0.21	0.33	0.52	0.84	1.30	2.1	3.3
>30~50	0.6	1	1.5	2.5	4	7	11	16	25	39	62	100	160	0.25	0.39	0.62	1.00	1.60	2.5	3.9
>50~80	0.8	1.2	2	3	5	8	13	19	30	46	74	120	190	0.30	0.46	0.74	1.20	1.90	3.0	4.6
>80~120	1	1.5	2.5	4	6	10	15	22	35	54	87	140	220	0.35	0.54	0.87	1.4	2.20	3.5	5.4
>120~180	1.2	2	3.5	5	8	12	18	25	40	63	100	160	250	0.40	0.63	1.00	1.60	2.50	4.0	6.3
>180~250	2	3	4.5	7	10	14	20	29	46	72	115	185	290	0.46	0.72	1.15	1.85	2.90	4.6	7.2
>250~315	2.5	4	6	8	12	16	23	32	52	81	130	210	320	0.52	0.81	1.30	2.10	3.20	5.2	8.1
>315~400	3	5	7	9	13	18	25	36	57	89	140	230	360	0.57	0.89	1.40	2.30	3.60	5.7	8.9
>400~500	4	6	8	10	15	20	27	40	63	97	155	250	400	0.63	0.97	1.55	2.50	4.00	6.3	9.7
>500~630			9	11	16	22	32	44	70	110	175	280	440	0.7	1.1	1.75	2.8	4.4	7	11
>630~800			10	13	18	25	36	50	80	125	200	320	500	0.8	1.25	2	3.2	5	8	12.5
>800~1000			11	15	21	28	40	56	90	140	230	360	560	0.9	1.4	2.3	3.6	5.6	9	14
>1000~1250			13	18	24	33	47	66	105	165	260	420	660	1.05	1.65	2.6	4.2	6.6	10.5	16.5
>1250~1600			15	21	29	39	55	78	125	195	310	500	780	1.25	1.95	3.1	5	7.8	12.5	19.5
>1600~2000			18	25	35	46	65	92	150	230	370	600	920	1.5	2.3	3.7	6	9.2	15	23
>2000~2500			22	30	41	55	78	110	175	280	440	700	1100	1.75	2.8	4.4	7	11	17.5	28
>2500~3150			26.	36	50	68	96	135	210	330	540	860	1350	2.1	3.3	5.4	8.6	13.5	21	33

注　1. 基本尺寸小于 1mm 时，无 IT14～IT18。
　　2. 基本尺寸大于 500mm 的 IT1～IT5 的标准数值为试行的。

[例 3 - 3] 已知 $D=48$，公差等级为 7 级，试查阅其标准公差值。

解 从表 3 - 1 中基本尺寸栏找到＞30～50 一行，再对齐 IT7 一栏可知 $T_h=0.025$。

3.2.2 基本偏差

(1) 基本偏差代号

在设计中，仅知道标准公差还无法确定公差带相对于零线的位置。基本偏差是国家标准规定的用来确定公差带相对于零线位置的上偏差或下偏差，一般为靠近零线的那个偏差。根据生产的实际需要，国家标准对孔和轴各规定了 28 个公差带位置，除去易混淆的 5 个 I、L、O、Q、W(i、l、o、q、w) 添加 6 个 CD、EF、FG、JS、ZA、ZB、ZC（cd、ef、fg、js、za、zb、zc），分别用一个或两个拉丁字母表示，如图 3 - 8 所示。

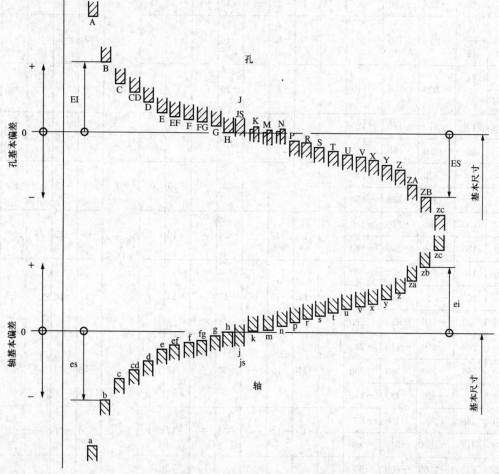

图 3 - 8　孔和轴的基本偏差系列

从图 3 - 8 中可以看出，代号相同的孔和轴的公差带位置相对零线基本对称（个别等级的代号相差一个 Δ，如 K7 和 R6 孔等）。

(2) 基本偏差数值

基本偏差数值亦是经过经验公式计算得到的，实际使用时可查表 3 - 2 和表 3 - 3。

从表 3 - 2 和表 3 - 3 中可以看到，代号为 H 的孔的基本偏差 EI 总是等于零，我们将代号为 H 的孔称为基准孔；代号为 h 的轴的基本偏差 es 也总是等于零，我们将代号为 h 的轴称为基准轴。

表 3-2　　　　　　　　　　　　　　　　　　　　　　　　　　　　**尺寸≤500 的轴的基本偏差**

基本偏差代号	上 偏 差 es											js②	j			k	
基本尺寸(mm)	a①	b①	c	cd	d	e	ef	f	fg	g	h		5级与6级	7级	8级	4至7级	≤3级≥8
大于　至	所有的级																
～3	−270	−140	−60	−34	−20	−14	−10	−6	−4	−2	0		−2	−4	−6	0	0
3　6	−270	−140	−70	−46	−30	−20	−14	−10	−6	−4	0		−2	−4		+1	0
6　10	−280	−150	−80	−56	−40	−25	−18	−13	−8	−5	0		−2	−5		+1	0
10　14	−290	−150	−95	—	−50	−32	—	−16	—	−6	0		−3	−6	—	+1	0
14　18	−290	−150	−95	—	−50	−32	—	−16	—	−6	0		−3	−6	—	+1	0
18　24	−300	−160	−110	—	−65	−40	—	−20	—	−7	0		−4	−8	—	+2	0
24　30	−300	−160	−110	—	−65	−40	—	−20	—	−7	0		−4	−8	—	+2	0
30　40	−310	−170	−120	—	−80	−50	—	−25	—	−9	0		−5	−10	—	+2	0
40　50	−320	−180	−130	—	−80	−50	—	−25	—	−9	0		−5	−10	—	+2	0
50　65	−340	−190	−140	—	−100	−60	—	−30	—	−10	0		−7	−12	—	+2	0
65　80	−360	−200	−150	—	−100	−60	—	−30	—	−10	0		−7	−12	—	+2	0
80　100	−380	−220	−170	—	−120	−72	—	−36	—	−12	0	偏差=±IT/2	−9	−15	—	+3	0
100　120	−410	−240	−180	—	−120	−72	—	−36	—	−12	0		−9	−15	—	+3	0
120　140	−460	−260	−200	—	−145	−85	—	−43	—	−14	0		−11	−18	—	+3	0
140　160	−520	−280	−210	—	−145	−85	—	−43	—	−14	0		−11	−18	—	+3	0
160　180	−580	−310	−230	—	−145	−85	—	−43	—	−14	0		−11	−18	—	+3	0
180　200	−660	−340	−240	—	−170	−100	—	−50	—	−15	0		−13	−21	—	+4	0
200　255	−740	−380	−260	—	−170	−100	—	−50	—	−15	0		−13	−21	—	+4	0
225　250	−820	−420	−280	—	−170	−100	—	−50	—	−15	0		−13	−21	—	+4	0
250　280	−920	−480	−300	—	−190	−110	—	−56	—	−17	0		−16	−26	—	+4	0
280　315	−1050	−540	−330	—	−190	−110	—	−56	—	−17	0		−16	−26	—	+4	0
315　355	−1200	−600	−360	—	−210	−125	—	−62	—	−18	0		−18	−28	—	+4	0
355　400	−1350	−680	−400	—	−210	−125	—	−62	—	−18	0		−18	−28	—	+4	0
400　450	−1500	−760	−440	—	−230	−135	—	−68	—	−20	0		−20	−32	—	+5	0
450　500	−1650	−840	−480	—	−230	−135	—	−68	—	−20	0		−20	−32	—	+5	0

① 基本尺寸小于 1mm 时，各级的 a 和 b 均不采用。

② js 的数值：在 7～11 级时，如果以微米表示的 IT 数值是一个奇数，则取 js=±(IT−1)/2。

（摘自 GB/T 1800.3—1998）　　　　　　　　　　μm

下　偏　差　ei

所　有　的　级

m	n	p	r	s	t	u	v	x	y	z	za	zb	zc
+2	+4	+6	+10	+14	—	+18	—	+20	—	+26	+32	+40	+60
+4	+8	+12	+15	+19	—	+23	—	+28	—	+35	+42	+50	+80
+6	+10	+15	+19	+23	—	+28	—	+34	—	+42	+52	+67	+97
+7	+12	+18	+23	+28	—	+33	—	+40	—	+50	+64	+90	+130
							+39	+45		+60	+77	+108	+150
+8	+15	+22	+28	+35	—	+41	+47	+54	+63	+73	+98	+136	+188
					+41	+48	+55	+64	+75	+88	+118	+160	+218
+9	+17	+26	+34	+43	+48	+60	+68	+80	+94	+112	+148	+200	+274
					+54	+70	+81	+97	+114	+136	+180	+242	+325
+11	+20	+32	+41	+53	+66	+87	+102	+122	+144	+172	+226	+300	+405
			+43	+59	+75	+102	+120	+146	+174	+210	+274	+360	+480
+12	+23	+37	+51	+71	+91	+124	+146	+178	+214	+258	+335	+445	+585
			+54	+79	+104	+144	+172	+210	+254	+310	+400	+525	+690
+15	+27	+47	+77	+122	+166	+236	+284	+350	+425	+520	+670	+880	+1150
			+80	+130	+180	+258	+310	+385	+470	+575	+740	+960	+1250
			+84	+140	+196	+284	+340	+425	+520	+640	+820	+1050	+1350
+17	+31	+50	+77	+122	+166	+236	+284	+350	+425	+520	+670	+880	+1150
			+80	+130	+180	+258	+310	+385	+470	+575	+740	+960	+1250
			+84	+140	+196	+284	+340	+425	+520	+640	+820	+1050	+1350
+20	+34	+56	+94	+158	+218	+315	+385	+475	+580	+710	+920	+1200	+1550
			+98	+170	+240	+350	+425	+525	+650	+790	+1000	+1300	+1700
+21	+37	+62	+108	+190	+268	+390	+475	+590	+730	+900	+1150	+1500	1900
			+114	+208	+294	+435	+530	+660	+820	+1000	+1300	+1650	+2100
+23	+40	+68	+126	+232	+330	+490	+595	+740	+920	+1100	+1450	+1850	+2400
			+132	+252	+360	+540	+660	+820	+1000	1250	+1600	+2100	+2600

表 3 - 3　　　　　　　　　　　　　　　　　　　　　　　　　　**尺寸≤500 的孔的基本偏差**

基本偏差		A①	B①	C	CD	D	E	EF	F	FG	G	H	JS②	J6	J7	J8	K≤8	K>8	M≤8	M>8	N≤8	N>8
基本尺寸(mm) 大于	至	下偏差 EI（所有的级）											公差 JS	6	7	8	≤8	>8	≤8	>8	≤8	>8
—	3	+270	+140	+60	+34	+20	+14	+10	+6	+4	+2	0	±IT/2	+2	+4	+6	0	0	−2	−2	−4	−4
3	6	+270	+140	+70	+46	+30	+20	+14	+10	+6	+4	0	±IT/2	+5	+6	+10	−1+Δ	—	−4+Δ	−4	−8+Δ	0
6	10	+280	+150	+80	+56	+40	+25	+18	+13	+8	+5	0	±IT/2	+5	+8	+12	−1+Δ	—	−6+Δ	−6	−10+Δ	0
10	14	+290	+150	+95	—	+50	+32	—	+16	—	+6	0	±IT/2	+6	+10	+15	−1+Δ	—	−7+Δ	−7	−12+Δ	0
14	18	+290	+150	+95	—	+50	+32	—	+16	—	+6	0	±IT/2	+6	+10	+15	−1+Δ	—	−7+Δ	−7	−12+Δ	0
18	24	+300	+160	+110	—	+65	+40	—	+20	—	+7	0	±IT/2	+8	+12	+20	−2+Δ	—	−8+Δ	−8	−15+Δ	0
24	30	+300	+160	+110	—	+65	+40	—	+20	—	+7	0	±IT/2	+8	+12	+20	−2+Δ	—	−8+Δ	−8	−15+Δ	0
30	40	+310	+170	+120	—	+80	+50	—	+25	—	+9	0	±IT/2	+10	+14	+24	−2+Δ	—	−9+Δ	−9	−17+Δ	0
40	50	+320	+180	+130	—	+80	+50	—	+25	—	+9	0	±IT/2	+10	+14	+24	−2+Δ	—	−9+Δ	−9	−17+Δ	0
50	65	+340	+190	+140	—	+100	+60	—	+30	—	+10	0	±IT/2	+13	+18	+28	−2+Δ	—	−11+Δ	−11	−20+Δ	0
65	80	+360	+200	+150	—	+100	+60	—	+30	—	+10	0	±IT/2	+13	+18	+28	−2+Δ	—	−11+Δ	−11	−20+Δ	0
80	100	+380	+220	+170	—	+120	+72	—	+36	—	+12	0	偏差=±IT/2	+16	+22	+34	−3+Δ	—	−13+Δ	−13	−23+Δ	0
100	120	+410	+240	+180	—	+120	+72	—	+36	—	+12	0	±IT/2	+16	+22	+34	−3+Δ	—	−13+Δ	−13	−23+Δ	0
120	140	+460	+260	+200	—	+145	+85	—	+43	—	+14	0	±IT/2	+18	+26	+41	−3+Δ	—	−15+Δ	−15	−27+Δ	0
140	160	+520	+280	+210	—	+145	+85	—	+43	—	+14	0	±IT/2	+18	+26	+41	−3+Δ	—	−15+Δ	−15	−27+Δ	0
160	180	+580	+310	+230	—	+145	+85	—	+43	—	+14	0	±IT/2	+18	+26	+41	−3+Δ	—	−15+Δ	−15	−27+Δ	0
180	200	+660	+340	+240	—	+170	+100	—	+50	—	+15	0	±IT/2	−22	+30	+47	−4+Δ	—	−17+Δ	−17	−31+Δ	0
200	225	+740	+380	+260	—	+170	+100	—	+50	—	+15	0	±IT/2	−22	+30	+47	−4+Δ	—	−17+Δ	−17	−31+Δ	0
225	250	+820	+420	+280	—	+170	+100	—	+50	—	+15	0	±IT/2	−22	+30	+47	−4+Δ	—	−17+Δ	−17	−31+Δ	0
250	280	+920	+480	+300	—	+190	+110	—	+56	—	+17	0	±IT/2	+25	+36	+55	−4+Δ	—	−20+Δ	−20	−34+Δ	0
280	315	+1050	+540	+330	—	+190	+110	—	+56	—	+17	0	±IT/2	+25	+36	+55	−4+Δ	—	−20+Δ	−20	−34+Δ	0
315	355	+1200	+600	+360	—	+210	+125	—	+62	—	+18	0	±IT/2	+29	+39	+60	−4+Δ	—	−21+Δ	−21	−37+Δ	0
355	400	+1350	+680	+400	—	+210	+125	—	+62	—	+18	0	±IT/2	+29	+39	+60	−4+Δ	—	−21+Δ	−21	−37+Δ	0
400	450	+1500	+760	+440	—	+230	+135	—	+68	—	+20	0	±IT/2	−33	+43	+66	−5+Δ	—	−23+Δ	−23	−40+Δ	0
450	500	+1650	+840	+480	—	+230	+135	—	+68	—	+20	0	±IT/2	−33	+43	+66	−5+Δ	—	−23+Δ	−23	−40+Δ	0

注　特殊情况：250～315mm 段的 M6，ES=−9μm（代替−11μm）。

① 基本尺寸小于或等于 1mm 时，基本偏差 A 和 B 及大于 IT8 的 N 均不采用。

② 公差带 JS7～JS11，若 IT_n 值数是奇数，则取偏差 $=\pm\dfrac{IT_n-1}{2}$。

③ 对小于或等于 IT8 的 K、M、N 和小于或等于 IT7 的 P 至 ZC，所需 Δ 值从表内右侧选取。例如，18～30mm

(摘自 GB/T 1800.3—1998) μm

	上偏差 ES												$\Delta(\mu m)$③					
P到ZC	P	R	S	T	U	V	X	Y	Z	ZA	ZB	ZC						
等　级																		
≤7	>7 级												3	4	5	6	7	8
	−6	10	−14	—	−18		−20		−26	−32	−40	60	0					
	−12	−15	−19	—	−23		−28		−35	−42	−50	−80	1	1.5	1	3	4	6
	−15	−19	−23	—	−28		−34		−42	−52	−67	−97	1	1.5	2	3	6	7
	−18	−23	−28	—	−33		−40		−50	−64	−90	−130	1	2	3	3	7	9
				—	−39		−45		−50	−77	−108	−150						
在	−22	−28	−35	—	−41	−47	−54	−63	−73	−98	−136	−188	1.5	2	3	4	8	12
大				−41	−48	−55	−64	−75	−88	−118	−160	−218						
于	−26	−34	−43	−48	−60	−68	−80	−94	−112	−148	−200	−274	1.5	3	4	5	9	14
7				−54	−70	−81	−97	−114	−136	−180	−242	−325						
级	−32	−41	−53	−66	−87	−102	−122	−144	−172	−226	−300	−405	2	3	5	6	11	16
的		−43	−59	−75	−102	−120	−146	−174	−210	−274	−360	−480						
相	−37	−51	−71	−91	−124	−146	−178	−214	−258	−335	−445	−585	2	4	5	7	13	19
应		−54	−79	−104	−144	−172	−210	−254	−310	−400	−525	−690						
数	−43	−63	−92	−122	−170	−202	−248	−300	−365	−470	−620	−800	3	4	6	7	15	23
值		−65	−100	−134	−190	−228	−280	−340	−415	−535	−700	−900						
上		−68	−108	−146	−210	−252	−310	−380	−465	−600	−780	−1000						
增	−50	−77	−122	−166	−236	−284	−350	−425	−520	−670	−880	−1150	3	4	6	9	17	26
加		−80	−130	−180	−258	−310	−385	−470	−575	−740	−960	−1250						
一		−84	−140	−196	−284	−340	−425	−520	−640	−820	−1050	−1350						
个	−56	−94	−158	−218	−315	−385	−475	−580	−710	−920	−1200	−1550	4	4	7	9	20	29
Δ		−98	−170	−240	−350	−425	−525	−650	−790	−1000	−1300	−1700						
值	−62	−108	−190	−268	−390	−475	−590	−730	−900	−1150	−1500	−1900	4	5	7	11	21	32
		−114	−208	−294	−435	−530	−660	−820	−1000	−1300	−1650	−2100						
	−68	−126	−232	−330	−490	−595	−740	−920	−1100	−1450	−1850	−2400	5	5	7	13	23	34
		−132	−252	−360	−540	−660	−820	−1000	−1250	−1600	−2100	−2600						

段的 K7，$\Delta=8\mu m$，所以 ES$=-2+8=+6\mu m$。18～30mm 段的 S6，$\Delta=4\mu m$，所以 ES$=-35+4=-31\mu m$。

3.2.3　公差带及配合代号

将孔、轴基本偏差代号和公差等级代号组合，就组成它们的公差带代号。例如孔公差带代号 H7、F8，轴公差带代号 g6、m7。

将孔和轴公差带代号组合，就组成配合代号，用分数形式表示，分子代表孔，分母代表轴。例如 H8/f8，M7/h6。

[例 3-4]　已知孔和轴的配合代号为 30H7/g6，试画出它们的公差带图，并计算它们的极限盈、隙指标。

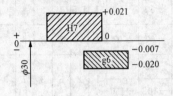

图 3-9　孔、轴公差带图

解　查表 3-1 知，IT6＝0.013，IT7＝0.021。

查表 3-3 知，孔的基本偏差 $EI=0$，则 $ES=T_h+EI=+0.021$；查表 3-2 知，轴的基本偏差 $es=-0.007$，则 $ei=es-T_s=-0.020$。公差带图如图 3-9 所示。

由于孔的公差带在轴的公差带的上方，所以该配合为间隙配合，其极限盈、隙指标如下

$$X_{max} = ES - ei = +0.041$$
$$X_{min} = EI - es = +0.007$$
$$X_{av} = (X_{max} + X_{min})/2 = +0.024$$

3.2.4　公差与配合在图样上的标注

零件图上尺寸的标注方法有三种，如图 3-10 所示。

装配图上，在基本尺寸之后标注配合代号，如图 3-11 所示。

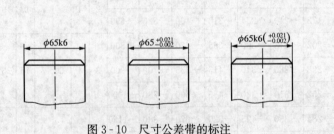

图 3-10　尺寸公差带的标注　　　　　　图 3-11　配合的标注方法

3.2.5　配合制

在制造相互配合的零件时，使其中一种零件作为基准件，它的基本偏差固定，通过改变另一种零件基本偏差来获得各种不同性质配合的制度称为配合制。国家标准规定了两种平行的配合制：基孔制和基轴制。基孔制是指基准孔与不同基本偏差的轴的公差带形成各种配合的一种制度，如图 3-12（a）所示。例如，H7/m6、H8/f7 均属于基孔制配合代号。基轴制是指基准轴与不同基本偏差的孔的公差带形成各种配合的一种制度，如图 3-12（b）所示。例如，M7/h6、F8/h7 均属于基轴制配合代号。

配合制确定后，由于基准孔和基准轴位置的特殊性，我们可以方便地从配合代号直接判断出配合性质。

对于基孔制配合：

H/a～h 形成间隙配合；

H/js～m 形成过渡配合；

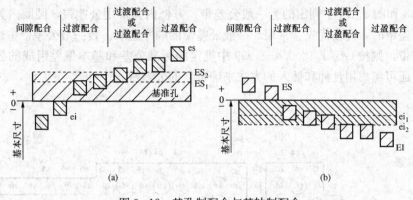

图 3-12　基孔制配合与基轴制配合

（a）基孔制；（b）基轴制

H/n、p 形成过渡或过盈配合；

H/r～zc 形成过盈配合。

对于基轴制配合：

A～H/h 形成间隙配合；

JS～M/h 形成过渡配合；

N、P/h 形成过渡或过盈配合；

R～ZC/h 形成过盈配合。

不难发现，由于基本偏差的基本对称性，配合 H7/m6 和 M7/h6、H8/f7 和 F8/h7 具有相同的极限过盈、极限间隙指标。这类配合称为同名配合。

3.2.6　常用和优先的公差带与配合

GB/T 1800.4—1999 规定了 20 个公差等级和 28 种基本偏差，其中基本偏差 j 仅保留 j5～j8，J 仅保留 J6～J8，由此可以得到轴公差带 $(28-1)\times20+4=544$ 种，孔公差带 $(28-1)\times20+3=543$ 种。这么多公差带如都应用，显然是不经济的。为了尽可能地缩小公差带的选用范围，减少定尺寸刀具、量具的规格和数量，GB/T 1801—1999 对孔、轴规定了一般、常用和优先公差带，如图 3-13 和图 3-14 所示。

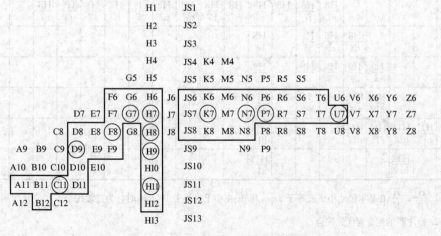

图 3-13　一般、常用和优先孔公差带

　　图 3 - 13 和图 3 - 14 中列出的为一般公差带，方框内为常用公差带，圆圈内为优先公差带。选用公差带时，应按优先、常用、一般公差带的顺序选取。若一般公差带中也没有满足要求的公差带，则按 GB/T 1800.4—1999 中规定的标准公差和基本偏差组成的公差带来选取，必要时还可考虑用延伸和插入的方法来确定新的公差带。

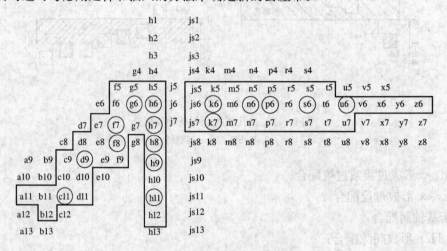

图 3 - 14　一般、常用和优先轴公差带

　　GB/T 1801—1999 又规定基孔制常用配合 59 种，优先配合 13 种（见表 3 - 4）；基轴制常用配合 47 种，优先配合 13 种（见表 3 - 5）。

表 3 - 4　　　　　　　　　　基孔制优先、常用配合（GB/T 1801—1999）

基准孔	轴																				
	a	b	c	d	e	f	g	h	js	k	m	n	p	r	s	t	u	v	x	y	z
	间　隙　配　合								过　渡　配　合				过　盈　配　合								
H6						$\frac{H6}{f5}$	$\frac{H6}{g5}$	$\frac{H6}{h5}$	$\frac{H6}{js5}$	$\frac{H6}{k5}$	$\frac{H6}{m5}$	$\frac{H6}{n5}$	$\frac{H6}{p5}$	$\frac{H6}{r5}$	$\frac{H6}{s5}$	$\frac{H6}{t5}$					
H7						$\frac{H7}{f6}$	$\frac{H7}{g6}$	$\frac{H7}{h6}$	$\frac{H7}{js6}$	$\frac{H7}{k6}$	$\frac{H7}{m6}$	$\frac{H7}{n6}$	$\frac{H7}{p6}$	$\frac{H7}{r6}$	$\frac{H7}{s6}$	$\frac{H7}{t6}$	$\frac{H7}{u6}$	$\frac{H7}{v6}$	$\frac{H7}{x6}$	$\frac{H7}{y6}$	$\frac{H7}{z6}$
H8					$\frac{H8}{e7}$	$\frac{H8}{f7}$	$\frac{H8}{g7}$	$\frac{H8}{h7}$	$\frac{H8}{js7}$	$\frac{H8}{k7}$	$\frac{H8}{m7}$	$\frac{H8}{n7}$	$\frac{H8}{p7}$	$\frac{H8}{r7}$	$\frac{H8}{s7}$	$\frac{H8}{t7}$	$\frac{H8}{u7}$				
				$\frac{H8}{d8}$	$\frac{H8}{e8}$	$\frac{H8}{f8}$		$\frac{H8}{h8}$													
H9			$\frac{H9}{c9}$	$\frac{H9}{d9}$	$\frac{H9}{e9}$	$\frac{H9}{f9}$		$\frac{H9}{h9}$													
H10			$\frac{H10}{c10}$	$\frac{H10}{d10}$				$\frac{H10}{h10}$													
H11	$\frac{H11}{a11}$	$\frac{H11}{b11}$	$\frac{H11}{c11}$	$\frac{H11}{d11}$				$\frac{H11}{h11}$													
H12		$\frac{H12}{b12}$						$\frac{H12}{h12}$													

　　注　1. $\frac{H7}{r6}$、$\frac{H7}{p6}$ 在基本尺寸小于或等于 3mm 和 $\frac{H8}{r7}$ 在小于或等于 100mm 时，为过渡配合。

　　　　2. 标注 ◣ 的配合为优先配合。

表 3 - 5　　　　　　　**基轴制优先、常用配合**（GB/T 1801—1999）

基准轴	孔																				
	A	B	C	D	E	F	G	H	JS	K	M	N	P	R	S	T	U	V	X	Y	Z
	间　隙　配　合								过　渡　配　合				过　盈　配　合									
h5						$\frac{F6}{h5}$	$\frac{G6}{h5}$	$\frac{H6}{h5}$	$\frac{Js6}{h5}$	$\frac{K6}{h5}$	$\frac{M6}{h5}$	$\frac{N6}{h5}$	$\frac{P6}{h5}$	$\frac{R6}{h5}$	$\frac{S6}{h5}$	$\frac{T6}{h5}$					
h6						$\frac{F7}{h6}$	$\frac{G7}{h6}$	$\frac{H7}{h6}$	$\frac{Js7}{h6}$	$\frac{K7}{h6}$	$\frac{M7}{h6}$	$\frac{N7}{h6}$	$\frac{P7}{h6}$	$\frac{R7}{h6}$	$\frac{S7}{h6}$	$\frac{T7}{h6}$	$\frac{U7}{h6}$				
h7					$\frac{E8}{h7}$	$\frac{F8}{h7}$		$\frac{H8}{h7}$	$\frac{Js8}{h7}$	$\frac{K8}{h7}$	$\frac{M8}{h7}$	$\frac{N8}{h7}$									
h8				$\frac{D8}{h8}$	$\frac{E8}{h8}$	$\frac{F8}{h8}$		$\frac{H8}{h8}$													
h9				$\frac{D9}{h9}$	$\frac{E9}{h9}$	$\frac{F9}{h9}$		$\frac{H9}{h9}$													
h10				$\frac{D10}{h10}$				$\frac{H10}{h10}$													
h11	$\frac{A11}{h11}$	$\frac{B11}{h11}$	$\frac{C11}{h11}$	$\frac{D11}{h11}$				$\frac{H11}{h11}$													
h12		$\frac{B12}{h12}$						$\frac{H12}{h12}$													

注　标注▼的配合为优先配合。

3.2.7　一般公差——线性尺寸的一般公差

为了简化制图，突出配合尺寸的重要性，国家标准规定，对尺寸精度要求不高的非配合尺寸，不必标注公差要求，应按表 3 - 6 在技术要求里统一说明。例如，当一般公差选用中等级时，可在技术要求中注明：未注公差按 GB/T 1804—2000。

表 3 - 6　　　　　　　　**线性尺寸的极限偏差数值**　　　　　　　　　mm

公差等级	尺　寸　分　段							
	0.5～3	>3～6	>6～30	>30～120	>120～400	>400～1000	>1000～2000	>2000～4000
f（精密级）	±0.05	±0.05	±0.1	±0.15	±0.2	±0.3	±0.5	—
m（中等级）	±0.1	±0.1	±0.2	±0.3	±0.5	±0.8	±1.2	±2
c（粗糙级）	±0.2	±0.3	±0.5	±0.8	±1.2	±2	±3	±4
v（最粗级）	—	±0.5	±1	±1.5	±2.5	±4	±6	±8

一般公差主要用于精度较低的非配合尺寸，当零件的功能要求一个比一般公差大的公差，而该公差比一般公差更经济时，应在基本尺寸后直接注出具体的极限偏差数值。

一般公差的线性尺寸是在车间加工精度保证的情况下加工出来的，一般可以不检验。若生产方和使用方有争议时，应以表 3 - 6 中查出的极限偏差作为依据来判断其合格性。

3.3　公差与配合的选择

尺寸公差与配合的选择是机械设计与制造中的一个重要环节。它是在基本尺寸已经确定的情况下进行的尺寸精度设计。公差与配合的选择是否恰当，对产品的性能、质量、互换性及经济性有着重要的影响。选择的原则是在满足使用要求的前提下能够获得最佳的技术经济效益。选择的方法有计算法、类比法、试验法等。

3.3.1 类比法

（1）配合制的选择

配合制的选择原则是优先选用基孔制，特殊情况下也可选用基轴制或非基准制。

加工中小孔时，一般均采用钻头、铰刀、拉刀等定尺寸刀具，测量和检验中小孔时，多使用塞规等定尺寸量具。采用基孔制可以使它们的类型和数量减少，具有良好的经济效果，这是采用基孔制的主要原因。大尺寸孔的加工虽然不存在上述问题，但为了同中小尺寸孔保持一致，也采用基孔制。

当一轴多孔配合时，为了简化加工和装配，常采用基轴制配合。如图 3-15 所示，活塞连杆机构中［见图 3-15（a）］，活塞销与活塞孔的配合要求紧些（M6/h5），而活塞销与连杆孔的配合则要求松些（H6/h5）。若采用基孔制［见图 3-15（b）］，则活塞孔和连杆孔的公差带相同，而两种不同的配合就需要按两种公差带来加工活塞销，这时的活塞销就应制成阶梯形。这种形状的活塞销加工不方便，而且装配不利（将连杆孔刮伤）。反之，采用基轴制［见图 3-15（c）］，则活塞销按一种公差带加工，而活塞孔和连杆孔按不同的公差带加工，来获得两种不同的配合，加工方便，并能顺利装配。

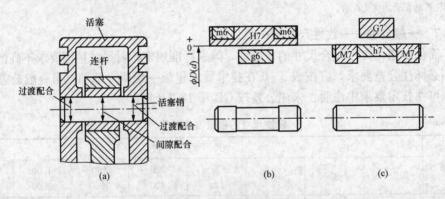

图 3-15　活塞连杆机构
（a）活塞连杆结构；（b）基孔制配合；（c）基轴制配合

农业机械与纺织机械中经常使用具有一定精度的冷拉钢材（这种钢材是按基轴制的轴尺寸制造的）直接作轴，极少加工。在这种情况下，应选用基轴制。

与标准件或标准部件相配合的孔或轴，必须以标准件或标准部件为基准件来选基准制。如图 3-16 所示，滚动轴承内圈与轴颈的配合必须采用基孔制 j6，外圈与外壳孔的配合必须选基轴制 G7。

在图 3-16 中还可以看出，轴套与轴颈的配合在径向只要求自由装配。如果轴颈与内圈的配合采用基孔制，且按配合的需要已确定轴颈的公差带为 $\phi55\text{j}6$，在这种情况下，轴套孔不能选用基准孔，而必须选用大间隙配合的非基准公差带 D9，此处的配合即为非基准制配合。

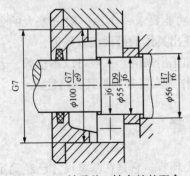

图 3-16　轴承盖、轴套处的配合

（2）公差等级的选择

选择公差等级时，要正确处理使用要求、制造工艺和成本之间的关系。因此选择公差等级的基本原则是：在满足使用要求的前提下，尽量选取低的公差等级。设计时，可参阅表3-7和表3-8。

表3-7　　　　　　　　　　　　各个公差等级的应用范围

应用	公差等级																	
	IT01	IT0	IT1	IT2	IT3	IT4	IT5	IT6	IT7	IT8	IT9	IT10	IT11	IT12	IT13	IT14	IT15	IT16	IT17	IT18
量块	○	○	○															
量规			○	○	○	○	○	○	○	○								
配合尺寸						○	○	○	○	○	○	○	○					
精密等级				○	○	○	○											
非配合尺寸														○	○	○	○	○	○	○
原材料尺寸										○	○	○	○	○	○	○	○	○	

表3-8　　　　　　　　　　　　配合尺寸5～12级的应用

公差等级	应　用
5级	主要用在配合公差、形状公差要求甚小的地方。它的配合性质稳定，一般在机床、发动机、仪表等重要部位应用。例如，与D级滚动轴承配合的箱体孔；与E级滚动轴承配合的机床主轴，机床尾架与套筒；精密机械及高速机械中轴径；精密丝杆轴径等
6级	配合性质能达到较高的均匀性，例如，与E级滚动轴承相配合的孔、轴径；与齿轮、蜗轮、联轴器、带轮、凸轮等连接的轴径；机床丝杠轴径；摇臂钻立柱；机床夹具中导向件外径尺寸；6级精度齿轮的基准孔；7、8级精度齿轮基准轴径
7级	7级精度比6级稍低，应用条件与6级基本相似，在一般机械制造中应用较为普遍。例如，联轴器、带轮、凸轮等孔径；机床夹盘座孔；夹具中固定钻套，可换钻套；7、8级齿轮基准孔，9、10级齿轮基准轴
8级	在机器制造中属于中等精度。例如，轴承座衬套沿宽度方向尺寸；9～12级齿轮基准孔；11～12级齿轮基准轴
9级 10级	主要用于机械制造中轴套外径与孔；操纵件与轴；空轴带轮与轴；单键与花键
11级 12级	配合精度很低，装配后可能产生很大间隙，适用于基本上没有什么配合要求的场合。例如，机床上法兰盘与止口；滑块与滑移齿轮；加工中工序间尺寸；冲压加工的配合件；机床制造中的扳手孔与扳手座的连接

用类比法选择公差等级时，还应考虑以下问题。

第一，应考虑孔和轴的工艺等价性。孔和轴的工艺等价性即孔和轴加工难易程度应相同。一般而言，孔的公差等级低于8级时，孔和轴的公差等级应相同；孔的公差等级高于8级时，轴应比孔高一级；孔的公差等级等于8级时，两者均可。这样，可保证孔和轴的工艺等价性。如 H9/d9、H8/f7、H8/n8、H7/p6。

第二，要注意相关件和相配件的精度。例如，齿轮孔与轴的配合取决于相关件齿轮的精度等级（可参阅有关齿轮的国家标准）。

第三，必须考虑加工成本。如图3-16所示的轴颈与轴套的配合，按工艺等价原则，轴套应选7级公差（加工成本较高），但考虑到它们在径向只要求自由装配，为大间隙的间隙配合，此处选择了9级公差，有效地降低了成本。

（3）配合的选择

配合的选择实质上是对间隙和过盈的选择。其原则是：拆装频率较高，定心精度要求较低时，选择间隙较大的配合，间隙较大；传递扭矩较大时，选择过盈量较大的配合，过盈量较大。

间隙配合主要用于相互配合的孔和轴有相对运动或需要经常拆装的场合。图 3-16 中，轴承端盖与箱体的配合，由于需要经常拆装，选用了大间隙的间隙配合 G7/e9；轴颈与轴套的配合，由于定心精度要求不高，亦选用了大间隙的间隙配合 D9/j6。而图 3-17 所示的车床主轴支承套，由于定心要求高，选用了小间隙的间隙配合 H6/h5。

过渡配合的定位精度比间隙配合的定位精度高，拆装又比过盈配合方便，因此，过渡配合广泛应用于有对中性要求、靠紧固件传递扭矩又经常拆装的场合。例如，齿轮孔和轴靠平键连接时的配合，若偏重于定位精度要求，则应选择偏紧的过渡配合，即基本偏差 m、n、p 的配合（若未说明，均以基孔制为例）；若套定位偏重于拆装的方便性，则应选择偏松的过渡配合，即基本偏差为 js、k 的配合。

过盈配合主要用于传递扭矩和实现牢固结合，通常不需要拆卸。

基本偏差为 p 或 r 的公差带与基准孔组成过盈定位配合，能以最好的定位精度达到部件的刚性及对中要求，用于定位精度特别重要的场合。需要传递扭矩时，必须加紧固件。如图 3-18 所示卷扬机的绳轮与齿轮的结合，采用过盈定位配合 H7/p6，保证绳轮与齿轮组成部件的刚性与对中性要求，通过键传递扭矩。

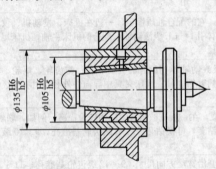

图 3-17 主轴支承图

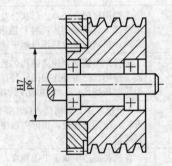

图 3-18 带轮与齿轮的配合

基本偏差为 s 的公差带与基准孔组成中等过盈配合。中等压入配合一般很难拆卸，可以产生相当大的结合力。传递扭矩时，无需加紧固件。如图 3-19 所示装配式蜗轮轮缘与轮毂的配合用 ϕH6/s5，就是靠过盈量形成的结合力牢固结合在一起的。

基本偏差为 u 的公差带与基准孔组成过盈配合。过盈配合很难拆卸，一般用加热轴套的方法装配，可以产生巨大的结合力。传递扭矩时，无需加紧固件。如图 3-20 所示的火车轮毂与轴的结合常采用配合 ϕH6/u5。

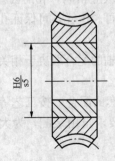

图 3-19 蜗轮轮缘与轮毂的配合

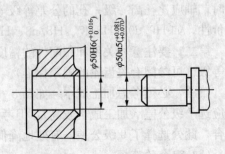

图 3-20 火车轮毂与轴的配合

基本偏差代号为 v～zc 的各公差带与基准孔组成大过盈配合。这些配合的过盈量太大，目前使用经验和资料都不足，一般不采用。

（4）其他问题

工作温度、装配变形、生产批量也是必须考虑的问题，此外，还应尽量采用优先与常用配合。

[**例 3-5**] 锥齿轮减速器如图 3-21 所示，已知传递的功率 $P=100kW$，中速轴转速 $n=750r/min$，稍有冲击，在中小型工厂小批生产。试选择以下四处的公差等级和配合：联轴器 1 和输入端轴颈 2；带轮 8 和输出端轴颈；小锥齿轮 10 和轴颈；套杯 4 外径和箱体 6 座孔。

解 由于四处配合无特殊的要求，所以优先采用基孔制。

1）联轴器 1 是用精制螺栓连接的固定式刚性联轴器，为防止偏斜引起附加载荷，要求对中性好，联轴器是中速轴上重要配合件，无轴向附加紧固装置，结构上采用紧固件，故选用过渡配合 $\phi40H7/m6$。

2）带轮 8 和输出轴轴颈配合和上述配合比较，定心精度紧固要求不高，且又有轴向定位件，为便于装卸可选用 $\phi H8/h7$（h8、js7、js8），本例选用 $\phi50H8/h8$。

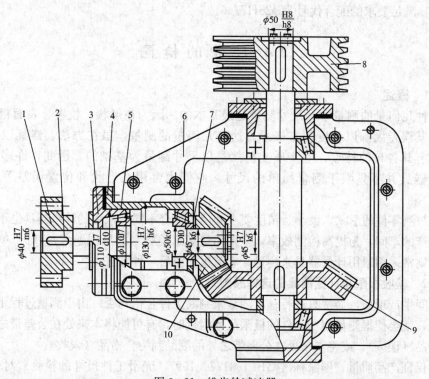

图 3-21 锥齿轮减速器

1—联轴器；2—输入端轴颈；3—轴承盖；4—套杯；5—轴承 7310；6—下箱体；7—隔套；
8—皮带轮；9—大锥齿轮；10—小锥齿轮

3）小锥齿轮 10 内孔和轴颈，是影响齿轮传动的重要配合，内孔公差等级由齿轮精度决定，一般减速器齿轮精度为 8 级，故基准孔为 IT7。为保证齿轮的工作精度和啮合性能，要求准确对中，一般选用过渡配合加紧固件，可供选用的配合有 H7/js6（k6、m6、n6，其至 p6、r6），至于采用哪种配合，主要考虑装卸要求、载荷大小、有无冲击振动、转速高低、批量生产等因素。此处是为中速、中载、稍有冲击、小批量生产，故选用 $\phi45H7/k6$。

4）套杯 4 外径和箱体孔配合是影响齿轮传动性能的重要部位，要求准确定心。但考虑到为调整锥齿轮间隙而轴向移动的要求，为便于调整，选用最小间隙为零的间隙定位配合 $\phi130H7/h6$。

3.3.2　计算法

当配合要求非常明确时，可采用计算法来确定配合代号。下面以例题来说明此方法。

[例 3-6] 有一基孔制的孔、轴配合，基本尺寸 $\phi25$，最大间隙不得超过 0.074，最小间隙不得小于 0.04，试确定其配合代号。

解　$T_f = X_{max} - X_{min} = +0.074 - 0.040 = +0.034$

为了满足使用要求，必须使 $T_f \geqslant T_h + T_s$，查表 3-1 可知：IT6=0.013，IT7=0.021。考虑到工艺等价原则，孔应选用 7 级公差 $T_h = 0.021$，轴应选用 6 级公差 $T_s = 0.013$。

又因为基孔制配合，所以 EI=0，ES=EI+T_h=+0.021。孔的公差带代号为 H7。

由 X_{min}=EI-es=+0.040 可知 es=EI-X_{min}=-0.040，对照表 3-2 可知，基本偏差代号为 e 的轴可以满足要求。所以轴的公差代号为 e6。其下偏差 ei=-0.053。

所以，满足要求的配合代号为 $\phi25H7/e6$。

3.4　尺寸的检测

3.4.1　概述

在各种几何量的测量中，尺寸测量是最基本的。因为在形状、位置、表面粗糙度等的测量中，其误差大都以长度值来表示。这些几何量的测量，虽在方法、器具以及数据的处理方面有其各自的特点，但实质上仍然是以尺寸测量为基础的。因此，许多通用性的尺寸测量器具并不只限于测量简单的尺寸，它们也常用在形状和位置误差等的测量中使用。

由于被测零件的形状、大小、精度要求和使用场合不同，采用的计量器具也不同。对于大批量生产的车间，为提高检测效率，多采用量规来检验（详见课题六）；对于单件或小批量生产，则常采用通用计量器具来测量。本节仅介绍后一种方法。

3.4.2　验收极限与计量器具的选择原则

在车间生产现场，通常只进行一次测量来判断工件合格与否。由于测量过程不可避免地存在误差，就会使得测量值在工件的极限尺寸附近时，有可能将本来处在公差带之内的合格品判为废品（误废），或将本来处在公差带之外的废品判为合格品（误收）。

为了保证产品质量，国家标准 GB/T 3177—1997《光滑工件尺寸的检验》对验收原则、验收极限和计量器具的选择等做了规定。该标准适用于普通计量器具（如游标卡尺、千分尺及车间使用的比较仪等）、对图样上注出的公差等级为 IT6～IT8 级、基本尺寸至 500mm 的光滑工件尺寸的检验，也适用于对一般公差尺寸的检验。

（1）验收极限与安全裕度

国家标准规定的验收原则是：所有验收方法应只接受位于规定的极限尺寸之内的工件，即允许有误废而不允许有误收。为了保证这一验收原则的实现，保证零件达到互换性要求，将误收减至最小，规定了验收极限。

验收极限是指检验工件尺寸时判断合格与否的尺寸界线。国家标准规定，验收极限可以按照下列两种方法之一确定。

方法一：验收极限是从图样上规定的最大极限尺寸和最小极限尺寸分别向工件公差带内移动一个安全裕度 A 来确定，如图 3-22 所示。

上验收极限＝最大极限尺寸－A

下验收极限＝最小极限尺寸＋A

安全裕度 A 由工件公差 T 确定，A 的数值取工件公差的 1/10，其数值见表 3-9。

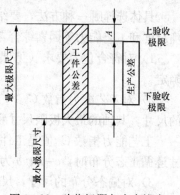

图 3-22　验收极限与安全裕度

表 3-9　　　　安全裕度（A）与计量器具的测量不确定度允许值（u_1）　　　　μm

公差等级		IT6					IT7					IT8					IT9				
基本尺寸 (mm)		T	A	u_1			T	A	u_1			T	A	u_1			T	A	u_1		
大于	至			Ⅰ	Ⅱ	Ⅲ			Ⅰ	Ⅱ	Ⅲ			Ⅰ	Ⅱ	Ⅲ			Ⅰ	Ⅱ	Ⅲ
—	3	6	0.6	0.54	0.9	1.4	10	1.0	0.9	1.5	2.3	14	1.4	1.3	2.1	3.2	25	2.5	2.3	3.8	5.6
3	6	8	0.8	0.72	1.2	1.8	12	1.2	1.1	1.8	2.7	18	1.8	1.6	2.7	4.1	30	3.0	2.7	4.5	6.8
6	10	9	0.9	0.81	1.4	2.0	15	1.5	1.4	2.3	3.4	22	2.2	2.0	3.3	5.0	36	3.6	3.3	5.4	8.1
10	18	11	1.1	1.0	1.7	2.5	18	1.8	1.7	2.7	4.1	27	2.7	2.4	4.1	6.1	43	4.3	3.9	6.5	9.7
18	30	13	1.3	1.2	2.0	2.9	21	2.1	1.9	3.2	4.7	33	3.3	3.0	5.0	7.4	52	5.2	4.7	7.8	12
30	50	16	1.6	1.4	2.4	3.6	25	2.5	2.3	3.8	5.6	39	3.9	3.5	5.8	8.8	62	6.2	5.6	9.3	14
50	80	19	1.9	1.7	2.9	4.3	30	3.0	2.7	4.5	6.8	46	4.6	4.1	6.9	10	74	7.4	6.7	11	17
80	120	22	2.2	2.0	3.3	5.0	35	3.5	3.2	5.3	7.9	54	5.4	4.9	8.1	12	87	8.7	7.8	13	20
120	180	25	2.5	2.3	3.8	5.6	40	4.0	3.6	6.0	9	63	6.3	5.7	9.5	14	100	10	9.0	15	23
180	250	29	2.9	2.6	4.4	6.5	46	4.6	4.2	6.9	10	72	7.2	6.5	11	16	115	12	10	17	26
250	315	32	3.2	2.9	4.8	7.2	52	5.2	4.7	7.8	12	81	8.1	7.3	12	18	130	13	12	19	29
315	400	36	3.6	3.2	5.4	8.1	57	5.7	5.1	8.4	13	89	8.9	8.0	13	20	140	14	13	21	32
400	500	40	4.0	3.6	6.0	9.0	63	6.3	5.7	9.5	14	97	9.7	8.7	15	22	155	16	14	23	35

由于验收极限向工件的公差带之内移动，为了保证验收时合格，在生产时工件不能按原有的极限尺寸加工，应按由验收极限所确定的范围生产，这个范围称"生产公差"。

方法二：验收极限等于图样上规定的最大极限尺寸和最小极限尺寸，即 A 值等于零。

　　具体选择哪一种方法，要结合工件尺寸功能要求及其重要程度、尺寸公差等级、测量不确定度和工艺能力等因素综合考虑。具体包括以下原则。

　　1）对符合包容要求（见课题四）的尺寸，公差等级高的尺寸，其验收极限按方法一确定。

　　2）对工艺能力指数 $C_p \geqslant 1$ 时，其验收极限可以按方法二确定。但对要求符合包容要求的尺寸，其轴的最大极限尺寸和孔的最小极限尺寸仍要按方法一确定。

　　工艺能力指数 C_p 值是工件公差值 T 与加工设备工艺能力 $c\sigma$ 之比值。c 为常数，工件尺寸遵循正态分布时，$c=6$；σ 为加工设备的标准偏差；$C_p = T/6\sigma$。

　　3）对偏态分布的尺寸，尺寸偏向的一边应按方法一确定。

　　4）对非配合和一般的尺寸，其验收极限按方法二确定。

　　（2）计量器具的选择原则

　　计量器具的选择主要取决于计量器具的技术指标和经济指标。为了保证测量的可靠性和量值的统一，国家标准规定：按照计量器具的测量不确定度允许值 u_1 选择计量器具。u_1 值见表 3-9，其值大小分为 Ⅰ、Ⅱ、Ⅲ 挡，分别约为工件公差的 1/10、1/6、1/4。对于 IT6～IT11，u_1 值分为 Ⅰ、Ⅱ、Ⅲ 挡；对于 IT12～IT18，u_1 值分为 Ⅰ、Ⅱ 挡。一般情况下，优先选用 Ⅰ 挡，其次是 Ⅱ、Ⅲ 挡。

　　表 3-10～表 3-12 给出了在车间条件下常用的千分尺、游标卡尺、比较仪和指示表的不确定度。在选择计量器具时，所选用的计量器具的不确定度应小于或等于计量器具不确定度的允许值。

表 3-10　　　　　　　　　千分尺和游标卡尺的不确定度　　　　　　　　mm

尺 寸 范 围		计 量 器 具 类 型			
		分度值 0.01 外径千分尺	分度值 0.01 内径千分尺	分度值 0.02 游标卡尺	分度值 0.05 游标卡尺
大于	至	不　确　定　度			
0	50	0.004	0.008	0.020	0.050
50	100	0.005			
100	150	0.006			
150	200	0.007			
200	250	0.008	0.013		
250	300	0.009			
300	350	0.010			0.100
350	400	0.011	0.020		
400	450	0.012			
450	500	0.013	0.025		
500	600		0.030		
600	700				
700	1000				0.150

表 3-11   **比 较 仪 的 不 确 定 度**

尺寸范围		所使用的计量器具			
		分度值为 0.0005mm（相当于放大倍数 2000 倍）的比较仪	分度值为 0.001mm（相当于放大倍数 1000 倍）的比较仪	分度值为 0.002mm（相当于放大倍数 400 倍）的比较仪	分度值为 0.005mm（相当于放大倍数 250 倍）的比较仪
大于	至	不 确 定 度			
	25	0.0006	0.0010	0.0017	0.0030
25	40	0.0007			
40	65	0.0008	0.0011	0.0018	
65	90	0.0008			
90	115	0.0009	0.0012	0.0019	
115	165	0.0010	0.0013		
165	215	0.0012	0.0014	0.0020	
215	265	0.0014	0.0016	0.0021	0.0035
265	315	0.0016	0.0017	0.0022	

表 3-12   **指 示 表 的 不 确 定 度**

尺 寸 范 围		所使用的计量器具			
		分度值为 0.001mm 的千分表（0 级在全程范围内）分度值为 0.002mm 的千分表在 1 转范围内	分度值为 0.001mm、0.002mm、0.005mm 的千分表（1级在全程范围内）分度值为 0.01mm 的百分表（0级在任意1mm内）	分度值为 0.001mm 百分表（0级在全程范围内）（1级在任意1mm 内）	分度值为 0.001mm 的百分表（1 级在全程范围内）
大于	至	不 确 定 度（mm）			
	25	0.005			
25	40				
40	65				
65	90		0.010	0.018	0.030
90	115				
115	165				
165	215	0.006			
215	265				
265	315				

[例 3-7] 被检验工件为 42h9Ⓔ，试确定验收极限，并选择适当的计量器具。

解 因为此工件遵守包容要求，故应按方法一确定验收极限。由表 3-9 查得安全裕度 $A=0.0062$，则可得

$$上验收极限 = 42 - 0.0062 = 41.994$$
$$下验收极限 = 42 - 0.062 + 0.0062 = 41.944$$

由表 3-9 按优先选用 Ⅰ 挡的原则，查得计量器具不确定度的允许值 $u_1=0.0054$。由表 3-10 查得分度值为 0.01 的千分尺不确定度为 0.004，它小于 0.0054，所以能满足要求。

习　题

3-1　按照有关要求填写完成表 3-13 中的各项内容。

表 3-13　　　　　　　　　　公差项目计算表

基本尺寸	最大极限尺寸	最小极限尺寸	上偏差	下偏差	公差	尺寸标注
孔 ϕ12	12.050	12.032				
轴 ϕ60			+0.072		0.019	
孔 ϕ30		29.959			0.021	
ϕ80			−0.010	−0.056		
孔 ϕ50				−0.034	0.039	
孔 ϕ40			+0.014	−0.011		
轴 ϕ70	69.970				0.074	

3-2　是非判断题

(1) ϕ20H7 和 ϕ20F7 的尺寸精度是一样的。　　　　　　　　　　（　　）

(2) 尺寸公差可正可负，一般都取正值。　　　　　　　　　　　　　（　　）

(3) 尺寸的基本偏差可正可负，一般都取正值。　　　　　　　　　　（　　）

(4) ϕ20H7/s6 是过渡配合。　　　　　　　　　　　　　　　　　　（　　）

(5) 公差值越小的零件，越难加工。　　　　　　　　　　　　　　　（　　）

(6) 某孔的实际尺寸小于与其结合的轴的实际尺寸，则形成过盈配合。　（　　）

3-3　选择题

(1) 如图 3-23 所示，尺寸 ϕ26 属于（　　　）。

A. 重要配合尺寸　　B. 一般配合尺寸　　　　C. 一般公差尺寸　　　　D. 没有公差要求

(2) 如图 3-24 所示，尺寸 ϕ22 和尺寸 ϕ26 的加工精度（　　　）。

A. ϕ22 高　　　　　B. ϕ26 高　　　　　　C. 差不多　　　　　　　D. 无法判断

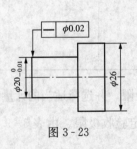

图 3-23

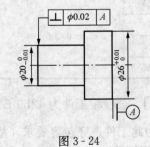

图 3-24

(3) ϕ20g6 和（　　　）组成工艺等价的基孔制间隙配合。

A. ϕ55H5　　　　　B. ϕ55H6　　　　　　C. ϕ55H7　　　　　　D. ϕ55G5

(4) ϕ40js8 的尺寸公差带图和尺寸零线的关系是（　　　）。

A. 在零线上方　　B. 在零线下方　　　　C. 对称于零线　　　　D. 不确定

（5）尺寸 $\phi48F6$ 中，"F" 代表（　　）。

A. 尺寸公差带代号　　　　B. 公差等级代号　　　　C. 基本偏差代号　　　　D. 配合代号

（6）$\phi30F8$ 和 $\phi30H8$ 的尺寸公差带图（　　）。

A. 宽度不一样　　　　　　　　　　　　B. 相对零线的位置不一样

C. 宽度和相对零线的位置都不一样　　　D. 宽度和相对零线的位置都一样

（7）下列配合中最松的是（　　）。

A. H7/r6　　　　　B. H8/g7　　　　　C. M8/h7　　　　　D. R7/h6

（8）公差带的选用顺序是尽量选择（　　）代号。

A. 一般　　　　　B. 常用　　　　　C. 优先　　　　　D. 随便

3-4　按照有关要求填写完成表 3-14 中的各项内容。

表 3-14 　　　　　　　　　　　**公 差 项 目 计 算 表**

基本尺寸	孔			轴			X_{max}或Y_{min}	X_{min}或Y_{max}	X_{av}或Y_{av}	T_f
	ES	EI	T_h	es	ei	T_s				
$\phi25$		0				0.021	+0.074		+0.057	
$\phi14$		0				0.010		−0.012	+0.0025	
$\phi45$			0.025	0				−0.050	−0.0295	

3-5　按 $\phi30k6$ 加工一批轴，完工后测得这批轴的最大实际尺寸为 $\phi30.015$，最小为 $\phi30$。问：该轴的尺寸公差为多少？这批轴是否全部合格？为什么？

3-6　为什么优先采用基孔制？

3-7　查表画出下列相互配合的孔、轴的公差带图，说明配合性质及基准制，并计算极限盈、隙指标。

（1）$\phi20H8/f7$；（2）$\phi60H6/p5$；（3）$\phi110S6/h4$；（4）$\phi45S6/h5$；（5）$\phi40H7/t6$；（6）$\phi90D6/h5$。

3-8　设采用基孔制。孔、轴基本尺寸和使用要求如下，试确定配合代号。

（1）$D=40$，$X_{max}=+0.07$，$X_{min}=+0.02$；

（2）$D=100$，$Y_{min}=-0.02$，$Y_{max}=-0.13$；

（3）$D=10$，$X_{max}=+0.01$，$Y_{max}=-0.02$。

3-9　被检验工件为 $\phi30H9$，试确定验收极限，并选择适当的计量器具。

3-10　被检验工件为 $\phi25f7$，试确定验收极限，并选择适当的计量器具。

课题四　形位公差与检测

4.1　基　本　概　念

为了保证零件的互换性和工作精度等要求，不仅要控制尺寸误差，还必须使零件几何要素规定在合理的形状和位置精度（简称形位精度）范围内，用于限制其形状和位置误差（简称形位公差）。

零件图纸上给出的机械零件都是没有误差的理想几何体。但在实际加工过程中，由于机床—夹具—刀具—工件所构成的工艺系统本身存在各种误差，以及加工过程中出现受力变形、热变形、振动、磨损等各种干扰，致使被加工零件的实际形状和相互位置与理想几何体规定的形状和线、面相互位置存在差异，这种形状上的差异称为形状误差，相互位置上的差异称为位置误差，统称为形位误差。

零件的形位误差对零件使用性能的影响可归纳为以下三个方面。

1）影响零件的功能要求。例如，机床导轨表面的直线度、平面度不好，将影响机床刀架的运动精度。齿轮箱上各轴承孔的位置误差，将影响齿轮传动的齿面接触精度和齿侧间隙。

2）影响零件的配合性质。例如，对于圆柱结合的间隙配合，圆柱表面的形状误差会使间隙大小分布不均，当配合件发生相对转动时，磨损加快，降低零件的工作寿命和运动精度。

3）影响零件的自由装配性。例如，轴承盖上各螺钉孔的位置不正确，在用螺栓往机座上紧固时，就有可能影响其自由装配。

总之，零件的形位误差对其工作性能的影响不容忽视，它是衡量机器、仪器产品质量的重要指标。

4.1.1　几何要素

任何机械零件都是由点、线、面组合而成的，这些构成零件几何特征的点、线、面统称为几何要素。图4-1所示的零件就是由多种几何要素组成的。

形位误差研究的对象就是这些几何要素。要素可以按不同的特征进行分类，分为以下几类。

（1）**按存在的状态分**

1）理想要素。具有几何学意义的要素称为理想要素，即几何的点、线、面，它不存在任何误差。

2）实际要素。零件上实际存在的要素称为实际要素，通常用测得的要素来代替。由于测量误差的存在，无法反映实际要素的真实情况，因此测得的要素并不是实际要素的全部客观情况。

（2）**按结构特征分**

1）轮廓要素。构成零件外形的直接为人们所感觉到的点、线、面各要素。如平面、圆柱面、球面、曲线、曲面等。

2）中心要素。中心要素是构成零件轮廓的对称中

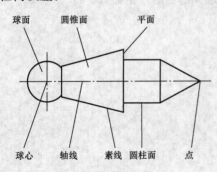

图4-1　零件的几何要素

球面　圆锥面　平面

球心　轴线　素线　圆柱面　点

心的点、线、面。虽然不能为人们所直接感觉，但随着相应轮廓要素的存在而客观地存在着。如圆心、球心、轴线、中心平面等。

（3）按在形位公差中所处的地位分

1）被测要素。在图样上给出了形状或位置公差要求的要素称为被测要素，是检测的对象。图 4-2 中左端外圆柱面和 ϕd_2 圆柱面的轴线为被测要素。

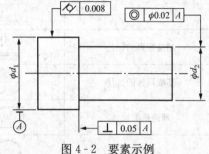

2）基准要素。用来确定被测要素的方向或位置的要素称为基准要素。如图 4-2 中 ϕd_1 圆柱面的轴线。

（4）按结构性能分

1）单一要素。仅对其本身给出形状公差要求的要素称为单一要素，包括直线度、平面度、圆度、圆柱度等。如图 4-2 中 ϕd_1 的圆柱面为单一要素。

图 4-2 要素示例

2）关联要素。对其他要素具有功能关系的要素称为关联要素。所谓功能关系，是指要素间确定的方向和位置关系包括平行度、垂直度、同轴度、对称度等。如图 4-2 中 ϕd_2 圆柱的轴线给出了与 ϕd_1 圆柱同轴度的功能要求。

4.1.2 形位公差的特征及其符号

形位公差的特征项目和符号（见表 4-1）。形位公差特征项目有 14 个，其中形状公差 4 个，它是对单一要素提出的要求，因此无基准要求；位置公差有 8 个，它是对关联要素提出的要求，因此，在大多数情况下有基准要求；形状或位置（轮廓）公差有 2 个。若无基准要求，则为形状公差；若有要求，则为位置公差。

形位公差标准要求及其他附加符号，见表 4-2。

表 4-1 形位公差特征项目及其符号（摘自 GB/T 1182—1996）

公 差		特征项目	符 号	有或无基准要求
形 状	形 状	直线度	▬	无
		平面度	▱	无
		圆 度	○	无
		圆柱度	⌀	无
形状或位置	轮 廓	线轮廓度	⌒	有或无
		面轮廓度	⌓	有或无
位 置	定 向	平行度	∥	有
		垂直度	⊥	有
		倾斜度	∠	有
	定 位	位置度	⊕	有
		同轴（同心）度	◎	有
		对称度	⹀	有
	跳 动	圆跳动	↗	有
		全跳动	↗↗	有

表 4 - 2　　　　　　　　　　　　　形位公差标注要求及其他附加符号

说　明		符　号	说　明	符　号
被测要素的标注	直接	↓⁄⁄⁄⁄	最大实体要求	Ⓜ
	用字母	A ↓⁄⁄⁄⁄	最小实体要求	Ⓛ
基准要素的标注		Ⓐ⁄⁄⁄⁄	可逆要求	Ⓡ
基准目标的标注		φ2⁄A1	延伸公差带	Ⓟ
理论正确尺寸		50	自由状态（非刚性零件）条件	Ⓕ
包容要求		Ⓔ	全周（轮廓）	⟲

4.1.3　形位公差的符号及标注

在技术图样中，用形位公差代号标注零件的形位公差要求，能更好地表达设计意图，使工艺、检测有统一的解释，从而更好地保证产品的质量。

（1）形位公差代号

形位公差代号由两格或多格的矩形方框组成，且在从左至右的格中依次填写形位公差特征项目符号、形位公差值、基准符号、其他附加符号等。

1）公差框格及填写内容。公差框格为矩形方框，由两格或多格组成，在图样中一般水平放置，也有垂直放置的。内容按从左到右的顺序填写，只在第一、二格分别填写公差特性符号、公差值及有关符号，如公差带是圆形或圆柱形的直径时公差值前加注 φ，如为球形公差带则加注 S。

被测要素为单一要素采用两格框格标注。被测要素为关联要素的框格有三格、四格、五格等几种形式。从第三格起填写基准的字母，图 4 - 3（a）所示为基准要素为单一基准。图 4 - 3（b）所示为由两个同类要素 A 与 B 构成一个独立基准 A—B，这种基准称为公共基准。图 4 - 3（c）所示为基准 A 与 B 垂直，即基准 A 与 B 构成直角坐标，A 为第一基准，B 为第二基准，B⊥A。图 4 - 3（d）所示为基准 A、B、C 相互垂直，即基准 A、B、C 构成空间直角坐标，它们的关系是 B⊥A、C⊥A 且 C⊥B，这种基准体系称为三基面体系。

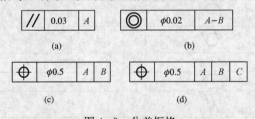

图 4 - 3　公差框格
（a）单一基准；（b）公共基准；（c）两基准要素；
（d）三基准要素

当一个以上要素作为被测要素时，如 4 个要素，应在框格上方标明，如"4×"、"6槽"，如图 4 - 4 所示。

对同一要素有一个以上的公差项目要求时，可将一个框格放在另一个框格的下面。框格高度等于两倍字高，如图 4 - 5 所示。

2）指引线。指引线将公差框格与被测要素联系起来。指引线由细实线和箭头构成，它靠近框格的那一段指引线一定要垂直于框格的一条边，并且保持与公差框格端线垂直，如图

4-6所示指引线引向被测要素允许弯折，但弯折点最多两个。指引线箭头的方向应是公差带的宽度方向或直径方向。指引线的箭头置于要素的轮廓线上或轮廓线的延长线上。当指引线的箭头指向实际表面时，箭头可置于带点的参考线上，该点指在实际表面上。被测要素为中心要素时，指引线的箭头应与尺寸线对齐。

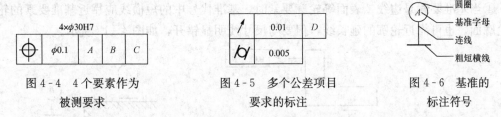

图 4-4 4个要素作为 被测要求　　　　图 4-5 多个公差项目 要求的标注　　　　图 4-6 基准的 标注符号

3）基准。基准字母用英文大写字母表示。无论基准代号的方向如何，其字母必须水平填写，为不致引起误解，国标规定基准字母禁用下列 9 个字母：E、I、J、M、O、P、L、R、F。无论基准代号的方向如何，这些字母在形位公差中另有含义，详细含义见表 4-2。基准字母一般也不允许与图样中任何向视图的字母相同。

基准符号以带小圆的大写字母用连线（细实线）与粗短横线相连，如图 4-6 所示。粗短横线的长度一般等于小圆的直径。连线应画在粗的短横线中间，长度一般等于小圆的直径。小圆的直径为 2 倍字高。基准要素为中心要素时，基准符号的连线与尺寸线对齐。基准要素为轮廓要素时，基准符号的连线与尺寸线应明显错开，粗短横线应靠近基准要素的轮廓线或它的延长线上。

（2）形位公差的标注方法

1）被测要素的标注。被测要素由指引线与形位公差代号相连。指引线一端垂直接方框，另一端画上箭头，并垂直指向被测要素或其延长线。当箭头正对尺寸线时，被测要素是中心要素，否则为轮廓要素，如图 4-7 所示。

用带箭头的指引线将框格与被测要素相连，具体的标注方法有两种。

①当被测要素是轮廓要素时，基准符号的短横线应靠近基准要素的轮廓线或轮廓面，也可靠近轮廓的延长线，但必须与尺寸线明显分开，如图 4-8所示。

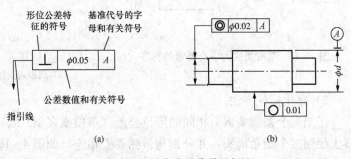

图 4-7 形位公差代号及标注

②当被测要素为轴线、中心平面时，则带箭头的指引线应与尺寸线的延长线重合。被测要素指引线的箭头，可兼做一个尺寸箭头，如图 4-9 所示。

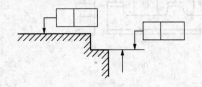
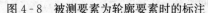

图 4-8 被测要素为轮廓要素时的标注

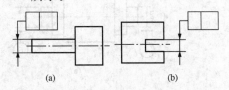

图 4-9 被测要素为中心要素时的标注

　　2）基准要素的标注。相对于被测要素的基准，用基准字母表示。带小圆的大写字母用细实线与粗短横线相连组成基准符号如图 4‑10 所示。小圆内的大写字母是基准字母，无论基准符号在图样中的方向如何，小圆内的字母都应水平书写。表示基准的字母也应注在公差框格内，如图 4‑11 所示。

　　①当基准要素是边线、表面等轮廓要素时，基准代号中的短横线应靠近基准要素的轮廓或轮廓面，也可靠近轮廓的延长线，但要与尺寸线明显错开，如图 4‑12 所示。

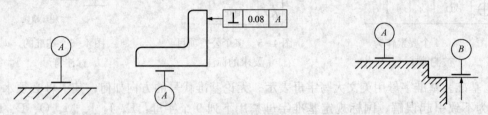

图 4‑10　基准符号　　　　图 4‑11　基准要素的标注　　　　图 4‑12　基准要素为轮廓要素的标注

　　②当基准要素是轴线、中心平面或由带尺寸的要素确定的点时，则基准符号中的细实线与尺寸线一致如图 4‑13（a）所示。如果尺寸线处安排不下两个箭头时，则另一箭头可用短横线代替，如图 14‑13（b）所示。

　　③当基准要素是圆锥体轴线时，则基准符号上的连线与基准要素垂直，即应垂直于轴线而不是垂直于圆锥的素线，其基准短横线应与圆锥素线平行，如图 4‑14（a）所示。任选基准（互为基准）的标注方法如图 4‑14（b）所示。

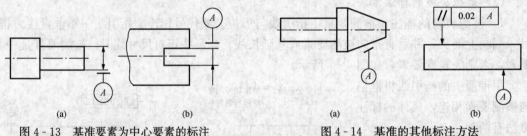

(a)　　　　　　　　　　(b)　　　　　　　　　(a)　　　　　　　　(b)

图 4‑13　基准要素为中心要素的标注　　　　图 4‑14　基准的其他标注方法
　　　　　　　　　　　　　　　　　　　　(a) 圆锥表面作为基准的标注；(b) 任选基准的标注

　　3）简化标注方法。

　　①当多个被测要素有相同的形位公差（单项或多项）要求时，可以在从框格引出的指引线上绘制多个指示箭头，并分别与被测要素相连，如图 4‑15（a）所示。用同一公差带控制几个被测要素时，应在公差框格上注明"共面"或"共线"，如图 4‑15（b）所示。

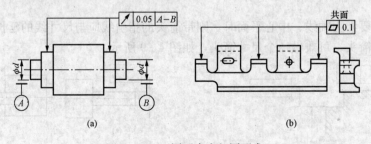

(a)　　　　　　　　　　　　　　　(b)

图 4‑15　不同要素有相同要求

②当同一个被测要素有多项形位公差要求、其标注方法又一致时，可将这些框格绘制在一起，并引用一根指引线，如图4-16所示。

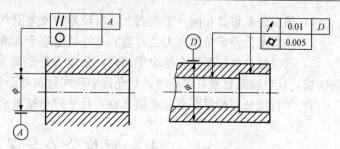

图4-16　同一要素多项要求标注

（3）形位公差标注举例

滚动轴承内圈，如图4-17所示。下面以该内圈的形位公差标注举例，来进一步说明常见形位公差的含义及其标注方法，图例中仅标出与形位公差有关的尺寸。

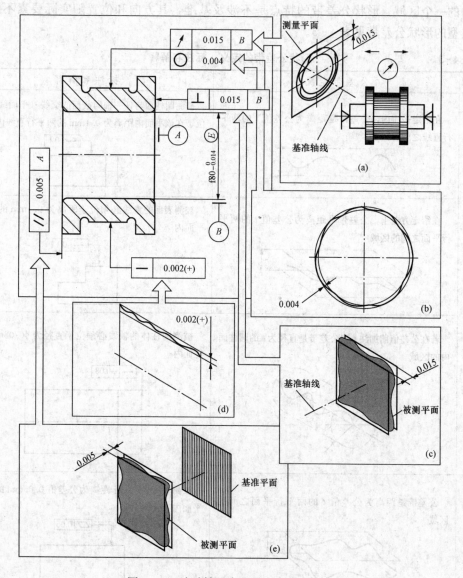

图4-17　滚动轴承内圈形位公差的标注

1）圆度公差带是在同一正截面上，半径差为公差值 0.004 的两同心圆之间的区域。

2）垂直度公差带是距离为公差值 0.015 且垂直于基准线的两平行平面之间的区域。

3）直线度公差带是指在给定平面内，公差带是距离为公差值 0.002 的两平行直线之间的区域，且当被测要素有误差时，只允许中间向材料处凸起。

4）平行度公差带是距离公差值 0.005 且平行于基准平面的两平行平面之间的区域。

4.2　形位公差与误差

4.2.1　形状公差与公差带

形状公差是指单一实际要素的形状所允许的最大变动量。形状公差带是限制实际被测要素变动的一个区域。形状公差带的特点是不涉及基准，其方向和位置随实际要素不同而浮动。典型的形状公差带见表 4 - 3。

表 4 - 3　　　　　　　　　　　形状公差带的定义、标注和解释

特　征	公差带定义	标注和解释
直线度	在给定平面内，公差带是距离为公差值 t 的两平行直线之间的区域	被测圆柱面与任一轴向截面的交线（平面线）必须位于在该平面内距离为 0.1mm 的两平行直线内
	在给定方向上，公差带是距离为公差值 t 的两平行平面之间的区域	被测表面的素线必须位于距离为 0.1mm 的两平行平面内
	若在公差值前加注 ϕ 则公差带是直径为 t 的圆柱面内的区域	被测圆柱体的轴线必须位于直径为 ϕ0.08mm 的圆柱面内
平面度	公差带是距离为公差值 t 的两平行平面之间的区域	被测表面必须位于距离为公差值 0.06mm 的两平行平面内

特　征	公差带定义	标注和解释
圆度	公差带是在同一正截面上，半径差为公差值 t 的两同心圆之间的区域	被测圆柱面任一正截面的圆周必须位于半径差为公差值 0.02mm 的两同心圆之间 ○ 0.02 ϕd 被测圆锥面任一正截面的圆周必须位于半径差为公差值 0.02mm 的两同心圆之间 ○ 0.02
圆柱度	公差带是半径差为公差值 t 的两同轴圆柱之间的区域	被测圆柱面必须位于半径差为公差值 0.05mm 的两同心圆柱面之间 ⌭ 0.05 ϕd

4.2.2　轮廓度公差与公差带

轮廓度公差分为线轮廓度和面轮廓度。轮廓度无基准要求时为形状公差，有基准要求时为位置公差。轮廓度公差带的定义和标注示例，见表 4-4。

无基准要求时，其公差带的形状只由理论正确尺寸（带方框的尺寸）确定，其位置是浮动的；有基准要求时，其公差带的形状和位置由理论正确尺寸和基准确定，公差带的位置是固定的。

4.2.3　位置公差带定义及标注示例

（1）定向公差与公差带

定向公差是关联实际要素对其具有确定方向的理想要素的允许变动量。

理想要素的方向由基准及理论正确尺寸（角度）确定。当理论正确角度为 0° 时，称为平行度公差；为 90° 时，称为垂直度公差；为其他任意角度时，称为倾斜度公差。这三项公差都有面对面、线对线、面对线和线对面四种情况。表 4-5 列出了部分定向公差的公差带定义、标注示例和解释。

表 4-4   轮廓度公差带定义、标注和解释

特 征	公差带定义	标注和解释
线轮廓度	公差带是包络一系列直径为公差值 t 的圆的两包络线之间的区域，诸圆的圆心位于具有理论正确几何形状的线上 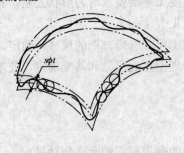	在平行于图样所示投影面的任一截面上，被测轮廓线必须位于包络一系列直径为公差值 0.04mm，且圆心位于具有理论正确几何形状的线上的两包络线之间 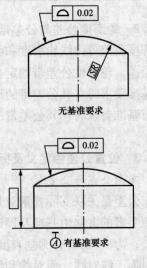
面轮廓度	公差带是包络一系列直径为公差值 t 的球的两包络面之间的区域，诸球的球心位于具有理论正确几何形状的面上	被测轮廓面必须位于包络一系列球的两包络面之间，诸球的直径为公差值 0.02mm，且球心位于具有理论正确几何形状的面上

表 4 - 5   **定向公差带定义、标注和解释**

特 征	公差带定义	标注和解释
平行度	公差带是距离为公差值 t，且平行于基准面的两平行平面之间的区域 面对面	被测表面必须位于距离为公差值 0.05mm，且平行于基准表面 A（基准平面）的两平行平面之间 // 0.05 A
	公差带是距离为公差值 t，且平行于基准平面的两平行平面之间的区域 线对面	被测直线必须位于距离为公差值 0.03mm，且平行于基准表面 A（基准平面）的两平行平面之间 // 0.03 A
	公差带是距离为公差值 t，且平行于基准轴线的两平行平面之间的区域 面对线	被测表面必须位于距离为公差值 0.05mm，且平行于基准线 A（基准轴线）的两平行平面之间 // 0.05 A
	公差带是距离为公差值 t，且平行于基准线，并位于给定方向上的两平行平面之间的区域 线对线	被测轴线必须位于距离为公差值 0.1mm，且在给定方向上平行于基准轴线的两平行平面之间 // 0.01 A

特　征	公 差 带 定 义	标 注 和 解 释
平行度	如在公差值前加注 ϕ，公差带是直径为公差值 t，且平行于基准线的圆柱面内的区域 线对线	被测轴线必须位于直径为公差值 0.1mm，且平行于基准轴线的圆柱面内
垂直度	公差带是距离为公差值 t，且垂直于基准平面的两平行平面之间的区域 面对面	被侧面必须位于距离为公差值 0.05mm，且垂直于基准平面 A 的两平行平面之间
倾斜度	公差带是距离为公差值 t，且与基准线成一给定角度 α 的两平行平面之间的区域 面对线	被测表面必须位于距离为公差值 0.1mm，且与基准线 A（基准轴线）成理论正确角度 75° 的两平行平面之间

定向公差带具有如下特点。

1）定向公差带相对于基准有确定的方向，而其位置通常是浮动的。

2）定向公差带具有综合控制被测要素的方向和形状的功能。在保证使用要求的前提下，对被测要素给出定向公差后，通常不再对该要素提出形状公差要求。需要对被测要素的形状有进一步要求时，可再给出形状公差，且形状公差值应小于定向公差值。

（2）定位公差与公差带

定位公差是关联实际要素对其具有确定位置理想要素的允许变动量。理想要素的位置由基准及理论正确尺寸（长度或角度）确定。当理论正确尺寸为零，且基准要素和被测要素均为轴线时，称为同轴度公差（若基准要素和被测要素的轴线足够短，或均为中心点时，称为同心度公差）；当理论正确尺寸为零，基准要素或（和）被测要素为其他中心要素（中心平面）时，称为对称度公差；在其他情况下均称为位置度公差。部分定位公差的公差带定义、标注和解释见表 4-6。

表 4-6 　　　　　　　　　　**定位公差带定义、标注和解释**

特征	公差带定义	标注和解释
同轴度	公差带是直径为公差值 ϕt 的圆柱面内区域，该圆柱面的轴线与基准轴线同轴 	大圆柱的轴线必须位于直径为公差值 $\phi 0.1$mm，且与公共基准线 $A-B$（公共基准轴线）同轴的圆柱面内
对称度	公差带是距离为公差值 t，且相对基准的中心平面对称配置的两平行平面之间的区域 	被测中心平面必须位于距离为公差值 0.08mm，且相对基准中心平面 A 对称配置的两平行平面之间
位置度	如公差值前加注 $S\phi$，公差带是直径为公差值 t 的球内的区域，球公差带的中心点的位置由相对于基准 A 和 B 的理论正确尺寸确定 点的位置度	被测球的球心必须位于直径为公差值 0.08mm 的球内，该球的球心位于相对基准 A 和 B 所确定的理想位置上
位置度	如在公差值前加注 ϕ，则公差带是直径为 t 的圆柱面内的区域，公差带的轴线的位置由相对于三基面体系的理论正确尺寸确定 线的位置度	每个被测轴线必须位于直径为公差值 0.1mm，且以相对于 A、B、C 基准表面（基准平面）所确定的理想位置为轴线的圆柱内

续表

特征	公差带定义	标注和解释
位置度	公差带是距离为公差值 t，中心平面在面的理想位置的两平行平面之间的区域 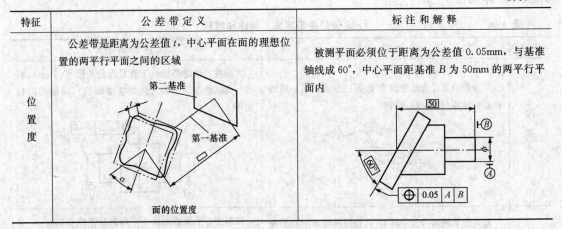 面的位置度	被测平面必须位于距离为公差值 0.05mm，与基准轴线成 60°，中心平面距基准 B 为 50mm 的两平行平面内

定位公差带具有如下特点。

1）定位公差带相对于基准具有确定的位置，其中，位置度公差带的位置由理论正确尺寸确定，同轴度和对称度的理论正确尺寸为零，图上可省略不注。

2）定位公差带具有综合控制被测要素位置、方向和形状的功能。在满足使用要求前提下，对被测要素给出定位公差后，通常对该要素不再给出定向公差和形状公差。如果需要对方向和形状有进一步要求时，则可另行给出定向或（和）形状公差，但其数值应小于定位公差值。

（3）跳动公差与公差带

与定向、定位公差不同，跳动公差是针对特定的检测方式而定义的公差特征项目。它是被测要素绕基准要素回转过程中所允许的最大跳动量，也就是指示器在给定方向上指示的最大读数与最小读数之差的允许值。跳动公差可分为圆跳动和全跳动。

圆跳动是控制被测要素在某个测量截面内相对于基准轴线的变动量。圆跳动又分为径向圆跳动、端面圆跳动和斜向圆跳动三种。

全跳动是控制整个被测要素在连续测量时相对于基准轴线的跳动量。全跳动分为径全跳动和端面全跳动两种。

跳动公差适用于回转表面或其端面。部分跳动公差带定义、标注和解释见表 4 - 7。

表 4 - 7　　　　　　　　　　　跳动公差带定义、标注和解释

特征	公差带定义	标注和解释
圆跳动	公差带是在垂直于基准轴线的任一测量平面内，半径差为公差值 t，且圆心在基准轴线上的两个同心圆之间的区域 径向圆跳动	当被测要素围绕基准线 A（基准轴线）做无轴向移动旋转一周时，在任一测量平面内的径向圆跳动量均不大于 0.05mm

特征	公差带定义	标注和解释
圆跳动	公差带是在与基准同轴的任一半径位置的测量圆柱面上距离为 t 的圆柱面区域 端面圆跳动	被测面绕基准线 A（基准轴线）做无轴向移动旋转一周时，在任一测量圆柱面内的轴向跳动量均不得大于 0.06mm
	公差带是在与基准轴线同轴的任一测量圆锥面上距离为 t 的两圆之间的区域，除另有规定，其测量方向应与被测面垂直 斜向圆跳动	被测面绕基准线 A（基准轴线）做无轴向移动旋转一周时，在任一测量圆锥面上的跳动量均不得大于 0.05mm
全跳动	公差带是半径差为公差值 t，且与基准同轴的两圆柱面之间的区域 径向全跳动	被测要素围绕基准线 A—B 做若干次旋转，测量仪器与工件间同时做轴向移动，此时在被测要素上各点间的示值差均不得大于 0.2mm，测量仪器或工件必须沿着基准轴线方向并相对于公共基准轴线 A—B 移动
	公差带是距离为公差值 t，且与基准垂直的两平行平面之间的区域 端面全跳动	被测要素绕基准轴线 A 做若干次旋转，并在测量仪器与工件间做径向移动，此时，在被测要素上各点间的示值差不得大于 0.1mm，测量仪器或工件必须沿着轮廓具有理想正确形状的线和相对于基准轴线 A 的正确方向移动

跳动公差带具有如下特点。

1）跳动公差带的位置具有固定和浮动双重特点，一方面公差带的中心（或轴线）始终与基准轴线同轴，另一方面公差带的半径又随实际要素的变动而变动。

2）跳动公差具有综合控制被测要素的位置、方向和形状的作用。例如，端面全跳动公差可同时控制端面对基准轴线的垂直度和它的平面度误差；径向全跳动公差可控制同轴度、圆柱度误差。

4.3　形位误差的检测

形状公差带的形状、方向与位置是多种多样的，它取决于被测要素的几何理想要素和设计要求，并以此评定形位误差。若被测实际要素全部位于形位公差带内，零件合格；反之，则不合格。

4.3.1　形状误差的评定

形状误差是被测实际要素的形状对其理想要素形状的变动量，它不大于相应的形状公差值，则为合格。

形位误差是将被测实际要素与其理想要素进行比较时，理想要素相对于实际要素处于不同位置，评定的形状误差值也不同，为了使形状误差测量值具有唯一性和准确性，国家标准规定，最小条件是评定形状误差的基本准则。所谓最小条件，即指两理想要素包容被测实际要素且其距离为最小。

以直线度误差为例说明最小条件，如图 4-18 所示。被测要素的理想要素是直线，与被测实际要素接触的直线位置可有无穷多个。例

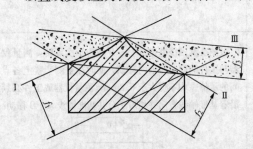

图 4-18　直线度误差的最小包容区域

如，图中直线的位置可处于 Ⅰ、Ⅱ、Ⅲ 位置，若包容被测实际轮廓的两理想直线之间的距离，为图所示 f_1、f_2 和 f_3 中之一，根据上述的最小条件，即包容实际要素的两理想要素所形成的包容区为最小的原则来评定直线度误差，则因 $f_3 < f_2 < f_1$，故图 4-18 应取 f_3 作为直线度误差。

同理可以推出，按最小条件评定平面度误差，用包容实际平面且距离为最小的两个平行平面之间的距离来评定。按最小条件评定圆度误差，是用包容实际圆且半径差为最小的两个同心圆之间的半径差来评定。

将形状误差的评定方法与形状公差带进行对比，不难看出，满足最小条件的包容区的形状与形状公差带的形状是一致的，所不同的是最小包容区的距离必须小于或等于公差数值，形位误差才算合格。

4.3.2　形状误差的判断准则

符合最小条件的理想要素与被测实际要素之间具有何种接触状态，经实际分析和理论证明，得出了各项形状误差符合最小条件的判断准则。下面举例说明几种形状误差最小条件的判断准则。在实际生产中，有时按最小条件判断有一定困难，经生产和订货双方同意，也可以按其他近似于最小条件的方法来评定。

（1）**直线度误差的评定**

1）最小条件法。在给定平面内，两平行直线与实际线呈高低相间接触状态，即高低高或低高低准则。此理想要素为符合最小条件的理想要素，如图 4 - 19 所示。

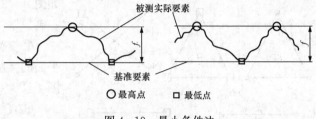

图 4 - 19　最小条件法

2）两端点连线法。以测得的误差曲线首尾两点连线为理想要素，作平行于该连线的两平行直线将被测的实际要素包容，此两平行直线间的纵坐标距离即为直线误差 f'，如图 4 - 20 所示。按最小条件得出的直线度误差值显然有 $f' > f$，只有两端点连线在误差图形的一侧时 $f' = f$（此时两端点连线符合最小条件），如图 4 - 21 所示。

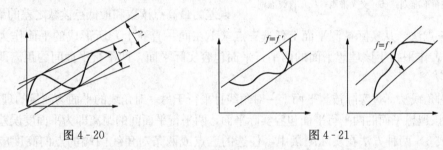

图 4 - 20　　　　　　　　　　　　　图 4 - 21

[例 4 - 1]　用水平仪测量导轨的直线度误差，依次各点读数（已换算成线值，单位为 μm）分别为 $+20$、-10、$+40$、-20、-10、-10、$+20$、$+20$，试确定其直线度误差值。

解　用水平仪测得值为在测量长度上各等距两点的相对差值，需计算出各点相对零点的高度差值，即各点的累积值，计算结果列入表 4 - 8。

表 4 - 8　　　　　　　　　　　数　据　处　理

测量点	0	1	2	3	4	5	6	7	8
读数值（μm）	0	$+20$	-10	$+40$	-20	-10	-10	$+20$	$+20$
累计值（μm）	0	$+20$	$+10$	$+50$	$+30$	$+20$	$+10$	$+30$	$+50$

误差图形如图 4 - 22 所示。

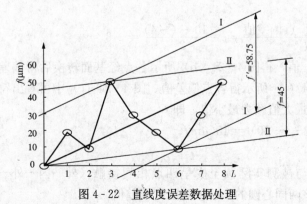

图 4 - 22　直线度误差数据处理

两端点连线法：将 0 点和 8 点的纵坐标 A 点连线，作包容且平行 OA 的两平行线 I，从坐标图上得到直线度误差 $f' = 58.75\mu m$。

最小条件法：按最小条件判断准则，作两平行直线 II，从坐标图得到直线度误差 $f = 45\mu m$。

（2）**平面度误差评定**

1）最小条件法。两平行理想平面与被测实际平面接触状态为图 4 - 23 中的三种情况之一，即为符合最小条件。

①三角形准则：被测实际平面与两平行理想平面的接触点，投影在一个面上呈三角形，如图 4 - 23（a）所示，三高夹一低或三低夹一高。

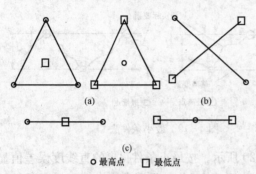

图 4 - 23　平面度误差的最小条件判断准则
(a) 三角形准则；(b) 交叉准则；(c) 直线准则

○最高点　□最低点

②交叉准则：被测实际平面与两平行理想平面的接触点，投影在一个面上呈交叉形，如图 4 - 23（b）所示。

③直线准则：被测实际平面与两平行理想平面的接触点，投影在一个面上呈一直线，如图 4 - 23（c）所示，二高间一低或二低间一高。

在实际测量中，以上三个准则中的高点均为等高最高点，低点均为等高最低点，平面度误差为最高点读数和最低点读数之差的绝对值。

2）三点法。从实际被测平面上任选三点（不在同一直线上）所形成的平面作为测量的理想平面，作平行于该理想平面的两平行平面包容实际平面，两平行平面间的距离即为平面度误差值。

3）对角线法。过实际被测平面上一对角线且平行于另一对角线的平面为测量的理想平面，作平行于该理想平面的两平行平面包容实际平面，两平行平面间的距离即为平面度误差值。

2）或 3）两种方法在实际测量中，任选的三点或两条对角线两端的点的高度应分别相等。平面度误差为测得的最高点读数和最低点读数之差的绝对值。显然，（2）和（3）两种方法都不符合最小条件，是一种近似方法，其数值比最小条件法稍大，且不是唯一的，但由于其处理方法较简单，在生产中有时也应用。

按最小条件法确定的误差值不超过其公差值可判该项要求合格，否则为不合格。按三点法和对角线法确定的误差值不超过其公差值可判该项要求合格，否则既不能确定该项要求合格，也不能判定其不合格，应以最小条件法来仲裁。

[例 4 - 2]　用打表法测量平面表面，测量时分别按行、列等间距步 9 个点，测得 9 个点的读数（单位 μm）如图 4 - 24（a）所示，求平面度误差。

解　图中的读数是在同一测量基面测得的。如果将基面进行转换，例如使基面转到平行于测点 A_3 和 C_1 的连线上，即选取转轴 I—I，使 A_3 的偏差值与 C_1 的偏差值相等，于是得单位旋转量 q 为

$$q = \frac{C_1 \text{ 点偏差值} - A_3 \text{ 点偏差值}}{\text{行距数}} = \frac{-10 - (-4)}{2} = -3$$

将 B 行各偏差加一个 q 值，A 行各加 $2q$ 值，得图 4 - 24（b）所示各点经基面转换后得偏差值。同理，选择轴 II—II，可得图 4 - 24（c）所示得各点偏差值。图 4 - 24（c）中可看出符合交叉准则，故平面度误差 f 为偏差得最大值减去最小值，即

$$f = +3 - (-10) = 13(\mu m)$$

（3）圆度误差的评定

1）最小条件法。两个理想同心圆与被测实际圆至少呈四点相间接触（外—内—外—内），如图 4 - 25 所示的 a、b、c、d。该两同心圆的半径差为圆度误差值。

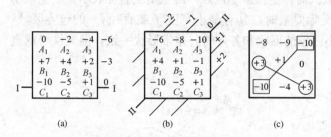

图 4-24 旋转法计算平面度误差的过程   图 4-25 圆度误差最小条件判定准则

2）最小外接圆法。对被测实际圆作一直径为最小的外接圆，再以此圆的圆心为圆心作一内接圆，则此两同心圆的半径差即为圆度误差值。

3）最大内接圆法。对被测实际圆作一直径为最大的内接圆，再以此圆的圆心为圆心作一外接圆，则此两同心圆的半径差即为圆度误差值。

4）最小二乘圆法。最小二乘圆为被测实际圆上各点至该圆的距离的平方和为最小的圆。以该圆的圆心为圆心，作两个包容实际圆的同心圆，该两同心圆的半径差即为圆度误差值。

上述形状误差的判断方法，其结果是不同的，其中 1）为最小条件法，得出的数值最小，而且也是唯一的。而 2）、3）、4）为非最小条件法，若按非最小条件法确定的误差值不超过其公差值，则可认为该项要求合格，否则不能判断其合格与否。最小条件法所得圆度误差值与公差值比较可直接得出该项要求合格与否的结论。在没有比较先进的圆度仪时，可用分度头与千分尺表逐点测量圆度误差。

4.3.3 位置误差的评定

位置误差是被测实际要素对一具有确定方向或位置的理想要素的变动量，理想要素的方向或位置由基准或基准和理论正确尺寸确定。

（1）定向误差的评定

定向误差是被测实际要素对一具有确定方向的理想要素的变动量，理想要素的方向由基准确定。

定向误差值用定向最小包容区域（简称定向最小区域）的宽度或直径表示。定向最小区域是指按理想要素的方向来包容被测实际要素时，具有最小宽度 f 或直径 ϕf 的包容区域，如图 4-26 所示。各误差项目定向最小区域的形状和各自的公差带形状一致，但宽度（或直径）由被测实际要素本身决定。

（2）定位误差的评定

定位误差是被测实际要素对一具有确定位置的理想要素的变动量，理想要素的位置由基准和理论正确尺寸（确定被测要素的理想形状、方向、位置的尺寸，该尺寸不附带公差，用加方框的数字表示）确定。

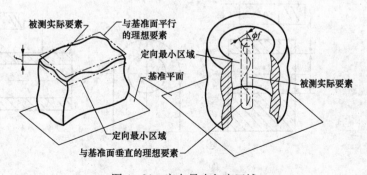

图 4-26 定向最小包容区域

　　定位误差值是用定位最小包容区域（简称定位最小区域）的宽度或直径表示。定位最小区域是指以理想要素定位来包容被测实际要素时，具有最小宽度 f 或直径 ϕf 的包容区域，如图 4-27 所示。各误差项目定位最小区域的形状和各自的公差带形状一致，但宽度（或直径）由被测实际要素本身决定。

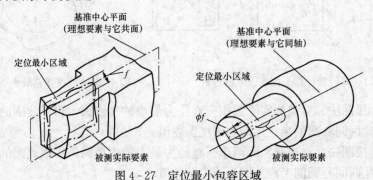

图 4-27　定位最小包容区域

　　（3）跳动误差的评定

　　圆跳动是被测实际要素绕基准轴线做无轴向移动回转一周时，由位置固定的指示器在给定方向上测得的最大与最小读数之差。所谓给定方向，对圆柱面是指径向，对圆柱面是指法线方向，对端面是指轴向。因此，圆跳动又相应地分为径向圆跳动、斜向圆跳动和端面圆跳动。

　　全跳动是被测实际要素绕基准轴线做无轴向移动回转，同时指示器沿基准轴线平行或垂直地连续移动（或被测实际要素每回转一周，指示器沿基准轴线平行或垂直地做间断移动），由指示器在给定方向上测得的最大与最小读数之差。所谓给定方向，对圆柱面来说是径向，对端面是轴向。因此，全跳动又分为径向全跳动和端面全跳动。

4.3.4　基准

　　确定要素间几何关系的依据叫做基准。评定位置误差的基准，理论上应是理想基准要素。由于基准的实际要素存在形状误差，因此，就应以该基准实际要素的理想要素作为基准，理想要素的位置应符合最小条件。

　　（1）基准的种类

　　图样上标出的基准通常分为以下三种。

　　1）单一基准。由一个要素建立的基准称为单一基准。如图 4-28（a）所示，由一个平面 A 建立的基准；图 4-28（b）所示，为由轴线建立的基准 A。

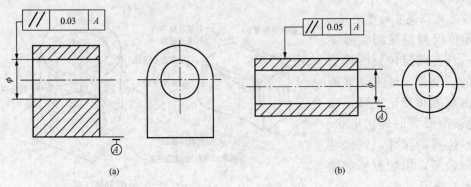

(a)　　　　　　　　　　　　　　　　(b)

图 4-28　单一基准

2）组合基准（公共基准）。由两个或两个以上的要素建立的一个独立基准称为组合基准或公共基准，如图4-29所示，同轴度误差的基准是由两段轴线建立的组合基准 A—B。

3）基准体系（三基面体系）。由三个相互垂直的平面所构成的基准体系，即三基面体系，如图4-30所示。

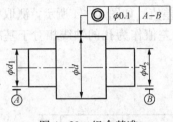

图4-29 组合基准

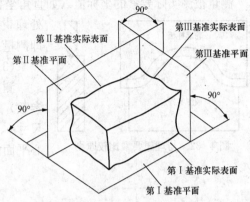

图4-30 三基面体系

应用三基面体系时，应注意基准的标注顺序，应选最重要的或最大的平面作为第Ⅰ基准，选次要或较长的平面作为第Ⅱ基准，选不重要的平面作为第Ⅲ基准。

（2）基准的体现

根据基准建立原则确定了基准后，还需用一定的方法将基准体现出来。在检测标准中规定了四种基准体现的方法，即模拟法、分析法、直接法和目标法。由于模拟法测量简单、方便，故常用模拟法来体现基准，如用平板工作面模拟基准平面、用心轴的轴线来体现基准轴线等。在基准实际要素与模拟基准接触时，可能形成"稳定接触"，也可能形成"非稳定接触"。如果基准实际要素与模拟基准之间自然形成符合最小条件的相对位置关系，就是"稳定接触"，如图4-31所示；"非稳定接触"可能有多种位置状态，在测量时应做调整，使基准实际要素与模拟基准之间达到符合最小条件的相对位置关系，如图4-31所示。

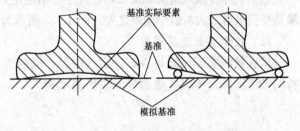

图4-31 基准实际要素与模拟基准的接触状态

4.3.5 形位误差检测原则

形位误差的项目较多，为了能正确地测量形位误差和选择合理的检测方案，在GB/T 1958—2004《产品几何量技术规范（GPS）形状和位置公差检测规定》中，规定了形位误差的五种检测原则。这些检测原则是各种检测方法的概括，可以按照这些原则，根据被测对象的特点和有关条件，选择最合理的检测方案。也可根据这些检测原则，采用其他的检测方法和测量装置。

（1）与理想要素比较原则

将被测实际要素与其理想要素相比较，从而获得形位误差值。在测量中，理想要素用模拟方法来体现，如平板工作面、水平液面、光束扫描平面等作为理想平面；以一束光线、拉紧的细钢丝等作为理想直线；线、面轮廓度测量中样板也是理想线、面轮廓的体现。根据此原则进行检测，可以得到与定义概念一致的误差值，故该原则是一基本检测原则。量值是由直接法或间接法获得。例如，图4-32中用轮廓样板测量轮廓度误差。

（2）测量坐标值原则

测量被测实际要素的坐标值（如直角坐标值、极坐标值、圆柱面坐标值），并经过数据处理获得形位误差值。图 4-33 所示为测量直角坐标值即测量坐标值原则检测示例。

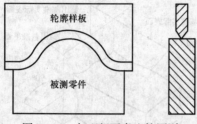

图 4-32　与理想要素比较原则

（3）测量特征参数原则

测量被测实际要素上具有代表性的参数（即特征参数）来表示形位误差值。如图 4-34 所示，测取壁厚尺寸 a、b，取它们的差值作为孔的轴线相对于基准中心平面的对称度误差。

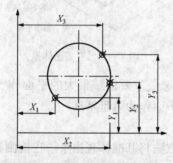

图 4-33　测量坐标值原则

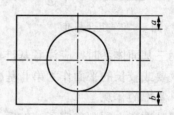

图 4-34　测量特征参数原则

（4）测量跳动原则

被测实际要素绕基准轴线回转过程中，沿给定方向测量其对某参考点或线的变动量。变动量是指指示器最大与最小读数之差。图 4-35 所示为测量径向跳动即测量跳动原则检测示例。

（5）控制实效边界原则

检验被测实际要素是否超过实效边界，以判断合格与否。图 4-36 所示为用综合量规检验同轴度误差即控制实效边界原则检测示例。

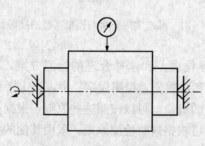

图 4-35　测量跳到原则

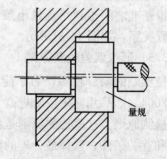

图 4-36　控制实效边界原则

4.4　形位公差与尺寸公差的关系

公差原则与公差要求是确定形位公差与尺寸公差之间的相互关系应遵循的原则，它分为独立原则和相关要求。相关要求又分为包容要求、最大实体要求和最小实体要求。其中最大实体要求和最小实体要求有时可使用可逆要求，最大实体要求有时可采用零形位公差。

4.4.1　有关术语及定义

（1）局部实际尺寸（简称实际尺寸）

在实际要素的任意横截面中的任一距离，即任何两相对点之间测得的距离。孔的局部实际尺寸用 D_a 表示，轴的局部实际尺寸用 d_a 表示。

（2）体外作用尺寸

1）单一要素的体外作用尺寸。在配合的全长上，与实际孔体外相接的最大理想轴的尺寸，称为孔的体外作用尺寸，用 D_{fe} 来表示；与实际轴体外相接的最小理想孔的尺寸，称为轴的体外作用尺寸，用 d_{fe} 来表示。孔的体外作用尺寸 D_{fe} 和轴的体外作用尺寸 d_{fe}，如图 4-37（a）和（b）所示。体外作用尺寸由对实际工件的测量得到。

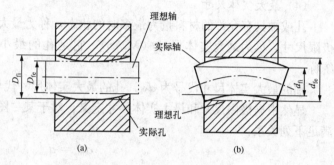

图 4-37　单一要素的作用尺寸
（a）孔的体外和体内作用尺寸；（b）轴的体外和体内作用尺寸

2）关联要素的体外作用尺寸。孔的关联体外作用尺寸是指在结合面的全长上，与实际孔内接的最大理想轴的尺寸而该理想轴必须与基准要素保持图样上给定的几何关系。轴的关联体外作用尺寸是指在结合面的全长上，与实际轴外接的最小理想孔的尺寸，而该理想孔必须与基准要素保持图样上给定的几何关系，如图 4-38 所示。

轴的体外作用尺寸代号为 d_{fe}，孔的体外作用尺寸代号为 D_{fe}。

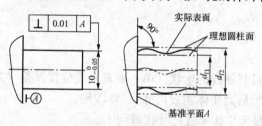

图 4-38　关联要素的作用尺寸

从图 4-37 和图 4-38 中，可以清楚地看出，弯曲孔的体外作用尺寸小于该孔的实际尺寸，弯曲轴的体外作用尺寸大于该轴的实际尺寸。通俗地讲，由于孔、轴存在形位误差 $t_{形位}$，当孔和轴配合时，孔小轴大，不利于二者的装配。因此，轴的体外作用尺寸和孔的体外作用尺寸为

$$d_{fe} = d_a + t_{形位}$$
$$D_{fe} = D_a - t_{形位}$$

（3）体内作用尺寸

1）单一要素的体内作用尺寸。在配合的全长上，与实际孔体内相接的最小理想轴的尺寸，称为孔的体内作用尺寸，用 D_{fi} 表示；与实际轴体内相接的最大理想孔的尺寸，称为轴的体内作用尺寸，用 d_{fi} 表示。孔的体内作用尺寸和轴的体内作用尺寸，如图 4-37（a）和（b）所示。体内作用尺寸由对实际工件的测量得到。

2）关联要素的体内作用尺寸。孔的关联体内作用尺寸是指在结合面的全长上，与实际孔外接的最小理想轴的尺寸，而该理想轴必须与基准要素保持图样上给定的几何关系。轴的关联体内作用尺寸是指在结合面的全长上，与实际轴内接的最大理想孔的尺寸，而该理想孔必须与基准要素保持图样上给定的几何关系。

轴的体内作用尺寸代号为 d_{fi}，孔的体内作用尺寸代号为 D_{fi}。

同理可知，弯曲孔的体内作用尺寸大于该孔的实际尺寸，弯曲轴的体内作用尺寸小于该轴的实际尺寸。因此，轴的体内作用尺寸和孔的体内作用尺寸为

$$d_{fi} = d_a - t_{形位}$$
$$D_{fi} = D_a + t_{形位}$$

（4）最大实体尺寸

孔或轴具有允许的材料量为最多时的状态，称为最大实体状态（MMC）。在此状态下的极限尺寸，称为最大实体尺寸（MMS），它是孔的最小极限尺寸和轴的最大极限尺寸的统称。

轴的最大实体尺寸代号为 d_M，孔的最大实体尺寸代号为 D_M。

显然根据极限尺寸和最大实体尺寸定义，对于某一图样中的某一轴或孔的有关尺寸应该满足下列关系：

$$d_M = d_{max}$$
$$D_M = D_{min}$$

（5）最小实体尺寸

孔或轴具有允许的材料量为最少时的状态，称为最小实体状态（简称 LMC）。在此状态下的极限尺寸，称为最小实体尺寸（LMS），它是孔的最大极限尺寸和轴的最小极限尺寸的统称。

轴的最小实体尺寸代号为 d_L，孔的最小实体尺寸代号为 D_L。

显然，根据极限尺寸和最小实体尺寸的定义，对于某一图样中的某一轴或孔的有关尺寸应该满足下列关系：

$$d_L = d_{min}$$
$$D_L = D_{max}$$

（6）最大实体实效尺寸

在配合全长上，孔、轴为最大实体尺寸，且其轴线的形状（单一要素）或位置误差（关联要素）等于给出公差值时的体外作用尺寸称为最大实体实效尺寸（MMVS）。

轴的最大实体实效尺寸代号为 d_{MV}，孔的最大实体实效尺寸代号为 D_{MV}。

显然根据定义，对于某一图样中的某一轴或孔的有关尺寸应该满足下列关系：

$$d_{MV} = d_M + t_{形位}$$
$$D_{MV} = D_M - t_{形位}$$

（7）最小实体实效尺寸

在配合全长上，孔、轴为最小实体尺寸，且其轴线的形状（单一要素）或位置误差（关联要素）等于给出公差值时的体外作用尺寸称为最小实体实效尺寸（LMVS）。

轴的最小实体实效尺寸代号为 d_{LV}，孔的最大实体实效尺寸代号为 D_{LV}。

显然根据定义，对于某一图样中的某一轴或孔的有关尺寸应该满足下列关系：

$$d_{LV} = d_L - t_{形位}$$
$$D_{LV} = D_L + t_{形位}$$

（8）边界

边界是由设计给定的具有理想形状的极限包容面。这里需要注意，孔（内表面）的理想边界是一个理想轴（外表面）；轴（外表面）的理想边界是一个理想孔（内表面）。依据极限

包容面的尺寸，与最大实体尺寸、最小实体尺寸、最大实体实效尺寸和最小实体实效尺寸相对应，边界的种类有最大实体边界（MMB）、最小实体边界（LMB）、最大实体实效边界（MMVB）和最小实体实效边界（LMVB）。

理想边界是设计时给定的，具有理想形状的极限边界，如图 4-39 所示。

1）最大实体边界（MMB 边界）。当理想边界的尺寸等于最大实体尺寸时，该理想边界称为最大实体边界。

2）最大实体实效边界（MMVB 边界）。当理想边界尺寸等于最大实体实效尺寸时，该理想边界称为最大实体实效边界。

3）最小实体边界（LMB 边界）。当理想边界的尺寸等于最小实体尺寸时，该理想边界称为最小实体边界。

4）最小实体实效边界（LMVB 边界）。当理想边界尺寸等于最小实体实效尺寸时，该理想边界称为最小实体实效边界。

单一要素的实效边界没有方向或位置的约束；关联要素的实效边界应与图样上给定的基准保持正确几何关系。

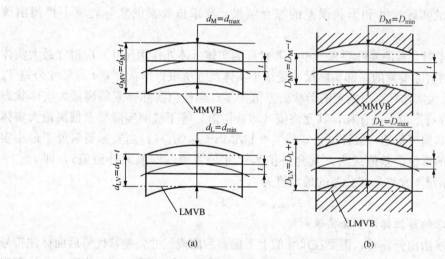

图 4-39 理想形状的极限边界

(a) 外表面；(b) 内表面

4.4.2 独立原则

（1）独立原则的含义和在图样上的表示方法

独立原则是指图样上无论注出的或未注出的尺寸公差与形位公差各自独立、彼此无关，分别满足各自要求的公差原则。

图样上凡是要素的尺寸公差和形位公差没有用特定的关系符号或文字说明它们有联系者，就表示其遵循独立原则。由于图样上所有公差中的绝大多数遵守独立原则，故该原则是公差原则中的基本公差原则。

（2）采用独立原则时尺寸公差和形位公差的职能

1）尺寸公差的职能。尺寸公差仅控制被测要素的实际尺寸的变动量（把实际尺寸控制在给定的极限尺寸范围内），不控制该要素本身的形状误差。

2）形位公差的职能。形位公差控制实际被测要素对其理想形状、方向或位置的变动量，而与该要素的实际尺寸无关。因此不论要素的实际尺寸大小如何，该要素的实际轮廓应不超出给出的形位公差带的区域，形位公差值不得大于给出的形位公差值。

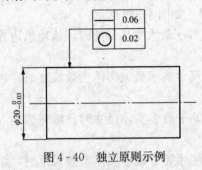

图 4-40 独立原则示例

独立原则的示例，如图 4-40 所示。轴的局部实际尺寸应在最大极限尺寸与最小极限尺寸之间，即 $\phi 19.97 \sim \phi 20$ 之间，轴的素线直线度误差不得超过 0.06，其圆度误差不得超过 0.02。

独立原则一般用于对零件的形位公差有其独特的功能要求的场合。例如，机床导轨的直线度公差、平行度公差，检验平板的平面度公差等。

注意：独立原则无边界限制实际要素变化。

4.4.3 包容要求

（1）包容要求的含义

包容要求是指设计时应用边界尺寸为最大实体尺寸的边界（称为最大实体边界 MMB），来控制被测要素的实际尺寸和形状误差的综合结果，要求该要素的实际轮廓不得超出该边界。

应用包容要求时，被测实际要素（单一要素）的实体（体外作用尺寸）应遵守最大实体边界 MMB；被测实际要素的局部实际尺寸受最小实体尺寸所限；形状公差 t 与尺寸公差 T_h (T_s) 有关，在最大实体状态下给定的形状公差值为零；当被测实际要素偏离最大实体状态 MMC 时，才允许有形位误差存在，其允许值（即补偿值）等于被测实际要素偏离最大实体状态的偏离量，其偏离量的一般计算公式为 $t_2 = |MMS - D_a(d_a)|$；当实际要素处于最小实体状态时，允许的形位误差值最大，其允许值为尺寸公差值（即最大补偿值），即 $t_{2max} = T_h(T_s)$，这种情况下允许形状公差的最大值为

$$t_{max} = t_{2max} = T_h(T_s)$$

（2）包容要求的标注标记和合格性判定

当按包容要求给出公差时，需要在尺寸的上下偏差后面或尺寸公差带代号后面标注符号 E，如图 4-41 所示。当单一要素采用包容要求时，在最大实体边界 MMB 范围内，该要素的实际尺寸和形状误差相互依赖，所允许的形状误差值完全取决于实际尺寸的大小。

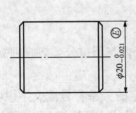

实际尺寸 ϕd	允许的形状公差 T
$\phi 20$	0
$\vdots$	$\vdots$
$\phi 19.99$	0.01
$\vdots$	$\vdots$
$\phi 19.979$	0.021

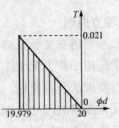

图 4-41 包容要求示例

当轴的实际要素为最大实体尺寸（即轴的最大极限尺寸）$\phi 20mm$ 时，则不允许存在形状误差（即补偿值为零）；若轴的实际尺寸偏离最大实体尺寸 $\phi 20mm$ 时，如（$\phi 19.99$）允许

有形状误差存在（0.01）；若轴的实际要素为最小实体尺寸（即轴的最小极限尺寸）$\phi 19.979$mm 时，则允许的形状误差最大为 0.021mm（即最大补偿值为尺寸公差值）。

图 4-42 中对轴线直线度公差提出了进一步要求，限制了形状公差的最大允许值。

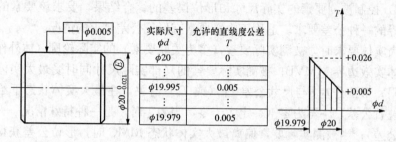

实际尺寸 ϕd	允许的直线度公差 T
$\phi 20$	0
$\vdots$	$\vdots$
$\phi 19.995$	0.005
$\vdots$	$\vdots$
$\phi 19.979$	0.005

图 4-42 包容要求示例

符合包容要求零件合格的条件为

对于轴（外表面）　　　$d_{fe} \leqslant d_{max} = d_M$ 且 $d_a \geqslant d_{min} = d_L$

对于孔（内表面）　　　$D_{fe} \geqslant D_{min} = D_M$ 且 $D_a \leqslant D_{max} = D_L$

采用包容要求的单一要素，最大实体边界 MMB 应由极限量规通端控制，该通端的基本尺寸等于最大实体尺寸 MMS；如原则上"通规"的长度应等于要素的配合长度，即全形量规。被测要素的局部实际尺寸应由极限量规的止端控制，该量规原则上应符合两点测量法。

（3）包容要求的应用及实例分析

1）包容要求的应用。采用包容要求既可以控制实际要素的作用尺寸不超出最大实体边界，又可以利用尺寸公差控制要素的形状误差，提高零件的精度，所以常应用于以下情况：

①包容要求适用于圆柱面和由两平行平面组成的单一要素；

②单一要素应用包容要求可以保证配合性质，特别是配合公差较小的精密配合要求，用最大实体边界综合控制实际尺寸和形状误差来保证所需要的最小间隙或最大过盈；

③两平行平面应用包容要求，除用于保证配合性质外，还用于只需要保证装配互换性的场合。

2）实例分析。

[例 4-3] 对图 4-41 做出解释。

解　1）T、t 标注解释。被测轴的尺寸公差 $T_s = 0.021$mm，$d_M = d_{max} = \phi 20$mm，$d_L = d_{min} = \phi 19.979$mm；在最大实体状态下给定形状公差（轴线的直线度）$t = 0$，当被测要素时常偏离最大实体状态的尺寸时，形状公差获得补偿，当被测要素尺寸为最小实体状态的尺寸 $\phi 19.979$mm 时，形状公差（直线度）获得补偿最多，此时形状公差（轴线的直线度）的最大值可以等于尺寸公差 T_s，即 $t_{max} = 0.021$mm。

2）动态公差图。T、t 的动态公差图的图形形状为直角三角形。

3）遵守边界。遵守最大实体边界 MMB，其边界尺寸为 $d_M = \phi 20$mm。

4）检验与合格条件。对于大批量生产。可采用光滑极限量规检验（用孔型的通规测头——模拟被测轴的最大实体边界），其符合条件为

$$d_{fe} \leqslant \phi 20\text{mm} \text{ 且 } d_a \geqslant \phi 19.979\text{mm}$$

4.4.4　最大实体要求

（1）最大实体要求的含义

最大实体要求是指设计时应用边界尺寸为最大实体实效尺寸的边界（称为最大实体实效边界 MMVB）控制被测要素的实际尺寸和形位误差的综合结果，要求该要素的实际轮廓不得超出该边界的一种公差要求。适用于中心要素有形位公差要求的情况。

应用最大实体要求时，被测实际要素（多为关联要素）的实际轮廓（体外作用尺寸）应遵守最大实体实效边界 MMVB；被测实际要素的局部实际尺寸同时受最大实体尺寸和最小实体尺寸所限；形位公差 t 与尺寸公差 T_h（或 T_s）有关，在最大实体状态下给定的形位公差值（多为位置公差）t_1 不为零（一定大于零，当为零时，是一种特殊情况——最大实体要求的零形位公差）；当被测实际要素偏离最大实体状态 MMC 时，形位公差获得补偿，其补偿量来自尺寸公差（即被测实际要素偏离最大实体尺寸的量，相当于尺寸公差富余的量，可作为补偿量），其补偿量的一般计算公式为

$$t_2 = \left| \text{MMS} - D_a(d_a) \right|$$

当被测实际要素为最小实体状态时，形位公差获得补偿量最多，即 $t_{2\max} = T_h(T_s)$，这种情况下允许形状公差的最大值为

$$t_{\max} = t_{2\max} + t_1 = T_h(T_s) + t_1$$

（2）图样标注、合格性判定及应用场合

1）最大实体要求的图样标注

①最大实体要求应用于被测要素。当最大实体要求应用于被测要素时，则被测要素的形位公差值是在该要素处于最大实体状态时给定的。常用于需保证装配成功的螺栓或螺钉连接处（即法兰盘上的连接用孔组或轴承盖上的连接用孔组）的中心要素，一般是孔组轴线的位置度，还有槽类的对称度和同轴度。最大实体要求在零件图样上的标注标记是在被测要素的形位公差框格中的形位公差值 t_1 后面加写 Ⓜ，如图 4 - 43 所示。

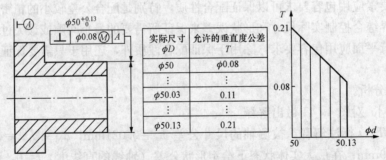

图 4 - 43　最大实体要求应用 I

②最大实体要求用于基准要素。当最大实体要求应用于基准要素，而基准要素本身又要求遵守包容要求时，则被测要素的位置公差值是在该基准要素处于最大实体状态时给定的。其最大实体要求在零件图样上的标注标记是在被测要素的形位公差框格中的基准字母后面加写 Ⓜ，如图 4 - 44 所示。图 4 - 44 所示为最大实体要求应用于被测和基准要素，而基准要素又要求遵守包容要求时的应用示例。图 4 - 45 所示为最大实体要求应用于被测和基准要素，而基准要素也要求遵守最大实体要求时的标注示例。此时，基准要素应遵守最大实体实效边界。

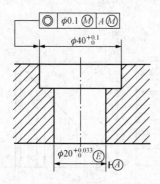

图 4-44 最大实体要求的应用Ⅱ

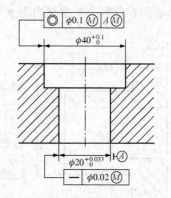

图 4-45 最大实体要求的应用Ⅲ

③基准要素采用相关要求，被测要素为成组要素。当最大实体要求应用于成组被测要素，则基准要素偏离最大实体状态（或实效状态）所获得的增加量（即补偿值）只能补偿给整个要素，而不能使各要素间的位置公差值增大。其标注标记也是在被测要素的形位公差框格中的基准字母后面加写Ⓜ，如图 4-46 所示。图 4-46 所示为最大实体要求应用于成组被测要素的标注示例。

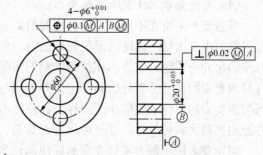

图 4-46 最大实体要求的应用四

符合最大实体要求的被测实际要素的零件合格条件为

对于孔（内表面）　　$D_\text{fe} \geqslant D_\text{MV} = D_\text{min} - t_1$ 且 $D_\text{min} = D_\text{M} \leqslant D_\text{a} \leqslant D_\text{L} = D_\text{max}$

对于轴（外表面）　　$d_\text{fe} \leqslant d_\text{MV} = d_\text{max} + t_1$ 且 $d_\text{max} = d_\text{M} \geqslant d_\text{a} \geqslant d_\text{L} = d_\text{min}$

要判断被测要素是否合格，一是检验被测要素局部实际尺寸是否超出极限尺寸，可采用一般计量器具按两点法进行测量；二是检验被测要素作用尺寸是否超出最大实体实效尺寸，可采用综合量规进行检验。

2）最大实体要求应用的场合

最大实体要求是从装配互换性基础上建立起来的，因此它主要应用在要求装配互换性的场合。

①最大实体要求主要用于零件精度比较低（尺寸精度、形位精度较低），配合性质要求不严，但要求能装配上的场合。

②最大实体要求只有零件的中心要素（轴线、球心、圆心或中心平面）才具备应用条件。对于平面、素线等非中心要素不存在尺寸公差对形位公差的补偿问题。

③凡是零件功能允许，而又适用最大实体要求的部位，都应广泛采用最大实体要求的形位公差标注以获得最大的技术经济效益。

（3）最大实体要求的零形位公差

关联要素遵守最大实体边界时，可以应用最大实体要求的零形位公差。关联要素采用最大实体要求的零形位公差标注时，要求其实际轮廓处处不得超越最大实体边界，且该边界应与基准保持图样上给定的几何关系，要素实际轮廓的局部实际尺寸不得超越最小实体尺寸。

零形位公差必须在位置公差框格内写 $\phi\ⓂⓂ$ 表示，如图 4-47 所示。

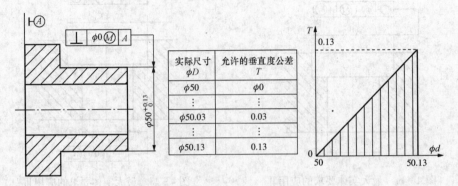

图 4-47　最大实体要求的零形位公差

（4）可逆要求用于最大实体要求

可逆要求是指在不影响零件功能的前提下，当被测轴线、中心平面等被测中心要素的形位误差值小于图样上标注的形位公差值时，允许对应被测轮廓要素的尺寸公差值大于图样上标注的尺寸公差值。这表示在被测要素的实际轮廓不超出其最大实体实效边界的条件下，允许被测要素的尺寸公差补偿其形位公差，同时也允许被测要素的形位公差补偿其尺寸公差；当被测要素的形位误差值小于图样上标注的形位公差值或等于零时，允许被测要素的实际尺寸超出其最大实体尺寸，甚至可以等于其最大实体实效尺寸。

可逆要求用于最大实体要求的标注标记是在被测要素的形位公差框格中的位置公差值后面标注双重符号ⓂⓇ，如图 4-48 所示。

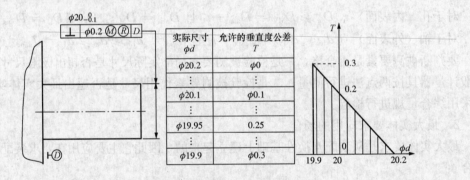

图 4-48　可逆要求用于最大实体要求

（5）最大实体要求的实例分析

[例 4-4]　对图 4-43 做出解释。

解　1）T、t 标注解释。被测轴的尺寸公差 $T_h=0.13mm$，$D_M=D_{min}=\phi50mm$，$D_L=D_{min}=\phi50.13mm$；在最大实体状态下给定形状公差（垂直度）$t_1=0.08$，当被测要素时常偏离最大实体状态的尺寸时，形状公差（垂直度）获得补偿，当被测要素尺寸为最小实体状态的尺寸 $\phi50.13mm$ 时，形状公差（垂直度）获得补偿最多，此时形状公差（垂直度）的最大值可以等于定形公差 t_1 与尺寸公差 T_h 的和，即 $t_{max}=0.08mm+0.13mm=0.21mm$。

2）动态公差图。T、t 的动态公差图如图 4-43 所示，图形形状为具有两个直角的梯形。

3) 遵守边界。被测孔遵守最大实体实效边界 MMVB，其边界尺寸为 $D_{MV}=D_{min}-t_1=$ $\phi50mm-0.08mm=\phi49.92mm$。

4) 检验与合格条件。对于大批量生产，可采用位置量规（用轴型通规——模拟被测孔的最大实体实效边界）检验被测要素的体外作用尺寸 D_{fe}，采用两点法检验被测要素的局部实际尺寸 D_a，其符合条件为

$$\phi50 \leqslant D_a \leqslant \phi50.13mm\ 且\ D_{fe} \geqslant \phi49.92mm$$

[例 4-5] 对图 4-47 做出解释。

解 1) T、t 标注解释。最大实体要求的特殊情况中的零形位公差。

被测轴的尺寸公差 $T_h=0.13mm$，$D_M=D_{min}=\phi50mm$，$D_L=D_{min}=\phi50.13mm$；在最大实体状态下给定被测孔轴线的形位公差（垂直度）$t_1=0$，当被测要素尺寸偏离最大实体状态的尺寸时，形状公差获得补偿，当被测要素尺寸为最小实体状态的尺寸 $\phi50.13mm$ 时，形状公差（垂直度）获得补偿最多，此时形状公差（垂直度）的最大值可以等于定形公差 t_1 与尺寸公差 T_h 的和，即 $t_{max}=0mm+0.13mm=0.21mm$。

2) 动态公差图。T、t 的动态公差图如图 4-47 所示，图形形状为直角三角形，恰好与包容要求的动态公差图形状相同。

3) 遵守边界。被测孔遵守最大实体实效边界 MMVB，其边界尺寸为

$$D_{MV}=D_{min}-t_1=\phi50-0=\phi50(mm)$$

4) 检验与合格条件。对于大批量生产，可采用位置量规（用轴型通规——模拟被测孔的最大实体实效边界）检验被测要素的体外作用尺寸 D_{fe}，采用两点发检验被测要素的局部实际尺寸 D_a，其符合条件为

$$\phi50 \leqslant D_a \leqslant \phi50.13mm\ 且\ D_{fe} \geqslant \phi50mm$$

[例 4-6] 对图 4-48 做出解释。

解 1) T、t 标注解释。此为可逆要求用于最大实体要求的轴线问题。

被测轴的尺寸公差 $T_s=0.1mm$，即 $d_M=d_{max}=\phi20mm$，$d_L=d_{min}=\phi19.9mm$；在最大实体状态下（$\phi20mm$）给定形位公差 $t_1=0.2$，当被测要素时常偏离最大实体状态的尺寸时，形位公差获得补偿，当被测要素尺寸为最小实体状态的尺寸 $\phi19.9mm$ 时，形位公差获得补偿最多，此时形位公差具有最大值可以等于定形公差 t_1 与尺寸公差 T_s 的和，$t_{max}=0.2mm+0.1mm=0.3mm$。

2) 可逆解释。在被测要素轴的形位误差（轴向垂直度）小于给定形位公差的条件下，即 $f_\perp<0.2mm$ 时，被测要素的尺寸误差可以超差，即被测要素轴的实际尺寸可以超出极限尺寸 $\phi20$，但不可以超出所遵守的边界（最大实体实效边界）尺寸 $\phi20.2$。图 4-38（b）中横轴的 $\phi20\sim\phi20.2$ 为尺寸误差可以超差的范围（或称可逆范围）。

3) 动态公差图。T、t 的动态公差图如图 4-48 所示，图形形状为直角三角形。

4) 遵守边界。被测孔遵守最大实体实效边界 MMVB，其边界尺寸为

$$D_{MV}=D_{max}+t_1=\phi20+0.2=\phi20.2(mm)$$

5) 检验与合格条件。对于大批量生产，可采用位置量规（用轴型通规——模拟被测孔的最大实体实效边界）检验被测要素的体外作用尺寸 d_{fe}，采用两点法检验被测要素的实际尺寸 d_a，其符合条件为

$$\phi19.9 \leqslant d_a \leqslant \phi20mm\ 且\ d_{fe} \leqslant \phi20.2mm$$

当 $f_\perp < 0.2mm$ 时，$\phi19.9 \leqslant d_a \leqslant \phi20.2mm$。

4.4.5 最小实体要求

(1) 最小实体要求的含义

最小实体要求是指设计时应用边界尺寸为最小实体实效尺寸的边界（称为最小实体实效边界 LMVB），来控制被测要素的实际尺寸和形位误差的综合结果，要求该要素的实际轮廓不得不超出该边界的一种公差要求。适用于中心要素有形位公差要求的情况。

应用最小实体要求时，被测实际要素（关联要素）的实体（体内作用尺寸）遵守最小实体实效边界 LMVB；被测实际要素的局部实际尺寸同时受最大实体尺寸和最小实体尺寸所限；形位公差 t 与尺寸公差 T_h（或 T_s）有关，在最小实体状态下给定的形位公差值（多为位置公差）t_1 不为零（一定大于零，当为零时，是一种特殊情况——最小实体要求的零形位公差）；当被测实际要素偏离最小实体状态 LMC 时，形位公差获得补偿，其补偿量来自尺寸公差（即被测实际要素偏离最小实体状态的量，相当于尺寸公差富余的量，可作为补偿量），其补偿量的一般计算公式为

$$t_2 = |LMS - D_a(d_a)|$$

当被测实际要素为最小实体状态时，形位公差获得补偿量最多，即 $t_{2max} = T_h(T_s)$，这种情况下允许形状公差的最大值为

$$t_{max} = t_{2max} + t_1 = T_h(T_s) + t_1$$

(2) 图样标注、合格性判定及应用场合

1) 最小实体要求的图样标注

①最小实体要求应用于被测要素。最小实体要求应用于被测要素时，被测要素实际轮廓不得超出最小实体实效边界，即其体内作用尺寸不得超出其最小实体实效尺寸，且其局部实际尺寸不超出最大实体尺寸和最小实体尺寸。若被测要素实际轮廓偏离其最小实体状态，即其实际尺寸偏离最小实体尺寸时，形位误差值可超出在最小实体状态下给出的形位公差值，即此时的形位公差值可以增大。常用于需要保证最小壁厚处（如空心的圆柱凸台、带孔的小垫圈等）的中心要素，一般是中心轴线的位置度、同轴度等。最小实体要求在零件图样上的标注标记是在被测要素的形位公差框格中的形位公差值 t_1 后面加写 $\textcircled{L}$，如图 4-49 所示。

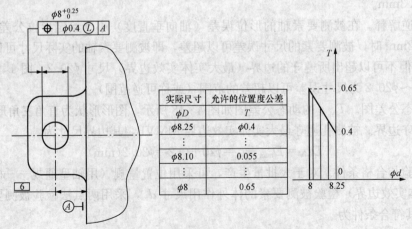

图 4-49 最小实体要求应用于被测要素

②最小实体要求应用于基准要素。最小实体要求应用于基准要素时，基准要素应遵守相应的边界。若基准要素的实际轮廓偏离相应的边界，即其体内作用尺寸偏离相应的边界尺寸，则允许基准要素在其体内作用尺寸与相应边界尺寸之差的范围内浮动。基准要素的浮动会改变被测要素相对于它的位置误差值。应用示例图 4 - 50 所示为基准要素本身采用最小实体要求的情况；标注示例图 4 - 51 所示为基准要素本身采用最小实体要求的情况。

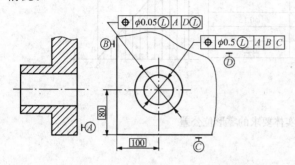

图 4 - 50 最小实体要求应用于基准要素Ⅰ

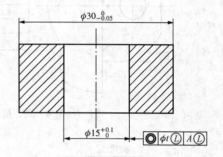

图 4 - 51 最小实体要求应用于基准要素Ⅱ

2）最小实体要求的零件的合格条件

采用最小实体要求零件的合格条件为

对于轴（外表面）　　$d_{\mathrm{fi}} \geqslant d_{\mathrm{LV}} = d_{\min} - t_1$ 且 $d_{\max} = d_{\mathrm{M}} \geqslant d_{\mathrm{a}} \geqslant d_{\mathrm{L}} = d_{\min}$

对于孔（内表面）　　$D_{\mathrm{fi}} \leqslant D_{\mathrm{LV}} = D_{\max} + t_1$ 且 $D_{\min} = D_{\mathrm{M}} \leqslant D_{\mathrm{a}} \leqslant D_{\mathrm{L}} = D_{\max}$

3）最小实体要求应用的场合

①对于只靠过盈传递扭短的配合零件，无论在装配中孔、轴中心要素的形位误差发生了什么变化也必须保证一定的过盈量，此时应考虑孔、轴应均采用最小实体要求。

②最小实体要求仅用于中心要素。应用最小实体要求的目的是保证零件的最小壁厚和设计强度。

（3）最小实体要求的零形位公差

最小实体要求应用于关联要素而给出的最小实体状态下的位置公差值为零，称为最小实体要求的零形位公差。在这种情况下，被测要素的最小实体实效边界就是最小实体边界。对位置公差而言，最小实体要求的零形位公差比最小实体要求更严格。零形位公差必须在位置公差框格内写 $\phi 0$ 标 Ⓛ，如图 4 - 52 所示。

（4）可逆要求用于最小实体要求

可逆要求是指在不影响零件功能的前提下，当被测轴线、中心平面等被测中心要素的形位误差值小于图样上标注的形位公差值时，允许对应被测轮廓要素的尺寸公差值大于图样上标注的尺寸公差值。这表示在被测要素的实际轮廓不超出其最小实体实效边界的条件下，允许被测要素的尺寸公差补偿其形位公差，同时也允许被测要素的形位公差补偿其尺寸公差；当被测要素的形位误差值小于图样上标注的形位公差值或等于零时，允许被测要素的实际尺寸超出其最大实体尺寸，甚至可以等于其最小实体实效尺寸。

可逆要求用于最小实体要求的标注标记是在被测要素的形位公差框格中的位置公差值后面标注双重符号ⓂⓇ，如图 4 - 53 所示。

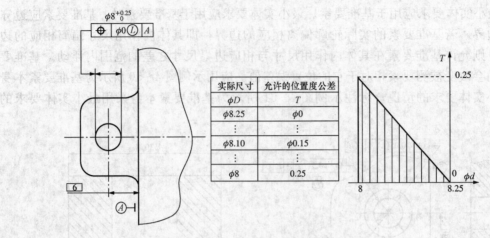

图 4-52 最小实体要求的零形位公差

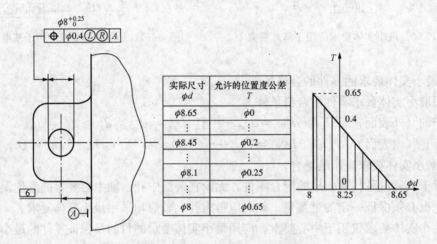

图 4-53 可逆要求用于最小实体要求

（5）最小实体要求的实例分析

[**例 4-7**] 对图 4-49 做出解释。

解 1）T、t 标注解释。被测孔的尺寸公差 $T_h = 0.25$mm，$D_M = D_{min} = \phi8$mm，$D_L = D_{max} = \phi8.25$mm；在最小实体状态下给定形状公差（位置度）$t_1 = 0.4$，当被测要素时常偏离最小实体状态的尺寸 $\phi8.25$mm 时，形状公差位置度获得补偿，当被测要素尺寸为最大实体状态的尺寸 $\phi8$mm 时，形状公差位置度获得补偿最多，此时形状公差的最大值可以等于形位公差 t_1 与尺寸公差 T_h 的和，即

$$t_{max} = 0.4 + 0.25 = 0.65(\text{mm})$$

2）动态公差图。T、t 的动态公差图如图 4-49 所示，图形形状为具有两个直角的梯形。

3）遵守边界。被测孔遵守最小实体实效边界 LMVB，其边界尺寸为

$$D_{LV} = D_{max} + t_1 = \phi8.25 + 0.4 = \phi8.65(\text{mm})$$

4）检验与合格条件。被测要素的体内作用尺寸 D_{fi} 和局部实际尺寸 D_a，其符合条件为

$$D_{fi} \leqslant \phi8.65\text{mm} \text{ 且 } \phi8 \leqslant D_a \leqslant \phi8.25\text{mm}$$

[**例 4-8**] 对图 4-52 做出解释。

解 1）T、t 标注解释。最小实体要求的特殊情况中的零形位公差。

被测轴的尺寸公差 $T_h = 0.25mm$，$D_M = D_{min} = \phi8mm$，$D_L = D_{max} = \phi8.25mm$；在最小实体状态下给定被测孔的形位公差位置度 $t_1 = 0$，当被测要素尺寸偏离最小实体状态时，形状公差获得补偿，当被测要素尺寸为最大实体状态的尺寸 $\phi8mm$ 时，形状公差（位置度）获得补偿最多，此时形状公差具有的最大值可以等于定形公差 t_1 与尺寸公差 T_h 的和，即

$$t_{max} = 0 + 0.25 = 0.25(mm)$$

2）动态公差图。T、t 的动态公差图如图 4-52 所示，图形形状为直角三角形。

3）遵守边界。被测孔遵守最小实体实效边界 LMVB，其边界尺寸为

$$D_{LV} = D_{max} + t_1 = \phi8.25 + 0 = \phi8.25(mm)$$

4）合格条件。被测要素的体内作用尺寸 D_{fi}，采用两点法检验被测要素的局部实际尺寸 D_a，其符合条件为

$$D_{fi} \leqslant \phi8.25mm \text{ 且 } \phi8 \leqslant D_a \leqslant \phi8.25mm$$

［例 4-9］ 对图 4-53 做出解释。

解 1）T、t 标注解释。此为可逆要求用于最大实体要求的孔的位置度问题。

被测孔的尺寸公差 $T_h = 0.25mm$，即 $D_M = D_{min} = \phi8mm$，$D_L = D_{max} = \phi8.25mm$；在最小实体状态下（$\phi8.25mm$）给定形位公差 $t_1 = 0.4$，当被测要素时常偏离最小实体状态的尺寸时，形位公差获得补偿，当被测要素尺寸为最大实体状态的尺寸 $\phi8mm$ 时，形位公差获得补偿最多，此时形位公差具有最大值可以等于定形公差 t_1 与尺寸公差 T_h 的和，则

$$t_{max} = 0.25 + 0.4 = 0.65(mm)$$

2）可逆解释。在被测要素孔的形位误差（位置度）小于给定形位公差的条件下，即 $f < 0.4mm$ 时，被测要素的尺寸误差可以超差，即被测要素轴的实际尺寸可以超出极限尺寸 $\phi8.25$，但不可以超出所遵守的边界尺寸 $\phi8.65$。图 4-53 中横轴的 $\phi8.25 \sim \phi8.65$ 为孔尺寸误差可以超差的范围（或称可逆范围）。

3）动态公差图。T、t 的动态公差图如图 4-53 所示，图形形状为直角三角形。

4）遵守边界。被测孔遵守最小实体实效边界 LMVB，其边界尺寸为

$$D_{LV} = D_{max} + t_1 = \phi8.25 + 0.4 = \phi8.65(mm)$$

5）合格条件。被测要素的体内作用尺寸 D_{fi} 和被测要素的局部实际尺寸 D_a，其符合条件为

$$D_{fi} \leqslant \phi8.25mm \text{ 且 } \phi8 \leqslant D_a \leqslant \phi8.25mm$$

当 $f < 0.4mm$ 时

$$\phi8 \leqslant D_a \leqslant \phi8.65mm$$

4.5 形位公差的选择

形位误差直接影响着零部件的旋转精度、连接强度、密封性、荷载均匀性等，因此，正确、合理地选用形位公差，对保证机器或仪器的功能要求和提高经济效益具有十分重要的意义。

在对零件规定形位公差时，主要考虑的是：规定适当的公差项目、确定采用何种公差原则、给出公差数值、对位置公差还应给定测量基准等，这些要求最后都应该按照国家标准的规定正确地标注在图样上。

4.5.1　形位公差特征项目的选择

形位公差特征项目的选择原则是：根据要素的几何特征、结构特点及零件的使用要求，并考虑检测的方便和经济效益。我们可从以下几个方面考虑。

（1）零件的几何特征

零件几何特征不同，会产生不同的形位误差。例如，圆柱形零件可选择圆度、圆柱度、轴心线直线度、素线直线度等；平面零件可选择平面度；窄长平面可选直线度；槽类零件可选对称度；阶梯轴、孔可选同轴度等。

（2）零件的功能要求

根据零件不同的功能要求，给出不同的形位公差项目。例如，圆柱形零件，当仅需要顺利装配时，可选轴心线的直线度；如果孔、轴之间有相对运动，应均匀接触，或为保证密封性，应标注圆柱度公差以综合控制圆度、素线直线度和轴线直线度（如柱塞与柱塞套、阀芯、阀体等）。又如为保证机床工作台或刀架运动轨迹的精度，需要对导轨提出直线度要求；对安装齿轮轴的箱体孔，为保证齿轮的正确啮合，需要提出孔中心线的平行度要求。

（3）检测的方便性

确定形位公差特征项目时，要考虑到检测的方便性与经济性。例如，轴类零件可用径向全跳动综合控制圆柱度、同轴度，用端面全跳动代替端面对轴线的垂直度。因为跳动误差检测方便，又能较好地控制相应的形位误差。例如对圆柱体检查时，圆柱度是理想的项目，但是由于圆柱度检查不方便，故可以选用圆度、直线度、素线平行度等几个分项进行控制。又如，径向圆跳动可综合控制圆度和同轴度误差，而径向圆跳动检测简单易行，所以在不影响设计要求的前提下，可尽量选用径向圆跳动公差项目。

总之，在满足功能要求的前提下，尽量减少项目，以获得较好的经济效益。设计者只有在充分明确所设计零件的精度要求，熟悉零件的加工工艺和有一定的检测经验情况下，才能对零件提出合理、恰当的形位公差项目。

4.5.2　形位公差等级和公差值的选择原则

形位公差等级的选择原则与尺寸公差等级的选择原则相同，即在满足零件使用要求的前提下，尽可能选用低的公差等级。

形位公差值的选用原则，应根据零件的功能要求，并考虑加工的经济性和零件的结构、刚性等情况。确定公差等级的方法有类比法和计算法两种，一般多采用类比法。按公差数值表4-9～表4-13确定零件的公差值。

确定要素的公差值时，还应考虑下列情况。

1）在同一要素上给出的形状公差值应小于位置公差值。如要求平行的两个表面其平面度公差值应小于平行度公差值。

2）圆柱形零件的形状公差值（轴线的直线度除外）一般情况下应小于其尺寸公差值。如最大实体状态下，形状公差在尺寸公差之内，形状公差包含在位置公差带内。

3）通常情况下，零件被测要素的形状误差比位置误差小得多，因此给定平行度或垂直度公差的两个平面，其平面度的公差等级，应不低于平面度或垂直度的公差等级；同一圆柱面的圆度公差等级应不低于其径向圆跳动公差等级。

4）选用形状公差等级时，应考虑到加工的难易程度和除主参数外其他参数的影响，在满足零件功能的要求下，可适当降低1～2级选用。如孔相对于轴、细长比较大的轴或孔、距离较大的轴或孔、宽度较大（一般大于 1/2 长度）的零件表面、线对线和线对面相对于面对面的平行度、线对线和线对面相对于面对面的垂直度等。

表 4 - 9～表 4 - 13 给出了各项目的公差值或数系表。

表 4 - 9　　　　直线度、平面度公差值（摘自 GB/T 1184—1996）　　　μm

主参数 L(mm)	公 差 等 级											
	1	2	3	4	5	6	7	8	9	10	11	12
≤10	0.2	0.4	0.8	1.2	2	3	5	8	12	20	30	60
>10～16	0.25	0.5	1	1.5	2.5	4	6	10	15	25	40	80
>16～25	0.3	0.6	1.2	2	3	5	8	12	20	30	50	100
>25～40	0.4	0.8	1.5	2.5	4	6	10	15	25	40	60	120
>40～63	0.5	1	2	3	5	8	12	20	30	50	80	150
>63～100	0.6	1.2	2.5	4	6	10	15	25	40	60	100	200
>100～160	0.8	1.5	3	5	8	12	20	30	50	80	120	250
>160～250	1	2	4	6	10	15	25	40	60	100	150	300
>250～400	1.2	2.5	5	8	12	20	30	50	80	120	200	400
>400～630	1.5	3	6	10	15	25	40	60	100	150	250	500

注　主参数 L 系轴、直线、平面的长度。

表 4 - 10　　　　圆度、圆柱度公差值（摘自 GB/T 1184—1996）　　　μm

主参数 d (D) (mm)	公 差 等 级												
	0	1	2	3	4	5	6	7	8	9	10	11	12
≤3	0.1	0.2	0.3	0.5	0.8	1.2	2	3	4	6	10	14	25
>3～6	0.1	0.2	0.4	0.6	1	1.5	2.5	4	5	8	12	18	30
>6～10	0.1	0.25	0.4	0.6	1	1.5	2.5	4	6	9	15	22	36
>10～18	0.15	0.3	0.5	0.8	1.2	2	3	5	8	11	18	27	43
>18～30	0.2	0.4	0.6	1	1.5	2.5	4	6	9	13	21	33	52
>30～50	0.25	0.5	0.6	1	1.5	2.5	4	7	11	16	25	39	62
>50～80	0.3	0.6	0.8	1.2	2	3	5	8	13	19	30	46	74
>80～120	0.4	1	1	1.5	2.5	4	6	10	15	22	35	54	87
>120～180	0.6	1.2	1.2	2	3.5	5	8	12	18	25	40	63	100
>180～250	0.8	1.6	2	3	4.5	7	10	14	20	29	46	72	115
>250～315	1	2	2.5	4	6	8	12	16	23	32	52	81	130
>315～400	1.2	2.5	3	5	7	9	13	18	25	36	57	89	140
>400～500	1.5		4	6	8	10	15	20	27	40	63	97	155

注　主参数 d (D) 系轴、孔的直径。

表 4 - 11　　　　　　位置度公差值数系表（摘自 GB/T 1184—1996）　　　　　　μm

1	1.2	1.5	2	2.5	3	4	5	6	8
1×10^n	1.2×10^n	1.5×10^n	2×10^n	2.5×10^n	3×10^n	4×10^n	5×10^n	6×10^n	8×10^n

注　n 为正整数。

表 4 - 12　　　　　平行度、垂直度、倾斜度公差值（摘自 GB/T 1184—1996）　　　　μm

主参数 L、d (D) (mm)	公差等级											
	1	2	3	4	5	6	7	8	9	10	11	12
≤10	0.4	0.8	1.5	3	5	8	12	20	30	50	80	120
>10~16	0.5	1	2	4	6	10	15	25	40	60	100	150
>16~25	0.6	1.2	2.5	5	8	12	20	30	50	80	120	200
>25~40	0.8	1.5	3	6	10	15	25	40	60	100	150	250
>40~63	1	2	4	8	12	20	30	50	80	120	200	300
>63~100	1.2	2.5	5	10	15	25	40	60	100	150	250	400
>100~160	1.5	3	6	12	20	30	50	80	120	200	300	500
>160~250	2	4	8	15	25	40	60	100	150	250	400	600
>250~400	2.5	5	10	20	30	50	80	120	200	300	500	800
>400~630	3	6	12	25	40	60	100	150	250	400	600	1000

注　1. 主参数 L 为给定平行度时轴线或平面的长度，或给定垂直度、倾斜度时被测要素的长度。

　　2. 主参数 d (D) 为给定面对线垂直度时，被测要素的轴（孔）直径。

表 4 - 13　　　同轴度、对称度、圆跳动和全跳动公差值（摘自 GB/T 1184—1996）　　　μm

主参数 d (D)、B、L (mm)	公差等级											
	1	2	3	4	5	6	7	8	9	10	11	12
≤1	0.4	0.6	1	1.5	2.5	4	6	10	15	25	40	60
>1~3	0.4	0.6	1	1.5	2.5	4	6	10	20	40	60	120
>3~6	0.5	0.8	1.2	2	3	5	8	12	25	50	80	150
>6~10	0.6	1	1.5	2.5	4	6	10	15	30	60	100	200
>10~18	0.8	1.2	2	3	5	8	12	20	40	80	120	250
>18~30	1	1.5	2.5	4	6	10	15	25	50	100	150	300
>30~50	1.2	2	3	5	8	12	20	30	60	120	200	400
>50~120	1.5	2.5	4	6	10	15	25	40	80	150	250	500
>120~250	2	3	5	8	12	20	30	50	100	200	300	600
>250~500	2.5	4	6	10	15	25	40	60	120	250	400	800

注　1. 主参数 d (D) 为给定同轴度时轴直径，或给定圆跳动、全跳动时轴（孔）直径。

　　2. 圆锥体斜向圆跳动公差的主参数为平均直径。

　　3. 主参数 B 为给定对称度时槽的宽度。

　　4. 主参数 L 为给定两孔对称度时孔心距。

表 4-14～表 4-17 列出了各种形位公差等级的应用举例，仅供选择参考。

表 4-14　　　　直线度、平面度公差等级应用举例

公差等级	应　用　举　例
1，2	精密量具、测量仪器以及精度要求很高的精密机械零件，如 0 级样板平尺、0 级宽平尺、工具显微镜等精密测量仪器的导轨面
3	1 级宽平尺工作面、1 级样板平尺的工作面，测量仪器圆弧导轨，测量仪器的测杆外圆柱面
4	0 级平板，测量仪器的 V 形导轨，高精度平面磨床的 V 形导轨和滚动导轨，轴承磨床及平面磨床的床身导轨
5	1 级平板，2 级宽平尺，平面磨床的纵导轨、垂直导轨、工作台，液压龙门刨床导轨
6	普通机床导轨面，卧式镗床、铣床的工作台，机床主轴箱的导轨，柴油机机体结合面
7	2 级平板，机床的床头箱体，滚齿机床身导轨，摇臂钻底座工作台，液压泵盖接合面，减速器壳体接合面，0.02 游标卡尺尺身的直线度
8	自动车床底面，柴油机汽缸体，连杆分离面，汽缸结合面，汽车发动机机盖，曲轴箱结合面，法兰连接面
9	3 级平板，自动车床床身底面，摩托车曲轴箱体，汽车变速箱壳体，车床挂轮的平面

表 4-15　　　　圆度、圆柱度公差等级应用举例

公差等级	应　用　举　例
0，1	高精度量仪主轴，高精度机床主轴，滚动轴承的滚珠和滚针
2	精密测量仪主轴、外套、套阀、纺锭轴承，精密机床主轴轴颈，针阀圆柱表面，喷油泵柱塞及柱塞套
3	高精度外圆磨床轴承，磨床砂轮主轴套筒，喷油嘴针，阀体，高精度轴承内外圈等
4	较精密机床主轴、主轴箱孔，高压阀门、活塞、活塞销、阀体孔，高压油泵柱塞，较高精度滚动轴承配合轴
5	一般计量仪器主轴，侧杆外圆柱面，一般机床主轴轴颈及轴承孔，柴油机、汽油机的活塞、活塞销，与 P6 级滚动轴承配合的轴颈
6	一般机床主轴及前轴承孔，泵、压缩机的活塞、汽缸，汽油发动机凸轮轴，纺机锭子，减速传动轴轴颈，拖拉机主轴主轴颈，与 P6 级滚动轴承配合的外壳孔
7	大功率低速柴油机曲轴轴颈、活塞、活塞销、连杆、汽缸，高速柴油机箱体轴承孔，千斤顶或压力油缸活塞，机车传动轴承，水泵及通用减速器转轴轴颈
8	低速发动机、大功率曲柄轴颈，内燃油机曲轴轴颈，柴油机凸轮轴承孔
9	空气压缩机缸体，通用机械杠杆与拉杆用套筒销子，拖拉机活塞杯、套筒孔

表 4-16　　　平行度、垂直度、倾斜度、端面圆跳动公差等级应用举例

公差等级	应　用　举　例
1	高精度机床、测量仪器、量具等主要工作面和基准面
2，3	精密机床、测量仪器、量具、夹具的工作面和基准面，精密机床的导轨，精密机床主轴轴向定位面，滚动轴承座圈端面，普通机床的主要导轨，精密刀具、量具的工作面和基准面，光学分度头心轴端面
4，5	普通机床导轨，重要支承面，机床主轴孔对基准的平行度，精密机床重要零件，计量仪器、量具、模具的工作面和基准面，床头箱体重要孔，通用减速壳体孔，齿轮泵的油孔端面，发动机轴和离合器的凸缘，汽缸支承端面，安装精密滚动轴承壳体孔的凸肩

公差等级	应 用 举 例
6，7，8	一般机床的工作面和基准面，压力机和锻锤的工作面，中等精度钻模的工作面，机床一般承孔对基准的平行度，变速器箱体孔，主轴花键对定心直径部位表面轴线的平行度，一般导轨、主轴箱体孔、刀架、砂轮架、汽缸配合面对基准轴线，活塞销孔对活塞中心线的垂直度，滚动轴承内、外圈端面对轴线的垂直度
9，10	低精度零件，重型机械滚动轴承端盖，柴油机、曲轴颈、花键轴和轴肩端面，带式运输机法兰盘等端面对轴线的垂直度，减速器壳体平面

表 4 - 17　　　　　　　　　同轴度、对称度、径向跳动公差等级应用举例

公差等级	应 用 举 例
1，2	旋转精度要求很高，尺寸公差高于 1 级的零件，如精密测量仪器的主轴和顶尖，柴油机喷油嘴针阀
3，4	机床主轴轴颈，汽轮机主轴，测量仪器的小齿轮轴，安装高精度齿轮的轴颈
5	机床主轴轴颈，机床主轴箱孔，计量仪器的测杆，涡轮机主轴，柱塞油泵转子，高精度滚动轴承外圈，一般精度轴承内圈
6，7	内燃机曲轴，凸轮轴轴颈，柴油机机体主轴承孔，水泵轴，油泵柱塞，汽车后桥输出轴，安装一般精度齿轮的轴颈，涡轮盘，普通滚动轴承内圈，印刷机传墨辊的轴颈
8，9	内燃机凸轮轴孔，水泵叶轮，离心泵体，汽缸套外径配合面对工作面，运输机机械滚筒表面，棉花精梳机前、后滚子，自行车中轴，键槽

表 4 - 18 和表 4 - 19 列出了各种加工方法可达到的公差值，仅供选择参考。

表 4 - 18　　　　　　几种主要加工方法能达到的直线度、平面度的公差等级范围

加 工 方 法		公差等级范围	加 工 方 法		公差等级范围
车	粗车	11～12	磨	粗磨	9～11
	细车	9～10		细磨	7～9
	精车	5～8		精磨	2～7
铣	粗铣	11～12	研磨	粗研	4～5
	细铣	10～11		细研	3
	精铣	6～9		精研	1～2
刨	粗刨	11～12	刮磨	粗刮	6～7
	细刨	9～10		细刮	4～5
	精刨	7～9		精刮	1～3

表 4 - 19　　　　　　　　几种主要加工方法能达到的同轴度公差等级范围

加工方法	车、镗		铰	磨		衍磨	研磨
	孔	轴		孔	轴		
公差等级范围	4～9	3～8	5～7	2～7	1～6	2～4	1～3

4.5.3　公差原则和公差要求的选择

对同一零件上同一要素，既有尺寸公差要求又有形位公差要求时，要确定它们之间的关

系，即确定选用何种公差原则或公差要求。

如前所述，当对零件有特殊功能要求时，采用独立原则。例如，对测量用的平板要求其工作面平面度要好，因此提出平面度公差。对检验直线度误差用的刀口直尺，要求其刃口直线度公差。独立原则是处理形位公差和尺寸公差关系的基本原则，应用较为普遍。

为了严格保证零件的配合性质，即保证相配合件的极限间隙或极限过盈满足设计要求，对重要的配合常采用包容要求。例如齿轮的内孔与轴的配合，若需严格地保证其配合性质时，则齿轮内孔与轴颈都应采用包容要求。当采用包容要求，形位误差由尺寸公差来控制，若用尺寸公差控制形位误差仍满足不了要求，可以在采用包容要求的前提下，对形位公差提出更严格的要求。当然，此时的形位公差值只能占尺寸公差值的一部分。

对于仅需保证零件的可装配性，而为了便于零件的加工制造时，可以采用最大实体要求和可逆要求等。例如，法兰盘上或箱体盖上孔的位置度公差采用最大实体要求，螺钉孔与螺钉之间的间隙可以给孔间位置度公差以补偿值，从而降低了加工成本，利于装配。而应用最小实体要求的目的是保证零件的最小壁厚和设计强度。

表 4 - 20 对公差原则的应用场合进行了总结，仅供选择参考。

表 4 - 20 　　　　　　　　　　　**公 差 原 则 应 用 场 合**

公差原则	应 用 场 合
独立原则	尺寸精度与形位精度需要分别满足要求，如齿轮箱体孔、连杆活塞销孔、滚动轴承内圈及外圈滚道
	尺寸精度与形位精度要求相差较大，如滚筒类零件、平板、导轨、汽缸
	尺寸精度与形位精度之间没有联系，如滚子链条的套筒或滚子内、外圆柱面的轴线与尺寸精度，发动机连杆上尺寸精度与孔轴线间的位置精度
	未注尺寸公差或未注形位公差，如退刀槽、倒角、圆角
包容要求	用于单一要素，保证配合性质，如 40H7 与 40h7 轴配合，保证最小间隙为零
最大实体要求	用于中心要素，保证零件可装性，如轴承盖上用于穿过螺钉的通孔，法兰盘上用于穿过螺栓的通孔，同轴度的基准轴线
最小实体要求	保证零件强度和最小壁厚

4.5.4　形位公差的未注公差值

国家标准形位公差中，对形位公差值分为注出公差和未注公差两类。对于形位公差要求不高，用一般的机械加工方法和加工设备都能保证加工精度，或由线性尺寸公差或角度公差所控制的形位公差已能保证零件的要求时，不必将形位公差在图样上注出，而用未注公差来控制。这样做既可以简化制图，又突出了注出公差的要求。而对于零件形位公差要求较高，或者功能要求允许大于未注公差值，而这个较大的公差值会给工厂带来经济效益时，这个较大的公差值应采用注出公差值。

对于线轮廓度、面轮廓度、倾斜度、位置度和全跳动的未注形位公差，均由各要素的注出或未注线性尺寸公差或角度公差控制，对这些项目的未注公差不必作特殊的标注。

圆度的未注公差值等于给出的直径公差值，但不能大于表 4 - 13 中的径向圆跳动值。

对圆柱度的未注公差值不作规定。圆柱度误差由圆度、直线度和相应线的平行度误差组成，而其中每一项误差均由它们的注出公差或未注公差控制。

对于直线度、平面度、垂直度、对称度和圆跳动的未注公差，标准中规定了 H、K、L 三个公差等级，采用时应在技术要求中注出下述内容，如：未注形位公差按"GB/T 1184—K"，表 4-21～表 4-24 给出了常用形位公差未注公差的分级和数值。

表 4-21　　　　　　直线度、平面度未注公差值（摘自 GB/T 1184—1996）　　　　mm

公差等级	基本长度范围					
	～10	＞10～30	＞30～100	＞100～300	＞300～1000	＞1000～3000
H	0.02	0.05	0.1	0.2	0.3	0.4
K	0.05	0.1	0.2	0.4	0.6	0.8
L	0.1	0.2	0.4	0.8	1.2	1.6

表 4-22　　　　　　垂直度未注公差值（摘自 GB/T 1184—1996）　　　　mm

公差等级	基本长度范围			
	～100	＞100～300	＞300～1000	＞1000～3000
H	0.2	0.3	0.4	0.5
K	0.4	0.6	0.8	1
L	0.6	1	1.5	2

表 4-23　　　　　　对称度未注公差值（摘自 GB/T 1184—1996）　　　　mm

公差等级	基本长度范围			
	～100	＞100～300	＞300～1000	＞1000～3000
H	0.5			
K	0.6		0.8	1
L	0.6	1	1.5	2

表 4-24　　　　　　圆跳动度未注公差值（摘自 GB/T 1184—1996）　　　　mm

公差等级	基本长度范围	公差等级	基本长度范围
H	0.1	L	0.5
K	0.2		

4.5.5　形位公差选用标准举例

[例 4-10]　减速器的齿轮轴形位公差选用。

减速器的齿轮轴如图 9-28 所示。根据减速器对该轴的功能要求，选用形位公差如下：两个 $\phi 40^{+0.011}_{-0.006}$ 的轴颈与滚动轴承的内圈相配合，采用包容要求，以保证配合性质；按 GB/T 275—1993 规定，与滚动轴承配合的轴颈，为了保证装配后轴承的几何精度，在采用包容要求的前提下，又进一步提出了圆柱度公差 0.004mm 的要求；两轴颈上安装滚动轴承后，将分别装配到相对应的箱体孔内，为了保证轴承外圈与箱体孔的配合性质，需限制两轴颈的同轴度误差，故又规定了两轴颈的径向圆跳动公差 0.008mm。

轴颈 $\phi 50$mm 处的两轴肩都是止推面，起一定的定位作用，参照 GB/T 275—1993 规定，给出两轴肩相对基准轴线 A—B 的端面圆跳动公差 0.012mm。

轴颈 $\phi30^{-0.028}_{-0.041}$ 与轴上零件配合，有配合性质要求，也采用包容要求。

为保证齿轮的正确啮合，对轴颈 $\phi30^{-0.028}_{-0.041}$ 上的键槽 $8^{0}_{-0.036}$，提出了对称度公差 0.015mm 的要求，基准为键槽所在轴颈的轴线。

<h2 align="center">习　　题</h2>

4-1　问答题

(1) 形位公差特征项目和符号有几项？它们的名称和符号是什么？

(2) 什么是体外作用尺寸？什么又是体内作用尺寸？

(3) 什么是最大实体状态？什么是最大实体尺寸？

(4) 什么是独立原则，常用在哪些场合？

(5) 什么是形位公差的公差原则？包含哪几项？

(6) 形位公差的选用原则有哪几项？怎样来选用？

(7) 什么时候选用未注形位公差？未注形位公差在图样上如何表示？

(8) 什么是最小包容区域？

(9) 怎样来评定平面度的误差值？

(10) 形位误差的检测原则有哪些？怎样正确的应用这些原则？

4-2　改错题

改正图 4-54 中各项形位公差标注上的错误（不得改变形位公差项目）。

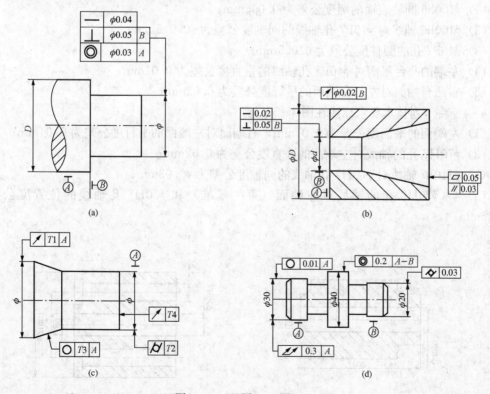

图 4-54　习题 4-2 图（一）

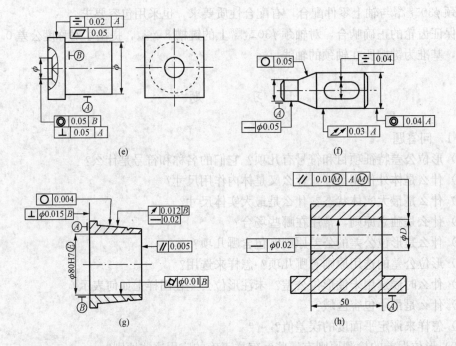

图 4-54　习题 4-2 图（二）

4-3　将下列技术要求标注在图 4-55 上。

（1）ϕ100h6 圆柱表面的圆度公差为 0.005mm；

（2）ϕ100h6 轴线对 ϕ40P7 孔轴线的同轴度公差为 ϕ0.015mm；

（3）ϕ40P7 孔的圆柱度公差为 0.005mm；

（4）左端的凸台平面对 ϕ40P7 孔轴线的垂直度公差为 0.01mm；

（5）右凸台端面对左凸台端面的平行度公差为 0.02mm。

4-4　将下列技术要求标注在图 4-56 上。

（1）左端面的平面度公差为 0.01mm，右端面对左端面的平行度公差为 0.04mm；

（2）ϕ70H7 孔的轴线对左端面的垂直度公差为 0.02mm；

（3）ϕ210h7 轴线对 ϕ70H7 孔轴线的同轴度公差为 ϕ0.03mm；

（4）4×ϕ20H8 孔的轴线对左端面（第一基准）和 ϕ70H7 孔轴线的位置度公差为 ϕ0.15mm。

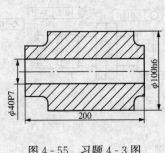

图 4-55　习题 4-3 图

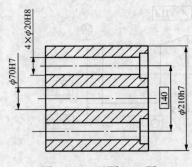

图 4-56　习题 4-4 图

4-5　对图4-57做出解释。

4-6　对图4-58做出解释。

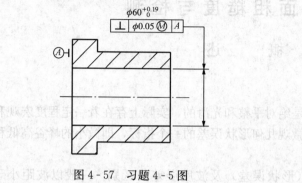

图4-57　习题4-5图

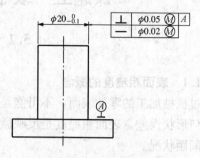

图4-58　习题4-6图

4-7　如图4-59所示，若被测孔的形状正确：

（1）测得其实际尺寸为 $\phi30.01$mm，而同轴度误差为 $\phi0.04$mm，求该零件的实效尺寸、作用尺寸；

（2）若测得实际尺寸为的 $\phi30.01$mm、$\phi20.01$mm，同轴度误差为 $\phi0.05$mm，问该零件是否合格？为什么？

4-8　若某零件的同轴度要求如图4-60所示，今测得实际轴线与基准轴线的最大距离为 $+0.04$mm，最小距离为 -0.01mm，求该零件的同轴度误差值，并判断是否合格。

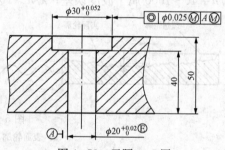

图4-59　习题4-7图

4-9　试对图4-61（a）所示的轴套，应用相关原则，填出表4-25中所列各值。实际零件如图4-61（b）所示，$A_1=A_2=\cdots=20.01$mm。判断该零件是否合格？

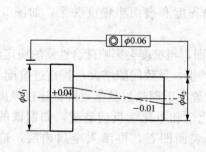

图4-60　习题4-8图

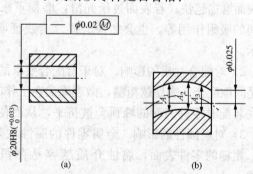

图4-61　习题4-9图

表4-25　　习题4-9表

最大实体尺寸 MMS	最小实体尺寸 LMS	MMC时的轴线 直线度公差	LMC时的轴线 直线度公差	实体尺寸 VS	作用尺寸 MS

课题五　表面粗糙度与检测

5.1　概　　述

5.1.1　表面粗糙度的概念

经过机械加工的零件表面，不可能是绝对平整和光滑的，实际上存在着一定程度宏观和微观几何形状误差。表面粗糙度是反映微观几何形状误差的一个指标，即微小的峰谷高低程度及其间距状况。

表面粗糙度与宏观几何形状误差（形状误差）及波度误差的区别，一般以波距小于1mm 为表面粗糙度；波距在 1～10mm 为波度；波距大于 10mm 属于形状误差。对此，我国尚无明确的划分标准，也有按波距 λ 和波峰高度 h 比值划分的，$\lambda/h<40$ 属于表面粗糙度；$\lambda/h=40\sim1000$ 属于波度误差；$\lambda/h>1000$ 为形状误差，如图 5-1 所示。

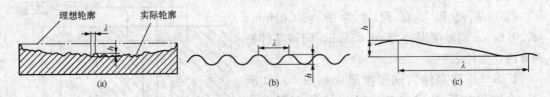

图 5-1　表面粗糙度概念

(a) 表面轮廓；(b) 表面波度；(c) 形状误差

5.1.2　表面粗糙度对零件使用性能的影响

1）对摩擦、磨损的影响。表面越粗糙，零件表面的摩擦系数就越大，两相对运动的零件表面磨损越快；若表面过于光滑，磨损下来金属微粒的刻划作用、润滑油的被挤出、分子间的吸附作用等，也会加快磨损。实践证明，磨损程度和表面粗糙度关系，如图 5-2 所示。

2）对配合性质的影响。对于有配合要求的零件表面，粗糙度会影响配合性质的稳定性。若是间隙配合，表面越粗糙，微观峰尖在工作时很快磨损，导致间隙增大；若是过盈配合，则在装配时零件表面的峰顶会被挤平，从而使实际过盈小于理论过盈量，降低连接强度。

3）对腐蚀性的影响。金属零件的腐蚀主要由于化学和电化学反应造成，如钢铁的锈蚀。粗糙的零件表面，腐蚀介质越容易存积在零件表面凹谷，再渗入金属内层，造成锈蚀。

4）对强度的影响。粗糙的零件表面，在交变载荷作用下，对应力集中很敏感，因而降低零件的疲劳强度。

5）对结合面密封性的影响。粗糙表面结合时，两表面只在局部点上接触，中间存在缝隙，降低密封性能。由此可见，在保证零件尺寸精度、形位公差的同时，应控制表面粗糙度。

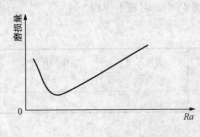

图 5-2　磨损量和表面粗糙度关系

5.2　表面粗糙度的评定

5.2.1　主要术语及定义

（1）取样长度 l

测量和评定表面粗糙度时所规定的一段基准长度，称为取样长度 l，如图 5 - 3 所示。

规定取样长度是为了限制和减弱宏观几何形状误差，特别是波度对表面粗糙度测量结果的影响。一般取样长度至少包含 5 个轮廓峰和轮廓谷。表面越粗糙，取样长度应越大。国家标准 GB/T 1031—1995《表面粗糙度参数及其数值》规定的取样长度和评定长度见表 5 - 1。

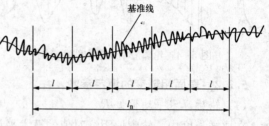

图 5 - 3　取样长度和评定长度

表 5 - 1　　　　　　取样长度和评定长度的选用值（摘自 GB/T 1031—1995）

Ra（μm）	Rz，Ry（μm）	l（mm）	l_n（mm）（$l_n=5l$）
≥0.008～0.02	≥0.025～0.10	0.08	0.4
>0.02～0.10	>0.10～0.50	0.25	1.25
>0.10～2.0	>0.50～10.0	0.8	4.0
>2.0～10.0	>10.0～50.0	2.5	12.5
>10.0～80.0	>50.0～320	8.0	40.0

（2）评定长度 l_n

评定长度是指评定轮廓表面所必需的一段长度。由于被加工表面粗糙度不一定很均匀，为了合理、客观反映表面质量，通常评定长度包含几个取样长度。

如果加工表面比较均匀，可取 $l_n<5l$，若表面不均匀，则取 $l_n>5l$，一般取 $l_n=5l$。具体数值，见表 5 - 1。

（3）轮廓中线（基准线）

轮廓中线是评定表面粗糙度参数值大小的一条参考线。下面介绍两种轮廓中线。

1）轮廓最小二乘中线。具有几何轮廓形状并划分轮廓的基准线，在取样长度内使轮廓上各点轮廓偏距的平方和最小，如图 5 - 4 所示。

轮廓偏距是指轮廓线上的点到基准线的距离，如 y_1，y_2，y_3，$\cdots$，y_n。

轮廓最小二乘中线的数学表达式为

$$\int_0^l y^2 \mathrm{d}x = 最小值 \tag{5 - 1}$$

2）轮廓算术平均中线。具有几何轮廓形状，在取样长度内与轮廓走向一致的基准线，该线划分轮廓并使上下两部分的面积相等，如图 5 - 5 所示。即

$$F_1 + F_3 + \cdots + F_{2n-1} = F_2 + F_4 + \cdots + F_{2n} \tag{5 - 2}$$

用最小二乘法确定的中线是唯一的，但比较困难。算术平均法常用目测确定中线，是一种近视的图解，较为简便，所以常用它替代最小二乘法，在生产中得到广泛应用。

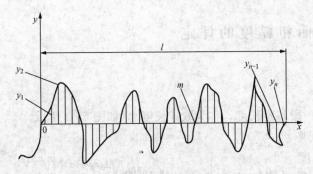

图 5-4 轮廓最小二乘中线示意图

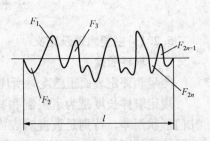

图 5-5 轮廓算术平均中线示意图

5.2.2 表面粗糙度的评定参数

（1）轮廓算术平均偏差 Ra

在取样长度内，轮廓偏距绝对值的算术平均值

$$Ra = \frac{1}{l}\int_0^l |y|\,\mathrm{d}x \qquad (5-3)$$

或近似为

$$Ra = \frac{1}{n}\sum_{i=1}^{n} |y_i| \qquad (5-4)$$

式中　y_i——轮廓上各点至基准线的距离；

　　　Ra——能较充分反映表面微观几何形状，其值越大，表面越粗糙。

（2）微观不平度十点高度 Rz

在取样长度内，五个最大的轮廓峰高的平均值与五个最大轮廓谷深的平均值之和，如图 5-6 所示。Rz 的数学表达式为

$$Rz = \frac{1}{5}\left[\sum_{i=1}^{5} y_{pi} + \sum_{i=1}^{5} y_{vi} \right] \qquad (5-5)$$

式中　y_{pi}——第 i 个最大轮廓峰高；

　　　y_{vi}——第 i 个最大。

Rz 值越大，表面越粗糙。由于测点少，不能充分、客观反映实际表面状况，但测量、计算方便，所以应用较多。

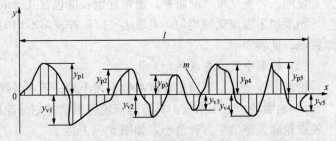

图 5-6 微观不平度十点高度

（3）轮廓最大高度 Ry

在取样长度内，轮廓峰顶线和轮廓谷底线之间的距离，如图 5-7 所示。

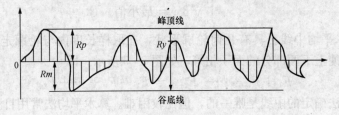

图 5-7 轮廓最大高度

图中 Rp 为轮廓最大峰顶，Rm 为轮廓最大谷深，则轮廓最大高度为

$$Ry = Rp + Rm \tag{5-6}$$

常用于不可以有较深加工痕迹的零件，或被测表面很小不宜用 Ra、Rz 来评定的表面。

5.2.3　一般规定

在常用的参数值范围内，优先选用 Ra。国标规定采用中线制评定表面粗糙度，粗糙度的评定参数一般从 Ra、Rz、Ry 中选取，如果零件表面有功能要求时，除选用上述高度特征参数外，还可选用附加的评定参数如间距特征参数（轮廓单峰平均间距、轮廓微观不平度平均间距）和形状特征参数等。由于篇幅有限，在此不做介绍。Ra、Rz、Ry 参数见表 5-2、表 5-3。

表 5-2　　　　　　　　　　轮廓算术平均偏差 Ra　　　　　　　　　　μm

系列值	补充系列	系列值	补充系列	系列值	补充系列	系列值	补充系列
	0.008						
	0.010		0.125		1.25	12.5	
0.012			0.160	1.6			
	0.016						16.0
	0.020	0.20					20
0.025			0.25	2.0			
	0.032	0.32	3.2	2.5	25	32	
	0.040	0.40			4.0		40
0.050		0.50			5.0	50	
	0.063	0.63	6.3				63
	0.080	0.80			8.0		80
0.100		1.00			10.0	100	

表 5-3　　　　　　微观不平度十点高度 Rz、轮廓最大高度 Ry 的数值　　　　　　μm

系列值	补充系列	系列值	补充系列	系列值	补充系列	系列值	补充系列	系列值	补充系列	系列值	补充系列
			0.125		1.25	12.5			125		1250
			0.160	1.6			16.0		160	1600	
		0.20			2.0		20	200			
0.025			0.25		2.5	25			250		
	0.032		0.32	3.2			32		320		
	0.040				4.0		40	400			
0.050		0.40	0.50		5.0	50			500		
	0.063		0.63	6.3			63		630		
	0.080				8.0		80	800			
0.100		0.8	1.0		10.0	100			1000		

5.3　表面粗糙度符号及标注

5.3.1　表面粗糙度符号和代号

GB/T 131—2006 对表面粗糙度符号、代号及标注都做了规定。表 5-4 所示为表面粗糙度符号、意义及说明。

表 5-4　　　　　　　　　　　　　　　　**表面粗糙度符号及意义**

代　号	意　　义
√	基本符号，表示表面可用任何方法获得。当不加注粗糙度参数值或有关说明（如表面处理、局部热处理状况等）时，仅适用于简化代号标注
⊽	基本符号加一短划，表示表面是用去除材料的方法获得。如车、铣、刨、磨、钻、剪切、抛光、腐蚀、电火花加工、气割等
⟨√⟩	基本符号加一小圆，表示表面是用不去除材料方法获得。如铸、锻、冲压变形、热轧、粉末冶金等。或者是用于保持原供应状况的表面（包括保持上道工序的状况）
√ ⊽ ⟨√⟩	在上述三个符号的长边上加一横线，用于标注有关参数和说明
√ ⊽ ⟨√⟩	在上述三个符号的长边上加一小圆，表示所有表面具有相同的表面粗糙度要求

5.3.2　表面粗糙度的标注

对零件有表面粗糙度要求时，需同时给出表面粗糙度参数值和取样长度的要求。如果取样长度按表 5-1 取标准值时，则可省略标注。

表面粗糙度数值及其有关规定在符号中的注写位置见图 5-8。

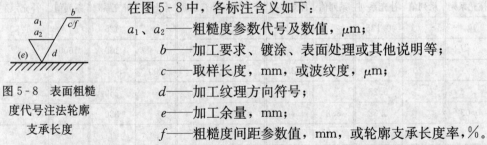

图 5-8　表面粗糙度代号注法轮廓支承长度

在图 5-8 中，各标注含义如下：

a_1、a_2——粗糙度参数代号及数值，μm；

b——加工要求、镀涂、表面处理或其他说明等；

c——取样长度，mm，或波纹度，μm；

d——加工纹理方向符号；

e——加工余量，mm；

f——粗糙度间距参数值，mm，或轮廓支承长度率，%。

表面粗糙度高度特征参数是基本参数，在标注 Ra 值时，只需标数值而不需标代号。而标注 Rz、Ry 值时，应在数值前加代号，如表 5-5 所示。表 5-5 中有关表面粗糙度参数的"上限值"（或"下限值"）和"最大值"（或"最小值"）的含义是不同的。"上限值"表示所有实测值中，允许有 16% 的实测值可以超过规定值；而"最大值"表示不允许任何实测值超过规定值。

表 5 - 5　　　　　　　　　　　　　　表面粗糙度高度参数值标注示例及意义

代号	意义	代号	意义
6.3 ∨	用任何方法获得的表面粗糙度，Ra 的上限值为 6.3μm	6.3max ∨	用任何方法获得的表面粗糙度，Ra 的最大值为 6.3μm
6.3 ▽	用去除材料方法获得的表面粗糙度，Ra 的上限值为 6.3μm	6.3max ▽	用去除材料方法获得的表面粗糙度，Ra 的最大值为 6.3μm
6.3 3.2 ▽	用去除材料方法获得的表面粗糙度，Ra 的上限值为 6.3μm，Ra 的下限值为 3.2μm	6.3max 3.2min ▽	用去除材料方法获得的表面粗糙度，Ra 的最大值为 6.3μm，Ra 的最小值为 3.2μm
Ry100 ⟊	用不去除材料方法获得的表面粗糙度，Ry 的上限值为 100μm	Ry100max ⟊	用不去除材料方法获得的表面粗糙度，Ry 的最大值为 100μm
6.3 Ry100 ⟊	用不去除材料方法获得的表面粗糙度，Ra 的上限值为 6.3μm，Ry 的上限值为 100μm	6.3max Ry100max ⟊	用不去除材料方法获得的表面粗糙度，Ra 的最大值为 6.3μm，Ry 的最大值为 100μm

5.3.3　表面粗糙度在图样上的标注方法

图样上表面粗糙度符号一般标注在可见轮廓线、尺寸线或其引出线上；对于镀涂表面，可以标注在表示线（粗点画线）上；符号的尖端必须从材料外面指向实体表面，数字及符号的方向必须按图 5 - 9 (a)、(b) 及图 5 - 10 规定要求标注。

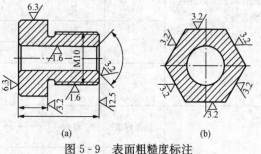

图 5 - 9　表面粗糙度标注
(a) 螺纹、内孔的标注；(b) 不同方向表面的标注

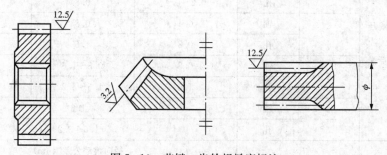

图 5 - 10　花键、齿轮粗糙度标注

5.4　表面粗糙度数值的选择

零件表面粗糙度不仅对其使用性能的影响是多方面的，而且关系到产品质量和生产成本。因此在选择粗糙度数值时，应在满足零件使用功能要求的前提下，同时考虑工艺性和经济性。在确定零件表面粗糙度时，除了有特殊要求的表面外，一般采用类比法选取。

在选取表面粗糙度数值时，在满足使用要求的情况下，尽量选择大的数值，除此之外，应考虑以下几个方面：

①同一零件，配合表面、工作表面的数值小于非配合表面、非工作表面的数值；

②摩擦表面、承受重载荷和交变载荷表面的粗糙度数值应选小值；

③配合精度要求高的结合面、尺寸公差和形位公差精度要求高的表面，粗糙度选小值；

④同一公差等级的零件，小尺寸比大尺寸，轴比孔的粗糙度值要小；

⑤要求耐腐蚀的表面，粗糙度值应选小值；

⑥有关标准已对表面粗糙度要求做出规定的应按相应标准确定表面粗糙度数值。

表 5-6 和表 5-7 所示为常用表面粗糙度数值及加工和应用，以供参考。

表 5-6   **常用表面粗糙度推荐值**

表 面 特 征			Ra（μm）不大于		
	公差等级	表面	基本尺寸（mm）		
			～50	＞50～500	
经常拆卸零件的配合表面（如挂轮、滚刀等）	5	轴	0.2	0.4	
		孔	0.4	0.8	
	6	轴	0.4	0.8	
		孔	0.4～0.8	0.8～1.6	
	7	轴	0.4～0.8	0.8～1.6	
		孔	0.8	1.6	
	8	轴	0.8	1.6	
		孔	0.8～1.6	1.6～3.2	
	公差等级	表面	基本尺寸（mm）		
			～50	＞50～500	＞120～500
过盈配合的配合表面装配 （1）按机械压入法 （2）按加热后装配法	5	轴	0.1～0.2	0.4	0.4
		孔	0.2～0.4	0.8	0.8
	6～7	轴	0.4	0.8	1.6
		孔	0.8	1.6	1.6
	8	轴	0.8	0.8～1.6	1.6～3.2
		孔	1.6	1.6～3.2	1.6～3.2
		轴	1.6		
		孔	1.6～3.2		
精密定心用配合的零件表面	表面		径向跳动公差（μm）		
			2.5 | 4 | 6 | 10 | 16 | 25		
			Ra（μm）		
	轴		0.05 | 0.1 | 0.1 | 0.2 | 0.4 | 0.8		
	孔		0.1 | 0.2 | 0.2 | 0.4 | 0.8 | 1.6		
滑动轴承的配合表面	表面		公差等级		液体湿摩擦条件
			6～9	10～12	
			Ra（μm）不大于		
	轴		0.4～0.8	0.8～3.2	0.1～0.4
	孔		0.8～1.6	1.6～3.2	0.2～0.8

表 5 - 7　　　　　　　　　　表面粗糙度参数、加工方法和应用举例

Ra（μm）	加工方法	应用举例
12.5～25	粗车、粗铣、粗刨、钻、毛锉、锯断等	粗加工非配合表面。如轴端面、倒角、钻孔、齿轮和带轮侧面、键槽底面、垫圈接触面及不重要的安装支承面
6.3～12.5	车、铣、刨、镗、钻、粗铰等	半精加工表面。如轴上不安装轴承、齿轮等处的非配合表面，轴和孔的退刀槽、支架、衬套、端盖、螺栓、螺母、齿顶圆、花键非定心表面等
3.2～6.3	车、铣、刨、镗、磨、拉、粗刮、铣齿等	半精加工表面。箱体、支架、套筒、非传动用梯形螺纹等及与其他零件结合而无配合要求的表面
1.6～3.2	车、铣、刨、镗、磨、拉、刮等	接近精加工表面。箱体上安装轴承的孔和定位销的压入孔表面及齿轮齿条、传动螺纹、键槽、皮带轮槽的工作面、花键结合面等
0.8～1.6	车、镗、磨、拉、刮、精铰、磨齿、滚压等	要求有定心及配合的表面。如圆柱销、圆锥销的表面、卧式车床导轨面、与 0，6 级滚动轴承配合的表面等
0.4～0.8	精铰、精镗、磨、刮、滚压等	要求配合性质稳定的配合表面及活动支承面。如高精度车床导轨面、高精度活动球状接头表面等
0.2～0.4	精磨、珩磨、研磨、超精加工等	精密机床主轴锥孔、顶尖圆锥面、发动机曲轴和凸轮轴工作表面、高精度齿轮齿面、与 5 级滚动轴承配合面等
0.1～0.2	精磨、研磨、普通抛光等	精密机床主轴轴颈表面、一般量规工作表面、汽缸内表面、阀的工作表面、活塞销表面等
0.025～0.1	超精磨、精抛光、镜面磨削等	精密机床主轴轴颈表面、滚动轴承套圈滚道、滚珠及滚柱表面、工作量规的测量表面，高压液压泵中的柱塞表面等
0.012～0.025	镜面磨削等	仪器的测量面、高精度量仪等
≤0.012	镜面磨削、超精研等	量块的工作面、光学仪器中的金属镜面等

5.5 表面粗糙度的测量

测量表面粗糙度的方法很多，常用的有比较法、光切法、干涉法、针描法等。

5.5.1 比较法

比较法是指被测表面与标有数值的粗糙度标准样板［见图 5 - 11（a）］相比较，通过视觉、触感或其他方法进行比较后，对被测表面的粗糙度做出评定的方法。比较时，所用的粗糙度样板的材料、形状和加工方法尽可能与被测表面相同。这种方法虽然不能准确地得出被测表面粗糙度数值，但由于计量器具简单，评定方便且也能满足一般的生产要求，所以广泛应用于生产现场。

5.5.2 光切法

光切法是利用"光切原理"测量表面粗糙度的方法。光切显微镜又称双管显微镜［见图 5 - 11（b）］，就是利用该原理设计而成的。

光切显微镜一般用于测定 Rz 和 Ry 值，参数测量范围视显微镜的型号不同而不同。

5.5.3 干涉法

干涉法是利用光波干涉原理来测量表面粗糙度的方法。常用的测量仪器是干涉显微镜［见图 5 - 11（c）］，该仪器主要用于测量表面粗糙度的 Rz 和 Ry 值，并可测到较小的参数

值，通常测量范围 $0.03\sim1\mu m$。

该仪器还附有照相装置，可以将成像于平面玻璃上的干涉条纹摄下，然后进行测量计算。

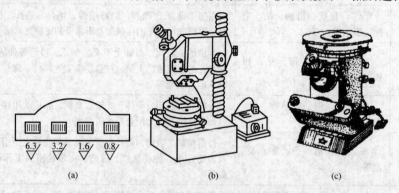

图 5 - 11   表面粗糙度常用测量仪器

5.5.4   针描法

针描法又称感触法，是一种接触式测量表面粗糙度的方法，常用的仪器是电动轮廓仪（见图 5 - 12）。测量时，将金刚石针尖和被测零件接触，当针尖以一定的速度沿着被测表面移动时，由于被测表面的微小峰谷，使触针水平移动的同时还沿轮廓的垂直方向上下运动。触针的上下运动通过传感器转换为电信号，并经计算加以处理。人们可对实际轮廓的仪器上的记录进行分析计算，或直接从仪器的指示表中获得 Ra 值。

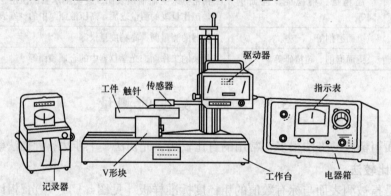

图 5 - 12   电动轮廓仪

习   题

5 - 1   评定表面粗糙度时，为什么要规定取样长度？有了取样长度，为何还要规定评定长度？

5 - 2   试述表面粗糙度评定参数 Ra、Rz、Ry 的含义。

5 - 3   图 5 - 13 所示为测量零件表面粗糙度的曲线放大图，坐标纸上的每一小格标定为 $0.2\mu m$，根据曲线确定 Rz、Ry 值。

5 - 4   若加工表面符合 $y=\sin x$ （μm），试计算 Ra、Ry、Rz 值。

5 - 5   试判断图 5 - 14 所示表面粗糙度代号的标注是否有误。若有，则加以改正。

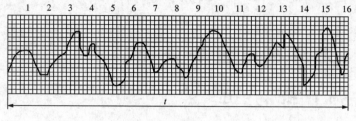

图 5-13 习题 5-3 图

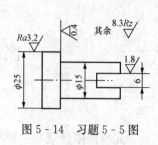

图 5-14 习题 5-5 图

实训项目 用电动轮廓仪测量表面粗糙度

实验课题	用电动轮廓仪测量表面粗糙度
实验目的	掌握粗糙度的测量方法
实验器材	2221 型电动轮廓仪 1 台
实验内容与步骤	实验步骤：接上电源后，根据被测件要求，选择合适的传感器用连线与电器箱接通。当装好被测零件后，将传感器测头轻轻放下接触工件，要特别小心，以免损坏金刚石测针。传感器测针与工件的加工纹路垂直。打开仪器开关进行预热，时间不能少于 30min。根据被测零件选择测量范围。如：测量件活塞销的表面粗糙度 Ra 值要求为 0.2～0.4。按钮应放在第 3 挡，长度在 0.25 挡。用手轻轻按驱动箱按钮，表针即指示到 0.15μm，记录数据。这时按复零钮，表针立即复零位。换一工件位置再测量第二次，需再按动驱动箱按钮。同样连续测量四次，将其结果取平均值作为测得 Ra 值。 注意：根据被测件的表面粗糙度 Ra 值大小，可随时变换量程挡数，以满足测量要求。
数据记录与处理	1. 记录所用仪器的规格型号、仪器测量范围。 2. 测量的 4 个数据和粗糙度平均值。
结果分析	测量合格性分析
思考题	1. Ra、Rz 参数的应用场合有什么不同？ 2. 用电动轮廓仪测量时，根据什么选定切除长度？同一表面测量 Ra、Rz 数值一样吗？
教师评语	

课题六　光滑极限量规设计

6.1　概　　述

光滑极限量规是一种没有刻线的专用量具，用光滑极限量规检验工件时，不能测出工件实际尺寸的具体数值，只能判断工件是否处于规定的极限尺寸范围内。量规结构简单，制造容易，使用方便、可靠，检验效率高，因此量规广泛应用于机械制造中的成批、大量生产。

光滑极限量规的形状与被检验对象的形状相反，检验孔的量规称为塞规，检验轴的量规称为卡规。它们都有通规（T）和止规（Z），应成对使用，如图 6-1 所示。通规用来检验孔或轴的作用尺寸是否超越最大实体尺寸，止规用来检验孔或轴的实际尺寸是否超越最小实体尺寸。

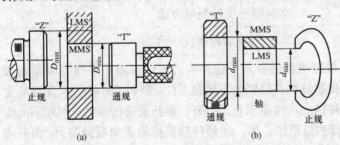

检验时，若通规能通过工件而止规不能通过，则认为工件为合格品，否则工件为不合格品。

图 6-1　量规
(a) 孔用量规；(b) 轴用量规

光滑极限量块按用途可分为以下几种。

1) 工作量规。在工件制造过程中，生产工人检验用的量规。通常使用新的或磨损较少的量规作为工作量规。

2) 验收量规。检验人员或用户代表验收工件时所用的量规。一般选择磨损较多但未超过磨损极限的工作量规作为验收量规。

3) 校对量规。检验制造和使用过程中轴用工作量规的量规。孔用工作量规（塞规）刚性较好，不易变形和磨损，便于用通用计量器具检测，因此没有校对量规。

6.2　量规设计原则

6.2.1　极限尺寸判断原则（泰勒原则）

由于工件存在形状误差，加工出来的孔或轴的实际形状不可能是一个理想的圆柱体，虽然工件的实际尺寸位于最大与最小极限尺寸范围内，但工件在装配时却可能发生困难或装配后不满足规定的配合性质。故生产中，为了保证互换性，采用量规检验工件时，应根据极限尺寸判断原则（泰勒原则）来评定工件的实际尺寸和作用尺寸，即量规应遵循泰勒原则来设计。

极限尺寸判断原则是：孔或轴的作用尺寸不允许超过最大实体尺寸，在任何位置上的实际尺寸不允许超过最小实体尺寸，如图 6-2 所示。极限尺寸判断原则也可用如下公式表示：

对于孔　　$D_{作用} \geqslant D_{min}$　　$D_{实际} \leqslant D_{max}$

对于轴　　$d_{作用} \leqslant d_{max}$　　$d_{实际} \geqslant d_{min}$

根据极限尺寸判断原则，通规用于控制工件的作用尺寸，它应设计成全形的，即其测量

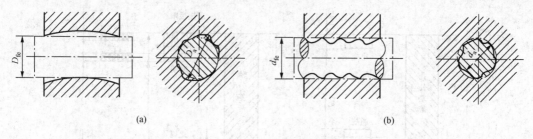

图 6-2 极限尺寸判断原则

(a) 孔；(b) 轴

面应是与孔或轴形状相对应的完整表面，其尺寸等于被测孔或轴的最大实体尺寸，且长度应与被测孔或轴的配合长度一致，实际上通规就是最大实体边界的具体体现。止规用于控制工件的实际尺寸，它应设计成两点接触式，其两个点状测量面之间的尺寸等于被测孔或轴的最小实体尺寸。

若通规做成点状量规，止规做成全形量规，就有可能将废品误判为合格。如图 6-3 所示，孔的实际轮廓已超出尺寸公差带，应为废品。若用点状通规检验，则可能沿 y 方向通过；用全形止规检验，则不能通过。这样，由于量规形状不正确，就将该孔误判为合格品。

在量规的实际应用中，通常由于制造和使用方面的原因，在保证被检验工件的形状误差不致影响配合性质的条件下，允许使用不符合（偏离）泰勒原则的量规。例如，为了减轻量规重量，便于使用，通规长度允许小于配合长度；对大尺寸的孔和轴通常用非全形的塞规（或杆规）和卡规检验。对于止规而言，由于点接触容易磨损，止规一般采用小平面、圆柱面

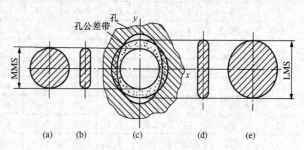

图 6-3 量规形状对检验结果的影响

(a) 全形通端；(b) 点状通端；(c) 实际孔与孔公差带；

(d) 点状止端；(e) 全形止端

或球面作为测量面；检验小孔用的止规，常采用便于制造的全形塞规；检验刚性差的工件，也常使用全形规等。

6.2.2 量规公差带

量规在制造过程中和任何工件一样，不可避免地会产生误差，故对量规的工作尺寸也要规定制造公差。通规在使用过程中经常通过工件会逐渐磨损，为使通规具有一定的使用寿命，对通规需要留出适当的磨损储量，规定磨损极限。至于止规，由于它不经常通过被检工件，因此不留磨损余量。校对量规也不留磨损余量。

（1）工作量规的公差带

国家标准 GB/T 1957—2006《光滑极限量规》规定量规的公差带不得超越被检工件的公差带；工作量规的制造公差与被检验零件的公差等级和基本尺寸有关。孔用和轴用量规公差带，如图 6-4 所示。图中 T 为工作量规的制造公差，Z 为通规公差带中心到工件最大实体尺寸之间的距离。通规的磨损极限为工件的最大实体尺寸。T 和 Z 的数值见表 6-1。

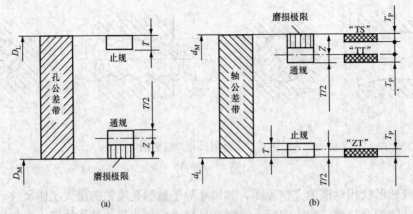

图 6-4　量规公差带图

(a) 孔用工作量规公差带图；(b) 轴用工作量规及其校对量规公差带

表 6-1　光滑极限量规制造公差 *T* 值和通规公差带中心到工件最大实体尺寸之间的距离 *Z* 值

基本尺寸 (mm)		IT6			IT7			IT8			IT9		
		IT6	T	Z	IT7	T	Z	IT8	T	Z	IT9	T	Z
大于	至							*μ*m					
	3	6	1.0	1.0	10	1.2	1.6	14	1.6	2.0	25	2.0	3
3	6	8	1.2	1.4	12	1.4	2.0	18	2.0	2.6	30	2.4	4
6	10	9	1.4	1.6	15	1.8	2.4	22	2.4	3.2	36	2.8	5
10	18	11	1.6	2.0	18	2.0	2.8	27	2.8	4.0	43	3.4	6
18	30	13	2.0	2.4	21	24	3.4	33	3.4	5.0	52	4.0	7
30	50	16	2.4	2.8	25	3.0	4.0	39	4.0	6.0	62	5.0	8
50	80	19	2.8	3.4	30	3.6	4.6	46	4.6	7.0	74	6.0	9
80	120	22	3.2	3.8	35	4.2	5.4	54	5.4	8.0	87	7.0	10
120	180	25	3.8	4.4	40	4.8	6.0	63	6.0	9.0	100	8.0	12
180	250	29	4.4	5.0	46	5.4	7.0	72	7.0	10.0	115	9.0	14
250	315	32	4.8	5.6	52	6.0	8.0	81	8.0	11.0	130	10.0	16
315	400	36	5.4	4	57	7.0	9.0	89	9.0	12.0	140	11.0	18
400	500	40	6.0	7.0	63	8.0	10.0	97	10.0	14.0	155	12.0	20

（2）校对量规的公差带

如前所述，只有轴用量规才有校对量规。校对量规的公差值 T_p 为工作量规制造公差 *T* 的 50%，其公差带如图 6-4 所示。TT 为检验轴用通规的"校通—通"量规，检验时通过为合格。ZT 为检验轴用止规的"校止—通"量规，检验时通过为合格。TS 为检验轴用通规是否达到磨损极限的"校通—损"量规，检验时不通过可继续使用，若通过应予报废。

6.3　工作量规设计

6.3.1　量规的结构形式

选用量规结构形式时，必须考虑工件结构、大小、产量、检验效率等，推荐用的量规形式和应用尺寸范围，如图 6-5 所示。

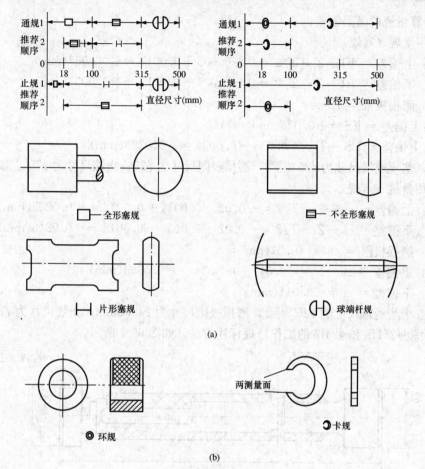

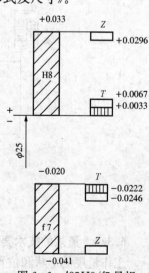

图 6-5 量规的形式及其应用

（a）孔用量规；（b）轴用量规

量规具体结构尺寸参见 GB/T 6322—1986《光滑极限量规形式及尺寸》。

6.3.2 量规工作尺寸的计算

量规的工作尺寸计算步骤如下：

①查出孔或轴的上偏差与下偏差；

②查出量规的制造公差 T 及通规的位置要素 Z；

③画量规公差带图；

④计算量规的工作尺寸。

[例 6-1] 计算 $\phi25H8/f7$ 孔用与轴用量规的工作尺寸。

解 1）查尺寸公差与配合标准，孔与轴的上、下偏差为

孔 ES＝＋0.033mm，EI＝0

轴 es＝－0.020mm，ei＝－0.041mm

2）由表 6-1 查出 T 值及 Z 值：

塞规 T＝0.0034mm，Z＝0.005mm

卡规 T＝0.0024mm，Z＝0.0034mm

3）画量规公差带图，如图 6-6 所示。

图 6-6 $\phi25H8/f7$ 量规
公差带图

4）计算量规的极限偏差：

①孔用量规（塞规）

通端：上偏差 = $EI + Z + T/2 = 0 + 0.005 + 0.0017 = +0.0067$（mm）

下偏差 = $EI + Z - T/2 = 0 + 0.005 - 0.0017 = +0.0033$（mm）

磨损极限 = $EI = 0$

止端：上偏差 = $ES = +0.033$（mm）

下偏差 = $ES - T = +0.033 - 0.0034 = +0.0296$（mm）

所以，塞规通端尺寸为 $\phi25^{+0.0067}_{+0.0033}$，磨损极限尺寸为 $\phi25$；止端尺寸为 $\phi25^{+0.0330}_{+0.0296}$。

②轴用量规（卡规）

通规：上偏差 = $es - Z + T/2 = -0.02 - 0.0034 + 0.0012 = -0.0222$（mm）

下偏差 = $es - Z - T/2 = -0.02 - 0.0034 - 0.0012 = -0.0246$（mm）

磨损极限 = $es = -0.02$（mm）

止规：上偏差 = $ei + T = -0.041 + 0.0024 = -0.0386$（mm）

下偏差 = $ei = -0.041$（mm）

所以，卡规通端尺寸为 $\phi25^{-0.0222}_{-0.0246}$，磨损极限尺寸为 24.98mm；止规尺寸为 $\phi25^{-0.0386}_{-0.0410}$。

5）检验 $\phi25H8$ 和 $\phi25f7$ 的工作量规标注方法，如图 6-7 所示。

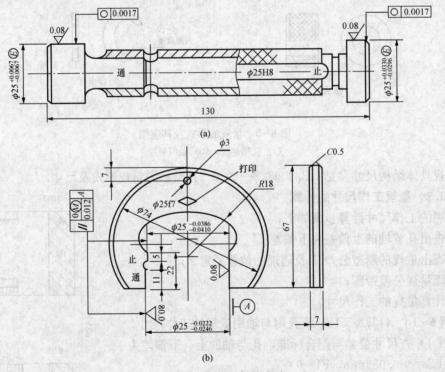

图 6-7　量规的标注方法

（a）塞规；（b）卡规

6.3.3　量规的技术要求

工作量规的形状和位置误差应在其尺寸公差带内，其形位公差为量规制造公差的 50%，当量规制造公差小于或等于 0.002mm 时，由于制造和测量都比较困难，其形位公差都规定为 0.001mm。

量规测量面的材料可用淬硬钢（合金工具钢、碳素工具钢等）和硬质合金，也可在测量面上镀上耐磨材料，测量面的硬度应为 58～65HRC。

量规测量面的表面粗糙度值，与被检工件的基本尺寸、公差等级有关，可参照表 6-2 规定的表面粗糙度值 Ra 来选择。

表 6-2   量规测量表面粗糙度

工 作 量 规	工件基本尺寸（mm）		
	～120	>120～315	>315～500
	Ra 最大允许值（mm）		
IT6 级孔用工作塞规	0.05	0.10	0.20
IT7 级～IT9 级孔用工作塞规	0.10	0.20	0.40
IT10 级～IT12 级孔用工作塞规	0.20	0.40	0.80
IT13 级～IT16 级孔用工作塞规	0.40	0.80	
IT6 级～IT9 级轴用工作环规	0.10	0.20	0.40
IT10 级～IT12 级轴用工作环规	0.20	0.40	0.80
IT13 级～IT16 级轴用工作环规	0.40	0.80	

习　　题

6-1　光滑极限量规有何特点？如何判断工件的合格性？

6-2　试计算 $\phi32H7/e6$ 配合的孔、轴工作量规的极限偏差，并画出公差带图。

课题七　圆锥的公差与检测

7.1　概　　述

7.1.1　圆锥配合的特点

圆锥配合是机器、仪器及工具结构中常用的典型配合，如图 7-1（b）所示。其配合要素为内、外圆锥表面。在实际应用中，工具圆锥与机床主轴的配合，是最典型的实例。

与圆柱配合比较，圆锥配合有如下特点。

（1）对中性好

圆柱间隙配合中，孔与轴的轴线不重合，有同轴度误差，如图 7-1（a）所示。圆锥配合中，内、外圆锥在轴向力的作用下能自动对中，使内外圆锥沿轴线做相对移动，就可以使间隙减小，以保证内、外圆锥体的轴线具有较高精度的同轴度，且能快速装拆，如图 7-1（b）所示。

（2）配合的间隙或过盈可以调整

圆柱配合中，间隙或过盈的大小不能调整，而圆锥配合中，间隙或过盈的大小可以通过内、外圆锥的轴向相对移动来调整，且拆装方便。

（3）密封性好

内、外圆锥的表面经过配对研磨后，配合起来具有良好的自锁性和密封性。

圆锥配合虽然有以上优点，但它与圆柱配合相比，结构比较复杂，影响互换性参数比较多，加工和检测也较困难，故其应用不如圆柱配合广泛。

为了满足圆锥配合的使用要求，保证圆锥配合的互换性，我国发布了一系列有关圆锥公差与配合及圆锥公差标注方法的标准，分别是 GB/T 157—2001《圆锥的锥度和角度系列》、GB/T 11334—2005《圆锥公差》、GB/T 12360—2005《圆锥配合》等。

在不同的使用中，圆锥配合可分为间隙配合、过渡配合和过盈配合三种。

7.1.2　圆锥配合的基本参数

圆锥有内圆锥（圆锥孔）和外圆锥（圆锥轴）两种，其主要几何参数为圆锥角 α、圆锥直径、圆锥长度 L、锥度 C 等。

（1）圆锥

一条与轴线成一定角度，且一端相交于轴线的一条直线段（母线），围绕着该轴线旋转成的旋转体称为圆锥，如图 7-2 所示。圆锥表面与通过圆锥轴线的平面的交线称为素线。

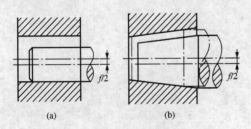

图 7-1　圆柱配合与圆锥配合的比较

（a）圆柱结合；（b）圆锥结合

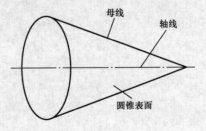

图 7-2　圆锥

外圆锥是外表面为圆锥表面的几何体，如图 7-3 (a) 所示。内圆锥是内表面为圆锥表面的几何体，如图 7-3 (b) 所示。

（2）圆锥角

在通过圆锥轴线的截面内，两条素线间的夹角称为圆锥角，即 α。圆锥素线角是指圆锥素线与其轴线间的夹角，它等于圆锥角之半，即 $\frac{\alpha}{2}$。

（3）圆锥直径

圆锥在垂直于轴线截面上的直径称为圆锥直径。常用的圆锥直径有：内、外圆锥的最大直径 D_i、D_e，内、外圆锥最小的直径 d_i、d_e，任意给定截面圆锥直径 d_x（距端面有一定距离）。

设计时，一般选用内圆锥的最大直径或外圆锥的最小直径作为基本直径。

（4）圆锥长度

最大圆锥直径截面与最小圆锥直径截面之间的轴向距离称为圆锥长度。内、外圆锥长度分别用 L_i、L_e 表示，如图 7-4 所示。

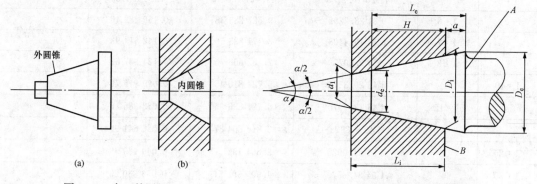

图 7-3　内、外圆锥

图 7-4　圆锥配合的基本参数

A—外圆锥基准面；B—内圆锥基准面图

（5）圆锥配合长度

圆锥配合长度指内、外圆锥配合面的轴向距离，用符号 H 表示。

（6）锥度 C

锥度是指两个垂直于圆锥轴线截面的圆锥直径之差与该两截面的轴向距离之比。例如，最大圆锥直径 D 与最小圆锥直径 d 之差对圆锥长度 L 之比，可表示为

$$C = \frac{D-d}{L} \qquad (7-1)$$

锥度 C 与圆锥角 α 的关系为

$$C = 2\tan\left(\frac{\alpha}{2}\right) = 1 : \frac{1}{2}\cot\left(\frac{\alpha}{2}\right) \qquad (7-2)$$

锥度常用比例或分数表示，例如 $C=1:20$ 或 $C=\frac{1}{20}$ 等。为了减少加工圆锥工件所用的专用刀具、量具种类和规格，国标规定了一般用途圆锥的锥度和锥角系列，其锥角 α 为 $120°\sim0°$ 或锥度 C 为 $1:0.288\,675\sim1:500$。它适用于一般机械工程中的光滑圆锥，不适用于棱锥、锥螺纹、锥齿轮等。选用时应优先选用第一系列，然后选用第二系列，见表 7-1。

特殊用途圆锥的锥度和锥角系列，仅适用于某些特殊行业，见表 7 - 2。

表 7 - 1　　　　　　一般用途圆锥的锥度与锥角系列（摘自 GB/T 157—2001）

基本值		换 算 值			锥度 C
		圆 锥 角 α			
系列 1	系列 2	(°) (′) (″)	(°)	(rad)	
120°		—	—	2.094 395 10	1 : 0.288 675
90°		—	—	1.570 796 33	1 : 0.500 000
	75°			1.308 996 94	1 : 0.651 613
60°				1.047 197 55	1 : 0.866 025
45°		—		0.785 398 16	1 : 1.207 107
30°				0.523 598 78	1 : 1.866 025
1 : 3		18°55′28.7199″	18.924 644 42°	0.330 297 35	—
	1 : 4	14°15′0.1177″	14.250 032 70°	0.248 709 99	
1 : 5		11°25′16.2706″	11.421 186 27°	0.199 337 30	
	1 : 6	9°31′38.2202″	9.527 283 38°	0.166 282 46	
	1 : 7	8°10′16.4408″	8.171 233 56°	0.142 614 93	
	1 : 8	7°9′9.6075″	7.152 668 75°	0.124 837 62	
1 : 10		5°43′29.3176″	5.724 810 45°	0.099 916 79	—
	1 : 12	4°46′18.7970″	4.771 888 06°	0.083 285 16	
	1 : 15	3°49′5.8975″	3.818 304 87°	0.066 641 99	
1 : 20		2°51′51.0925″	2.864 192 37°	0.049 989 59	
1 : 30		1°54′34.8570″	1.909 682 51°	0.033 330 25	
	1 : 40	1°25′56.3516″	1.432 319 89°	0.024 998 70	
1 : 50		1°8′45.1586″	1.145 877 40°	0.019 999 33	
1 : 100		0°34′22.6309″	0.572 953 02°	0.009 999 92	
1 : 200		0°17′11.3219″	0.286 478 30°	0.004 999 99	
1 : 500		0°6′52.5295″	0.114 591 52°	0.002 000 00	

注　系列 1 中 120°～1 : 3 的数值近似按 R10/2 优先数系列，1 : 5～1 : 500 的按 R10/3 优先数系列。

表 7 - 2　　　　　　特定用途的圆锥（摘自 GB/T 157—2001 标准的附录）

基本值	换 算 值			锥度 C	用 途
	圆 锥 角 α				
	(°) (′) (″)	(°)	(rad)		
11°54′			0.207 694 18	1 : 4.797 451 1	
8°40′			0.151 261 87	1 : 6.958 441 5	
7°			0.122 173 05	1 : 8.174 927 7	纺织机械和附件
1 : 38	1°30′27.7080″	1.507 696 67°	0.026 314 27		
1 : 64	0°53′42.8220″	0.895 228 34°	0.015 624 68		

续表

基本值	换算值				用　途
	圆　锥　角　α			锥度 C	
	(°) (′) (″)	(°)	(rad)		
7∶24	16°35′39.4443″	16.594 290 08°	0.289 625 00	1∶3.428 571 4	机床主轴工具配合
1∶12.262	4°40′12.1514″	4.670 042 05°	0.081 507 61		贾各锥度 No.2
1∶12.292	4°24′52.9039″	4.414 695 52°	0.077 050 97		贾各锥度 No.1
1∶15.748	3°38′13.4429″	3.637 067 47°	0.063 478 80		贾各锥度 No.33
6∶100	3°26′12.1776″	3.436 716 00°	0.059 982 01	1∶16.666 666 7	医疗设备
1∶18.779	3°3′1.2070″	3.050 335 27°	0.053 238 39		贾各锥度 No.3
1∶19.002	3°0′52.3956″	3.014 554 34°	0.052 613 90		莫氏锥度 No.5
1∶19.180	2°59′11.7258″	2.986 590 50°	0.052 125 84		莫氏锥度 No.6
1∶19.212	2°58′53.8255″	2.981 618 20°	0.052 039 05		莫氏锥度 No.0
1∶19.254	2°58′30.4217″	2.975 117 13°	0.051 925 59		莫氏锥度 No.4
1∶19.264	2°58′24.8644″	2.973 573 43°	0.051 898 65		莫氏锥度 No.6
1∶19.922	2°52′31.4463″	2.875 401 76°	0.050 185 23		莫氏锥度 No.3
1∶20.020	2°51′40.7960″	2.861 332 23°	0.049 939 67		莫氏锥度 No.2
1∶20.047	2°51′26.9283″	2.857 480 08°	0.049 872 44		莫氏锥度 No.1
1∶20.288	2°49′24.7802″	2.823 550 06°	0.049 280 25		贾各锥度 No.0
1∶23.904	2°23′47.6244″	2.396 562 32°	0.041 827 90		布朗夏普锥度 No.1~No.3
1∶28	2°2′45.8174″	2.046 060 38°	0.035 710 49		复苏器（医用）
1∶36	1°35′29.2096″	1.591 447 11°	0.027 775 99		麻醉器具
1∶40	1°25′56.3516″	1.432 319 89°	0.024 998 70		

（7）基面距

基面距指相互结合的内、外圆锥基准面间的距离，用符号 a 表示。基面距决定两配合锥体的轴向相对位置。

基面距 a 的位置取决于所选圆锥配合的基本直径。圆锥配合的基本直径是指外圆锥小端直径 d_e 与内圆锥大端直径 D_i。若以外圆锥小端直径 d_e 为圆锥配合的基本直径，则基面距 a 在小端；若以内圆锥大端直径 D_i 为圆锥配合的基本直径，则基面距 a 在大端。

在零件图上，锥度用特定的图形符号和比例（或分数）来标注，如图 7-5 所示。图形符号配置在平行于圆锥轴线的基准线上，并且其方向与圆锥方向一致，在基准线上面标注锥度的数值。用指引线将基准线与圆锥素线相连。在图样上标注了锥度，就不必标注圆锥角，两者不应重复标注。

此外，对圆锥只要标注了最大圆锥直径 D 和最小圆锥直径 d 中的一个直径及圆锥长度 L、圆锥角 α（或锥度 C），则该圆锥就

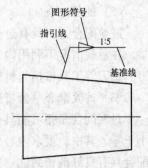

图 7-5　锥度的标注方法

完全确定。

（8）轴向位移

轴向位移指相互结合的内、外圆锥，从实际初始位置（P_a）到终止位置（P_f）移动的距离，用符号 E_a 表示，如图 7-6 所示。所谓实际初始位置，就是相互结合的内、外实际圆锥的初始位置；终止位置就是相互结合的内、外圆锥为了在其终止状态得到要求的间隙，如图 7-6（a）所示；要得到所要求的过盈，如图 7-6（b）所示，应按规定的相互轴向位置移动。

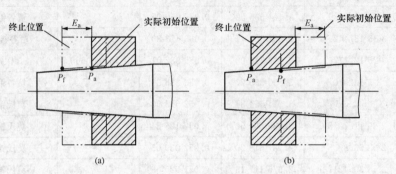

图 7-6　位移型圆锥配合
(a) 间隙配合；(b) 过盈配合

7.2　圆　锥　配　合

圆锥公差与配合制是由基准制、圆锥公差和圆锥配合组成。圆锥配合的基准制分基孔制和基轴制，标准推荐优先采用基孔制；圆锥公差按 GB/T 11334—2005 确定；圆锥配合分间隙配合、过渡配合和过盈配合，相互配合的两圆锥基本尺寸应相同。

7.2.1　圆锥配合的种类

圆锥配合是指基本尺寸相同的内、外圆锥的直径之间由于结合松紧不同所形成的相互关系。圆锥配合有以下三种。

（1）间隙配合

间隙配合是指具有间隙的配合。这类配合具有间隙，而且间隙大小可以调整。其间隙的大小可以在装配时和在使用中通过内、外圆锥的轴向相对位移来调整。间隙配合主要用于有相对转动的机构中，例如精密车床主轴轴颈与圆锥滑动轴承衬套的配合。

（2）过盈配合

过盈配合是指具有过盈的配合。过盈的大小也可以通过内、外圆锥的轴向相对位移来调整。在承载情况下利用内、外圆锥间的摩擦力自锁，可以传递很大的转矩。例如，钻头、铰刀、铣刀等工具锥柄与机床主轴锥孔的配合就是过盈配合。

（3）过渡配合（紧密配合）

过渡配合是指可能具有间隙，也可能具有过盈的配合。这类配合很紧密，间隙为零或略小于零。其中，要求内、外圆锥紧密接触，间隙为零或稍有过盈的配合称为紧密配合，此类配合具有良好的密封性，可以防止漏水和漏气。它用于对中定心或密封。为了保证良好的密封，对内、外圆锥的形状精度要求很高，通常将它们配对研磨，这类零件不具有互换性。

7.2.2 圆锥配合的形成

(1) 圆锥配合的形成

圆锥配合的特征是通过相互结合的内、外圆锥规定的轴向位置来形成间隙或过盈，可根据确定相互结合的内、外圆轴向位置的不同方法，形成的圆锥配合有以下四种方式。

1) 由内、外圆锥的结构确定装配的最终位置而形成配合。这种方式可以得到间隙配合、过渡配合和过盈配合。由轴肩接触得到的间隙配合，如图 7-7 (a) 所示。

2) 由内、外圆锥基准平面之间的尺寸确定装配的最终位置面形成配合。这种方式可以得到间隙配合、过渡配合和过盈配合。由结构尺寸得到的过盈配合，如图 7-7 (b) 所示。

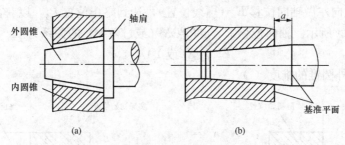

图 7-7　结构型圆锥配合

(a) 由结构确定；(b) 由基准平面间尺寸确定

3) 由内、外圆锥实际初始位置 P_a 开始，做一定的相对轴向位移 E_a 而形成配合。这种方式可以得到间隙配合和过盈配合，如图 7-6 (a) 所示。

4) 由内、外圆锥实际初始位置 P_a 开始，施加一定的装配力产生轴向位移而形成配合。这种方式只能得到过盈配合，如图 7-6 (b) 所示。

根据圆锥配合形成的方式不同，还可分为结构型圆锥配合和位移型圆锥配合。

结构型圆锥配合是指由内、外圆锥本身的结构或基面距确定它们之间最终的轴向相对位置，从而获得指定配合性质的圆锥配合。由于结构型圆锥配合轴向相对位置是固定的，其配合性质主要取决于内、外圆锥配合直径公差。这种配合方式可获间隙配合、过渡配合和过盈配合。

用内、外圆锥的结构即内圆锥端面 1 与外圆锥台阶 2 接触来确定装配时最终的轴向相对位置，以获得指定的圆锥间隙配合，如图 7-8 所示。用内圆锥大端基准平面 1 与外圆锥大端基准圆平面 2 之间的距离 a（基面距）确定装配时最终的轴向相对位置，以获得指定的圆锥过盈配合，如图 7-9 所示。

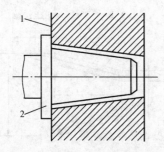

图 7-8　由结构形成的圆锥间隙配合

1—内圆锥大端基准面；

2—外圆锥大端基准面

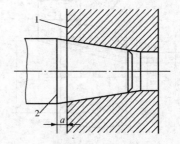

图 7-9　由基面距形成的圆锥过盈配合

1—内圆锥大端基准面；

2—外圆锥大端基准面

位移型圆锥配合是指由规定内、外圆锥的轴向相对位移或规定施加一定的装配力（轴向力）产生轴向位移，确定它们之间最终的轴向相对位置，来获得指定配合性质的圆锥配合。前者可获得间隙配合和过盈配合，而后者只能得到过盈配合。位移型圆锥配合的配合性质是由轴向相对位移或轴向装配力决定的，因而圆锥直径公差不影响配合性质，但影响初始位置、位移公差（允许位置的变动量）、基面距和接触精度。因此，位移型圆锥配合的公差等级不能太低。

在不受力的情况下内、外圆锥相接触，由实际初始位置 P_a 开始，内圆锥向右做轴向位移 E_a，到达终止位置 P_f，以获得指定的圆锥间隙配合，如图 7-10 所示。

在不受力的情况下内、外圆锥相接触，由实际初始位置 P_a 开始，对内圆锥施加一定的装配力，使内圆锥向左做轴向位移 E_a（虚线位置），达到终止位置 P_a，以获得指定的圆锥过盈配合，如图 7-11 所示。轴向位移 E_a 与间隙 X（或过盈 Y）的关系为

$$E_a = X(或 Y)/C \tag{7-3}$$

式中　C——内、外圆锥的锥度（°）。

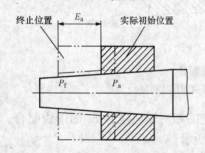

图 7-10　由轴向位移形成圆锥间隙配合

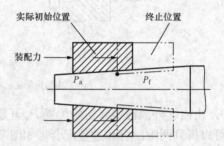

图 7-11　由施加装配力形成圆锥过盈配合

（2）圆锥轴向极限偏差

由于圆锥工件通常同时存在圆锥直径偏差和圆锥角偏差，但对直径偏差和圆锥角偏差的检查不方便，特别是对内圆锥的检查更为困难。一般用综合量规检查控制圆锥工件相对基本圆锥的轴向位移量（轴向偏差）。轴向位移量必须控制在轴向极限偏差范围内。

圆锥轴向极限偏差即轴向上偏差（es_z、ES_z）、轴向下偏差（ei_z、EI_z）和轴向公差 T_z，可根据图 7-12 和图 7-13 所示确定。

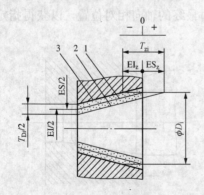

图 7-12　轴向上偏差
1—基本尺寸圆锥面；2—最小尺寸圆锥面；
3—最大尺寸圆锥面

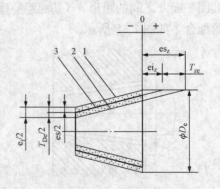

图 7-13　轴向下偏差
1—最大尺寸圆锥面；2—最小尺寸圆锥面；
3—基本尺寸圆锥面

7.2.3 圆锥配合的选用

GB/T 12360—2005《圆锥配合》适用于锥度 C 为 $1:3\sim1:500$，基本圆锥长度 L 为 $6\sim630mm$，直径至 $500mm$ 光滑圆锥的配合。

对于结构型圆锥配合优先采用基孔制。内、外圆锥直径公差带及配合按 GB/T 1801—1999 选取。如果 GB/T 1801—1999 给出的常用配合仍不能满足需要，可按 GB/T 1800.3—1998 规定的标准公差和基本偏差直接组成所需配合。

对于位移型圆锥配合，内圆锥孔基本偏差选用 H 和 JS，外圆锥轴基本偏差选用 h 和 js。其轴向位移的极限值按 GB/T 1801—1999 规定的极限间隙或极限过盈来计算。

7.3 圆锥公差及应用

7.3.1 锥度及锥角系列

GB/T 157—2001《圆锥的锥度与锥角系列》规定了一般用途圆锥的锥度与锥角系列和特定用途的圆锥，适用于光滑圆锥，并将特定用途的圆锥由标准正文列为标准的附录。为方便使用，表中列出了锥度与锥角的换算值。

一般用途圆锥的锥度与锥角共 22 种，见表 7-1。选用圆锥时，应优先选用系列 1，系列 1 不能满足要求时，才选系列 2。特定用途圆锥的锥度与锥角共 24 种，见表 7-2。通常只用于表中最后一栏所指定的用途。

一般用途的锥度与锥角的常用场合，见表 7-3。

表 7-3　　　　　　　　一般用途圆锥的锥度和锥角常用场合

基本值		推 算 值		应 用 举 例
系列 1	系列 2	圆锥角 α	锥度 C	
120°				节气阀、汽车，拖拉机阀门
90°				重型顶尖、重型中心孔、阀的阀销锥体
				埋头螺钉、小于 10mm 的丝锥
60°				顶尖、中心孔、弹簧夹头、埋头钻
45°	75°			摩擦轴节、弹簧卡头、平衡块
30°				受力方向垂直于轴线易拆开的连接
1:3		18°55′28.7199″	18.924 644°	受力方向垂直于轴线的连接
		14°15′0.1″	14.250 033°	
1:5		11°25′16.2706″	11.421 186°	1:0.288 675	锥形摩擦离合器、磨床主轴重型机床主轴
	1:4	9°31′38.2″	9.527 283°	1:0.500 000	
		8°10′16.4″	8.171 234°	1:0.651 613	
	1:6	7°9′9.6″	7.152 669°	1:0.866 025	
1:10	1:7	5°43′29.3″	5.724 810°	1:1.207 107	受轴向力和扭转力的连接处，主轴承受轴向力
	1:8	4°46′18.8″	4.771 888°	1:1.866 025	
		3°49′5.9″	3.818 305°		

基本值		推　算　值		应　用　举　例
系列 1	系列 2	圆锥角 α	锥度 C	
1：20	1：12	2°51′51.1″	2.864 192°	主轴齿轮连接处，受轴向力之机件连接处机床主轴、刀具刀杆的尾部、锥形铰刀芯轴锥形铰刀套式铰刀、扩孔钻的刀杆，主轴颈
1：30	1：15	1°54′34.9″	1.90 682°	
		1°25′56.4″	1.432 320°	
1：50		1°8′45.2″	1.145 877°	
1：100	1：40	0°34′22.6″	0.572 953°	锥销、手柄端部，锥形铰刀、量具尾部受振及静变负载不拆开的连接件，如芯轴等导轨镶条，受震及冲击负载不拆开的连接件
1：200		0°17′11.3″	0.286 478°	
1：500		0°6′52.5″	0.114 592°	

7.3.2　圆锥公差项目

圆锥公差包括：圆锥面的面轮廓度公差 t、圆锥直径公差 T_D、圆锥角公差 AT、圆锥的形状公差 T_F 及给定截面圆锥直径公差 T_{DS}，其特点如下所述。

（1）圆锥面的面轮廓度公差 t

面轮廓度公差带是宽度等于面轮廓度公差值 t 的两同轴圆锥面之间的区域，实际圆锥面应不超出面轮廓度公差带。

（2）圆锥直径公差（T_D）

圆锥直径公差 T_D 是指圆锥直径的允许变动量，即允许的最大圆锥直径 D_{max}（或 d_{max}）与最小圆锥直径 D_{min}（或 d_{min}）之差，如图 7 - 14 所示。在圆锥轴向截面内两个极限圆锥所限定的区域就是圆锥直径的公差带。

圆锥直径公差值 T_D，以基本圆锥直径（一般取最大圆锥直径 D）为基本尺寸，从 GB/T 1800.3—1998《极限与配合　基础　第 3 部分：标准公差和基本偏差　数值表》标准中选取，它适用于圆锥的全长 L。

（3）圆锥角公差（AT）

圆锥角公差 AT 是指圆锥角允许的变动量，即最大圆锥角 α_{max} 与最小圆锥角 α_{min} 之差，如图 7 - 15 所示。由图可见，在圆锥轴向截面内，由最大和最小极限圆锥角所限定的区域称为圆锥角公差带。

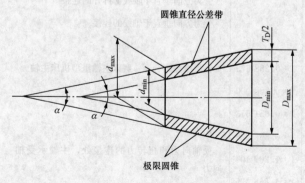

图 7 - 14　圆锥直径公差带

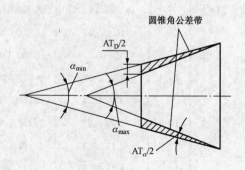

图 7 - 15　圆锥角公差带

国标规定，圆锥角公差 AT 共分 12 个公差等级，用符号 AT1、AT2、…、AT12、表示，各公差等级的圆锥角公差数值，如表 7-4 所示。对同一加工方法，基本圆锥长度 L 越大，角度误差将越小，故在同一公差等级中，L 越大，角度公差值越小。

圆锥角公差可用两种形式表示：

①AT_α——以角度单位微弧度或以度、分、秒表示；

②AT_D——以长度单位微米表示。它是用与圆锥轴线垂直且距离为 L 的两端直径变动量之差所表示的圆锥角公差。

AT_α 与 AT_D 的换算关系为

$$AT_D = AT_\alpha \times L \times 10^{-3} \tag{7-4}$$

式中　AT_D——以长度单位表示的圆锥角公差，μm；

　　　AT_α——以角度单位表示的圆锥角公差，μrad；

　　　L——基本圆锥长度，mm。

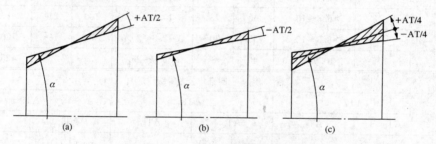

图 7-16　圆锥角极限偏差给定形式

（a）$\alpha + AT$；（b）$\alpha - AT$；（c）$\alpha \pm AT$

如果对圆锥角公差有更高的要求时（例如圆锥量规等），除规定其直径公差 T_D 外，还应给定圆锥角公差 AT。圆锥角的极限偏差可按单向或双向（对称或不对称）取值，如图 7-16 所示。

表 7-4　　　　　　　　　圆锥角公差等级（摘自 GB/T 11334—2005）

基本圆锥长度 L（mm）		圆锥角公差等级								
		AT1			AT2			AT3		
		AT_α		AT_D	AT_α		AT_D	AT_α		AT_D
大于	至	(μrad)	($''$)	(μm)	(μrad)	($''$)	(μm)	(μrad)	($''$)	(μm)
自6	10	50	10	>0.3~0.5	80	16	>0.5~0.8	125	26	>0.8~1.3
10	16	40	8	>0.4~0.6	63	13	>0.6~1.0	100	21	>1.0~1.6
16	25	31.5	6	>0.5~0.8	50	10	>0.8~1.3	80	16	>1.3~2.0
25	40	25	5	>0.6~1.0	40	8	>1.0~1.6	63	13	>1.6~2.5
40	63	20	4	>0.8~1.3	31.5	6	>1.3~2.0	50	10	>2.0~3.2
63	100	16	3	>1.0~1.6	25	5	>1.6~2.5	40	8	>2.5~4.0
100	160	12.5	2.5	>1.3~2.0	20	4	>2.0~3.2	31.5	6	>3.2~5.0
160	250	10	2	>1.6~2.5	16	3	>2.5~4.0	25	5	>4.0~6.3
250	400	8	1.5	>2.0~3.2	12.5	2.5	>3.2~5.0	20	4	>5.0~8.0
400	630	6.3	1	>2.5~4.0	10	2	>4.0~6.3	16	3	>6.3~10.0

基本圆锥长度 L (mm)		圆锥角公差等级								
		AT4			AT5			AT6		
		AT_α		AT_D	AT_α		AT_D	AT_α		AT_D
大于	至	(μrad)	(″)	(μm)	(μrad)	(′)(″)	(μm)	(μrad)	(′)(″)	(μm)
自6	10	200	41	>1.3~2.0	315	1′05″	>2.0~3.2	500	1′43″	>3.2~5.0
10	16	160	33	>1.6~2.5	250	52″	>2.5~4.0	400	1′22″	>4.0~6.3
16	25	125	26	>2.0~3.2	200	41″	>3.2~5.0	315	1′05″	>5.0~8.0
25	40	100	21	>2.5~4.0	160	33″	>4.0~6.3	250	52″	>6.3~10.0
40	63	80	16	>3.2~5.0	125	26″	>5.0~8.0	200	41″	>8.0~12.5
63	100	63	13	>4.0~6.3	100	21″	>6.3~10.0	160	33″	>10.0~16.0
100	160	50	10	>5.0~8.0	80	16″	>8.0~12.5	125	26″	>12.5~20.0
160	250	40	8	>6.3~10.0	63	13″	>10.0~16.0	100	21″	>16.0~25.0
250	400	31.5	6	>8.0~12.5	50	10″	>12.5~20.0	80	16″	>20.0~32.0
400	630	25	5	>10.0~16.0	40	8″	>16.0~25.0	63	13″	>25.0~40.0

基本圆锥长度 L (mm)		圆锥角公差等级								
		AT7			AT8			AT9		
		AT_α		AT_D	AT_α		AT_D	AT_α		AT_D
大于	至	(μrad)	(′)(″)	(μm)	(μrad)	(′)(″)	(μm)	(μrad)	(′)(″)	(μm)
自6	10	800	2′45″	>5.0~8.0	1250	4′18″	>8.0~12.5	2000	6′52″	>12.5~20.0
10	16	630	2′10″	>6.3~10.0	1000	3′26″	>10.0~16.0	1600	5′30″	>16.0~25.0
16	25	500	1′43″	>8.0~12.5	800	2′45″	>12.5~20.0	1250	4′18″	>20.0~32.0
25	40	400	1′22″	>10.0~16.0	630	2′10″	>16.0~25.0	1000	3′26″	>25.0~40.0
40	63	315	1′05″	>12.5~20.0	500	1′43″	>20.0~32.0	800	2′45″	>32.0~50.0
63	100	250	52″	>16.0~25.0	400	1′22″	>25.0~40.0	630	2′10″	>40.0~63.0
100	160	200	41″	>20.0~32.0	315	1′05″	>32.0~50.0	500	1′43″	>50.0~80.0
160	250	160	33″	>25.0~40.0	250	52″	>40.0~63.0	400	1′22″	>63.0~100.0
250	400	125	26″	>32.0~50.0	200	41″	>50.0~80.0	315	1′05″	>80.0~125.0
400	630	100	21″	>40.0~63.0	160	33″	>63.0~100.0	250	52″	>100.0~160.0

　（4）圆锥的形状公差（T_F）

　　圆锥的形状公差包括圆锥素线直线度公差和圆度公差。对于要求不高的圆锥工件，其形状误差一般也用直径公差 T_D 控制。对于要求较高的圆锥工件，应单独按要求给定形状公差 T_F，T_F 的数值按 GB/T 1184—1996 选取。

　（5）给定截面圆锥直径公差（T_{DS}）

　　给定截面圆锥直径公差 T_{DS} 是指在垂直圆锥轴线的给定截面内，圆锥直径的允许变动量。其公差带为在给定的圆锥截面内，由两个同心圆所限定的区域，如图7-17所示。

　　给定截面圆锥直径公差数值是以给定截面圆锥直径 d_x 为基本尺寸，按 GB/T 1800 规定的标准公差选取。

一般情况下，不规定给定截面圆锥直径公差，只有对圆锥工件有特殊需求（如阀类零件中，在配合的圆锥给定截面上要求接触良好，以保证良好的密封性）时，才规定此项公差，但还必须同时规定锥角公差 AT。在给定截面上圆锥角误差的影响最小，故它是精度要求最高的一个截面。

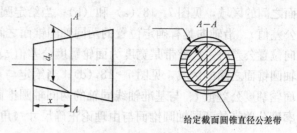

图 7-17 给定截面圆锥直径公差带

7.3.3 圆锥角公差及其应用

圆锥角公差 AT 共分 12 个公差等级，它们分别用 AT1、AT2、…、AT12 表示，其中 AT1 精度最高，等级依次降低，AT12 精度最低。GB/T 11334—2005《圆锥公差》规定的圆锥角公差的数值。常用的锥角公差等级 AT4～AT12 的应用举例如下：

AT4～AT6 用于高精度的圆锥量规和角度样板；

AT7～AT9 用于工具圆锥、圆锥销、传递大转矩的摩擦圆锥；

AT10、AT11 用于圆锥套、圆锥齿轮之类的中等精度零件；

AT12 用于低精度的零件。

各个公差等级所对应的圆锥角公差值的大小与圆锥长度有关，由表 7-1 可以看出，圆锥角公差值随着圆锥长度的增加反而减小，这是因为圆锥长度越大，加工时其圆锥角精度越容易保证。圆锥角公差值的线性值 AT_D 在圆锥长度的每个尺寸分段中是一个范围值，每个 AT_D 首尾两端的值分别对应尺寸分段的最大值和最小值。若需要知道每个尺寸分段对应的 AT_D 值，可根据式（7-3）计算得到。

为便于加工和检测，圆锥角公差可用角度值 AT_α 或线性值 AT_D 给定，圆锥角的极限偏差可取双向对称（$\alpha \pm AT_D/2$）。为了保证内、外圆锥接触的均匀性，圆锥角公差带通常采用对称于基本圆锥角分布。

7.4 圆锥公差的给定和标注方法

7.4.1 圆锥公差的给定和标注方法

对于一个具体的圆锥，应根据零件功能的要求规定所需的公差项目，不必给出上述所有的公差项目。只有具有相同的基本圆锥角（或基本锥度），同时标注直径公差的圆锥直径也具有相同的基本尺寸的内、外圆锥才能相互配合。在图样上标注配合内、外圆锥的尺寸和公差的方法有下列三种。

（1）面轮廓度法

根据 GB/T 15754—1995《技术制图　圆锥的尺寸和公差注法》的规定，通常采用面轮廓度法给出圆锥公差。当面轮廓度公差不标注基准时，公差带的位置是浮动的；当面轮廓度公差标明基准时，公差带的位置应对基准保持图样规定的几何关系。

面轮廓度公差具有综合检测的动能，能明确表达设计要求。因此，应该优先采用面轮廓度的圆锥公差给定方法。

几种用面轮廓度法标注圆锥公差的示例及其公差带说明，如图 7-18 所示。

当只给定圆锥角或锥度时，公差带是宽度为面轮廓度公差值 t、位置浮动的两同轴圆锥面之间的区域，见图 7-18（a）和（b）；当给定圆锥轴向位置时，公差带是宽度为面轮廓度公差值 t、沿轴向具有确定位置的两同轴圆锥面之间的区域，见图 7-18（c）；当给定圆锥轴向位置公差时，公差带是宽度为面轮廓度公差值 t、沿轴向可以在 $L_x \pm \delta_x$ 范围内浮动的两同轴圆锥面之间的区域，见图 7-18（d）；当给定与基准轴线的同轴关系时，公差带是宽度为面轮廓度公差值 t、与基准轴线同轴的两同轴圆锥面之间的区域，见图 7-18（e）。形成面轮廓度公差带的两同轴圆锥面与由理论正确尺寸（角度、锥度）确定的基本圆锥等距。

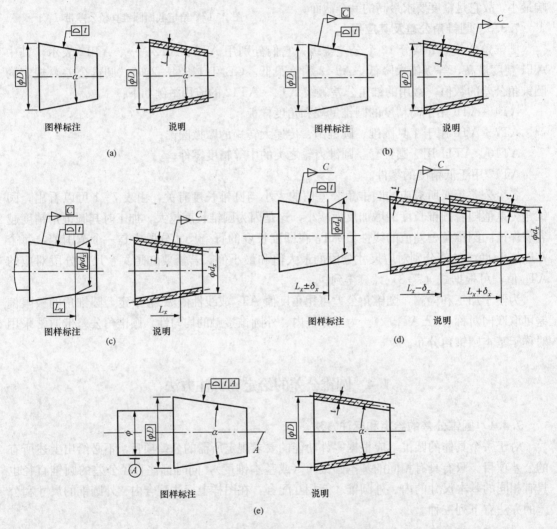

图 7-18　面轮廓度法标注圆锥公差

（a）给定圆锥角 α；（b）给定锥度 C；（c）给定圆锥轴向位置 L_x；
（d）给定圆锥轴向位置公差 $L_x \pm \delta_x$；（e）给定与基准轴线的同轴关系

　　如果在标注面轮廓度公差的同时，还有对圆锥的附加要求，则可在图样上单独标出或在技术要求中说明。

（2）基本锥度法

基本锥度法标注圆锥公差是给出圆锥的理论正确圆锥角 α（或锥度 C）和圆锥直径公差

T_D。由圆锥直径的最大和最小极限尺寸确定两个极限圆锥。此时，圆锥角误差和圆锥形状误差均应在极限圆锥所限定的区域内。理论正确圆锥角（$\boxed{30°}$）和最大圆锥直径公差$\left(\phi D \pm \dfrac{T_D}{2}\right)$，如图7-19所示；理论正确锥度（$\boxed{1:5}$）和给定截面圆锥直径公差$\left(\phi D_x \pm \dfrac{T_{DS}}{2}\right)$，如图7-20所示。

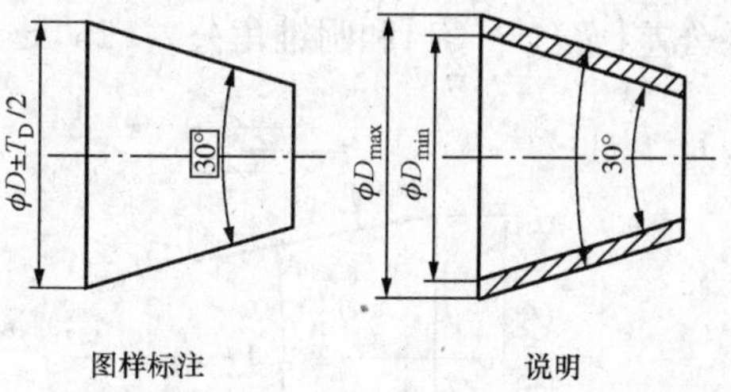

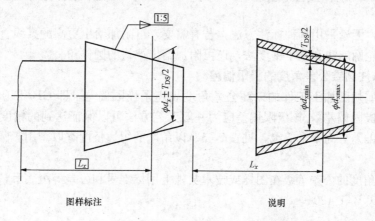

图 7 - 19　给出理论正确圆锥角的基本锥度法

基本锥度法和面轮廓度法标注圆锥公差虽然具有相同形状的公差带，但两者的确定方法是不同的。基本锥度法的两同轴圆锥面是由理论正确圆锥角（或锥度）及圆锥直径的最大、最小极限尺寸确定的，而面轮廓度法的两同轴圆锥面是由基本圆锥和面轮廓度公差确定的。

图 7 - 20　给出理论正确锥度的基本锥度法

该法通常适用于有配合性质要求的内、外锥体，例如圆锥滑动轴承、钻头的锥柄等。其实质就是采用公差的包容要求，标注时应在直径公差带后加 T，例如 $\phi 50^{+0.039}_{0} T$。

当圆锥角公差和圆锥形状公差有更高要求时，可再给出圆锥角公差 AT 和圆锥形状公差 T_F。此时 AT 和 T_F 仅占 T_D 的一部分。

（3）**公差锥度法**

公差锥度法标注圆锥公差是给出给定截面圆锥的直径公差 T_{DS} 和圆锥角公差 AT。此时，T_{DS}是在一个给定截面内对圆锥直径给定的，它只控制该截面的实际圆锥直径而不再控制圆锥角，AT 控制圆锥角的实际偏差但不包容在圆锥截面直径公差带内。给定截面圆锥直径和圆锥角应分别满足这两项公差的要求。T_{DS}和 AT 的关系见图 7 - 21，两种公差均遵循独立原则。必要时，也可以附加给出其他形位公差作为进一步控制。

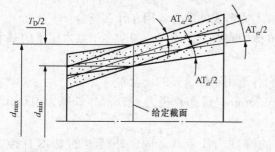

图 7 - 21　给定截面圆锥直径 T_{DS} 和 AT 的关系

最大直径公差$\left(\phi D \pm \dfrac{T_D}{2}\right)$和圆锥角公差（$25 \pm 30'$），并附加圆锥素线的直线度公差（$t$），如图 7 - 22 所示；$\boxed{L_x}$ 处的给定截面直

径公差$\left(\phi D_x \pm \dfrac{T_{DS}}{2}\right)$和圆锥角公差$\left(25° \pm \dfrac{AT8}{2}\right)$，如图 7-23 所示。

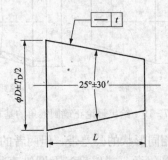

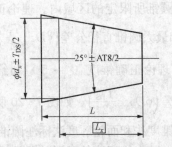

图 7-22　标注最大圆锥直径公差　　　　　图 7-23　标注给定截面直径差
和圆锥角公差的公差锥度法　　　　　　　和圆锥角公差的公差锥度法

应当指出，无论采用哪种标注方法，若有需要，可附加给出更高的素线直线度、圆度公差要求；对于轮廓度法和基本锥度法，还可附加给出严格的圆锥角公差。

7.4.2　未注圆锥公差角度的极限偏差

国家对金属切削加工工件的未注公差角度规定了极限偏差，即 GB/T 1804—2000《未注公差角度的极限偏差》，该极限偏差应为一般工艺方法可以保证达到的精度，它将未注公差角度的极限偏差分为 3 个等级，见表 7-5。以角度的短边长度查取。用于圆锥时，以圆锥素线长度查取。

未注公差角度的公差等级在图样或技术文件上用标准号和公差等级表示，例如选用粗糙级时，表示为 GB/T 1804—c。

表 7-5　　　　　　　未注圆锥公差角度的极限偏差（摘自 GB/T 1804—2000）

公差等级	长　　度（mm）				
	≤10	>10~50	>50~120	>120~400	>400
m（中等级）	±1°	±30′	±20′	±10′	±5′
c（粗糙级）	±1°30′	±1°	±30′	±15′	±10′
v（最粗级）	±3°	±2°	±1°	±30′	±20′

习　　题

7-1　问答题。

（1）圆锥结合的公差与配合有哪些特点？不同形式的配合各用在什么场合？

（2）圆锥配合的基本参数有哪些？根据椎体的制造工艺不同，限制一个基本圆锥的基本尺寸有哪几种？

（3）圆锥公差的标注方法有哪几种？它们各适用于什么样的场合？

7-2　设有一个外圆锥，其最大直径为 ϕ100mm，最小直径为 ϕ99mm，长度为 100mm，试计算其圆锥角、圆锥素线角和锥度角。

7-3　位移型圆锥配合的内、外圆锥的锥度为 1∶50，内、外圆锥的基本直径为 100mm，要求装配后得到 H8/u7 的配合性质。试计算所需的极限轴向位移。

课题八　常用结合件的公差与检测

在生产实际中，常用结合件的生产已经规范化和标准化了，在使用时必须了解它们有关的公差规定及检测方法，以便在实际中有效地应用。

8.1　单键的公差与检测

单键连接具有简单、紧凑、可靠、装拆方便、成本低廉等优点，在机械工程中应用广泛，通常用于轴与轴上传动零件（如齿轮、带轮等）之间的连接，用以传递扭矩或兼作导向。

单键（通常称键）按其结构形状不同分为四种：a. 平键，包括普通平键、导向平键和滑键；b. 半圆键；c. 楔键，包括普通楔键和钩头楔键；d. 切向键。其中以平键应用最为广泛。这里只讨论平键的公差与检测。

8.1.1　平键连接

在平键连接中，扭矩是通过键的侧面与轴键槽及轮毂键槽的侧面相互接触来传递的。键的上表面与轮毂键槽间留有一定的间隙，其结构如图 8-1 所示。

在图 8-1 剖面尺寸中，b 为键和键槽（包括轴槽和轮毂槽）的宽度，t_1 和 t_2

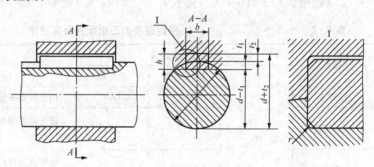

图 8-1　普通平键键槽的剖面尺寸

分别为轴槽和轮毂槽的深度，h 为键的高度（$t_1+t_2-h=0.2\sim0.5$mm），d 为轴和轮毂孔直径。普通平键键槽的尺寸与公差，见表 8-1。

表 8-1　　　　　普通平键键槽的尺寸与公差（摘自 GB/T 1095—2003）　　　　　　mm

键尺寸 $b \times h$	键　槽										
	宽　度 b						深　度				半径 r
	基本尺寸	极　限　偏　差					轴 t_1		毂 t_2		
		正常连接		紧密连接	松连接		基本尺寸	极限尺寸	基本尺寸	极限尺寸	
		轴 N9	毂 JS9	轴和毂 P9	轴 H9	毂 D10					min	max
2×2	2	−0.004 −0.025	±0.0125	−0.006 −0.031	+0.025 0	+0.060 +0.020	1.2	+0.1 0	1.0	+0.1 0	0.08	0.16
3×3	3						1.8		1.4		
4×4	4	0 −0.030	±0.015	0.012 −0.042	(+0.030) +0.03 0	+0.078 +0.030	2.5		1.8		
5×5	5						3.0		2.3		0.16	0.25
6×6	6						3.5		2.8		
8×7	8	0 −0.036	±0.018	−0.015 −0.051	+0.036 0	+0.098 +0.040	4.0		3.3		
10×8	10						5.0		3.3		
12×8	12	0 −0.043	±0.0215	−0.018 −0.061	+0.043 0	+0.120 −0.050	5.0	+0.2 0	3.3	+0.2 0	0.25	0.4
14×9	14						5.5		3.8		
16×10	16						6.0		4.3		
18×11	18						7.0		4.4		

注　1. $(d-t_1)$ 和 $(d+t_2)$ 两组合尺寸的偏差，按相应的 t_1 和 t_2 的偏差选取，但 $(d-t_1)$ 的偏差值应取负号（−）。

　　2. 本表经过改编。

在平键连接中，键宽和槽宽 b 是配合尺寸，由于键均为标准件，是平键结合中的"轴"，所以键宽和键槽宽的配合采用基轴制。国家标准 GB/T 1096—2003《普通型平键》对键宽规定一组公差带；国家标准 GB/T 1095—2003《平键：键和键槽的剖面尺寸》对轴和轮毂的键槽宽各规定三组公差带，构成三组不同性质的配合，以满足各种不同用途的需要。键宽与键槽宽 b 的公差带，如图 8-2 所示，三组配合的应用场合，如表 8-2 所示。

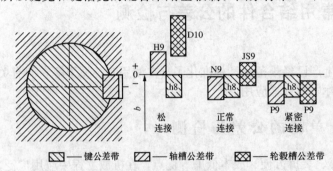

图 8-2　平键连接的配合类型

非配合尺寸公差规定如下：

t_1（轴槽深）、t_2（轮毂槽深）见表 8-1；

L（轴槽长）—H14，L（键长）——h14，h（键高）——h11。

表 8-2　　　　　　　　　　　平键连接的三组配合及其应用

连接类型	尺寸 b 的公差带			应　用
	键	轴　槽	轮毂槽	
松连接		H7	D10	用于导向平键，轮毂可在轴上做轴向移动
正常连接	H8	N9	JS9	键在轴槽中和轮毂槽中固定，用于传递载荷不大的场合
紧密连接		P9	P9	键牢固地固定在轴槽中和轮毂槽中，用于传递重载、冲击载荷和双向传递扭矩的场合

8.1.2　平键连接公差配合的选用与标注

根据应用场合和使用要求确定平键配合类型。

对于导向平键，应选用松连接。因为在此种结合方式中，由于形位误差的影响，使键（h8）与轴槽（H9）的配合实际上为不可动连接，而键与轮毂槽（D10）的配合间隙较大，从而轮毂可以在轴上做相对移动。

对于承受冲击载荷、重载荷或双向扭矩的键连接，应选用紧密连接。因为这时键（h8）与键槽（P9）配合较紧，再加上形位误差的影响，使其结合紧密、可靠。

除了这两种情况，对于承受一般载荷，考虑拆装方便，应选用正常连接。

平键连接选用时，还应考虑其配合表面的形位误差和表面粗糙度的影响。

为保证键侧与键槽之间有足够的接触面积和避免装配困难，国家标准还规定了轴槽及轮毂槽的宽度 b 对轴及轮毂轴心线的对称度。按 GB/T 1184—1996《形状和位置公差》中对称度公差 7～9 级选取，以键宽 b 为基本尺寸。

轴槽、轮毂槽的键槽宽度 b 两侧面粗糙度参数 Ra 值一般取 $1.6～3.2\mu m$，轴槽底面、轮毂槽底面的表面粗糙度参数 Ra 值为 $6.3～12.5\mu m$。

图样标注如图 8-3 所示。

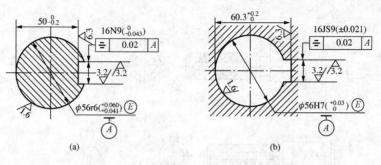

图 8-3 键槽尺寸和公差的标注示例

(a) 轴槽；(b) 轮毂槽

8.1.3 平键的检测

键和键槽的尺寸检测比较简单，单件小批生产时，通常采用通用计量器具（如游标卡尺、千分尺等）测量。键槽对其轴线的对称度误差的测量方法，如图 8-4 所示。

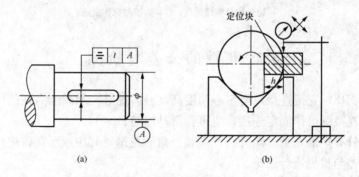

图 8-4 轴槽对称度误差测量

将与键槽宽度相等的定位块插入键槽，用 V 形块模拟基准轴线。测量分两步进行。第一步是截面测量。调整被测件使定位块上平面沿径向与平板平行，测量定位块至平板的距离，将被测件旋转 $180°$，在同一横截面方向，再将量块校平，重复上述测量，得到该截面上、下两对应点的读数差为 a，则该截面的对称度误差：$f_{截} = a t_1 (d - t_1)$。式中，t_1 为槽深，d 为轴的直径。第二步是沿键槽长度方向测量。取长度方向两点的最大读数差为长向对称度误差：$f_长 = a_高 - a_低$。$f_截$、$f_长$ 中最大值为该零件键槽的对称度误差的近似值。

在成批生产中，常用极限量规（通端、止端）检验键槽尺寸。用位置量规检验键槽对轴线的对称度误差，如图 8-5 所示。图 8-5（a）所示为检验槽宽 b 的板式量规；图 8-5（b）所示为检验轮毂槽深的深级式量规；图 8-5（c）所示为检验轴槽深的深规；图 8-5（d）所示为检验轮毂槽对称性的位置量规；图 8-5（e）所示为检验轴槽对称性的位置量规。

图 8-5（a）、（b）、（c）所示三种量规为检验尺寸误差的极限量规，具有通端和止端，检验时通端能通过而止端不能通过为合格。图 8-5（d）、（e）所示两种为检验键槽对轴线的对称度误差的位置量规，此时只有通端，当量规能插入轮毂槽中或伸入轴槽底，则键槽合格。说明：位置量规只适用于检验遵守最大实体要求的工件。

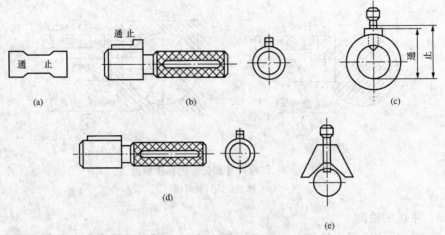

图 8 - 5 键槽检验用量规

(a) 槽宽 b 用板式塞规；(b) 轮毂槽深级式量规；(c) 轴槽深度量规；
(d) 轮毂槽对称性量观；(e) 轴槽对称性量规

8.2 花键的公差与检测

与单键连接相比，花键连接具有定心精度高，导向性好，承载能力强的优点。在机械中应用广泛。花键连接既可作固定连接，也可作滑动连接。

花键的类型分有矩形花键、渐开线花键和三角形花键，其中矩形花键应用最广。这里只对矩形花键的公差与检测进行讨论。

8.2.1 矩形花键连接

GB/T 1144—2001《矩形花键尺寸、公差和检验》规定了圆柱直齿小径定心矩形花键的基本尺寸、公差与配合、标记方法和检测规则以及量规的尺寸公差和数值表。为便于加工和测量，矩形花键的键数为偶数，有 6、8、10 三种。按承载能力不同，矩形花键可分为轻、中两个系列，轻系列的键高尺寸较小，承载能力相对低；中系列的键高尺寸较大，承载能力强。矩形花键的基本尺寸系列，见表 8 - 3。

表 8 - 3 　　　　　　矩形花键基本尺寸系列（摘自 GB/T 1144—2001）　　　　　mm

小径 d	轻 系 列				中 系 列			
	$N \times d \times D \times B$	键数 N	大径 D	键宽 B	$N \times d \times D \times B$	键数 N	大径 D	键宽 B
11					$6 \times 11 \times 14 \times 3$		14	3
13					$6 \times 13 \times 16 \times 3.5$		16	3.5
16	—	—	—	—	$6 \times 16 \times 20 \times 4$		20	4
18					$6 \times 18 \times 22 \times 5$	6	22	5
21					$6 \times 21 \times 25 \times 5$		25	
23	$6 \times 23 \times 26 \times 6$		26	6	$6 \times 23 \times 28 \times 6$		28	6
26	$6 \times 26 \times 30 \times 6$	6	30		$6 \times 26 \times 32 \times 6$		32	
28	$6 \times 28 \times 32 \times 7$		32	7	$6 \times 28 \times 34 \times 7$		34	7

续表

小径 d	轻 系 列				中 系 列			
	$N\times d\times D\times B$	键数 N	大径 D	键宽 B	$N\times d\times D\times B$	键数 N	大径 D	键宽 B
32	$8\times32\times36\times6$		36	6	$8\times32\times32\times6$		38	6
36	$8\times36\times40\times7$		40	7	$8\times36\times42\times7$		42	7
42	$8\times42\times46\times8$		46	8	$8\times42\times48\times8$		48	8
46	$8\times46\times50\times9$	8	50	9	$8\times46\times54\times9$	8	54	9
52	$8\times52\times58\times10$		58		$8\times52\times60\times10$		60	
56	$8\times56\times62\times10$		62	10	$8\times56\times65\times10$		65	10
62	$8\times62\times68\times12$		68		$8\times62\times72\times12$		72	
72	$10\times72\times78\times12$		78	12	$10\times72\times82\times12$		82	12
82	$10\times82\times88\times12$		88		$10\times82\times92\times12$		92	
92	$10\times92\times98\times14$	10	98	14	$10\times92\times102\times14$	10	102	14
102	$10\times102\times108\times16$		108	16	$10\times102\times112\times16$		112	16
112	$10\times112\times120\times18$		120	18	$10\times112\times125\times18$		125	18

花键连接的主要要求是保证内、外花键连接后具有较高的同轴度，并能传递扭矩。矩形花键连接的配合尺寸有小径 d、大径 D 和键（或槽）宽 B 三个主要尺寸参数，如图 8-6 所示。

在矩形花键连接中，要保证三个配合面同时达到高精度的配合是很困难的，而且也无必要。因此，为了保证使用性能，改善加工工艺，只能选择一个结合面作为主要配合面，对其按较高的精度制造，以保证配合性质和定心精度，该表面称为定心表面。非定心表面则可按较低的精度制造。国家标准 GB/T 1144—2001《矩形花键尺寸、公差和检验》规定矩形花键用小径定心。由于通常花键结合面的硬度要求较高，需进行热处理，为保证定心表面的尺寸精度和形状精度，需对热处理后的变形进行磨削加工，从加工工艺性看，小径便于磨削，热处理后的变形内花键可用内圆磨修复，而且内圆磨可达到更高的尺寸精度和更高的表面粗糙度要求；外花键小径可用成形砂轮磨削修复。因而小径定心的定心精度高，定心稳定性好，使用寿命长，有利于产品质量的提高。矩形花键是通过键和键槽侧面接触传递扭矩的，所以键宽和键槽宽应保证足够的精度。

矩形花键的公差与配合分两种情况：a. 一般用矩形花键；b. 精密传动用矩形花键。其内、外花键的尺寸公差带，如表 8-4 所示。

表中公差带及其极限偏差数值与 GB/T 1800.3—1998、GB/T 1800.4—1999 规定的一致。

矩形花键连接采用基孔制配合，目的是为了减少加工和检验内花键用花键拉刀和花键量规的规格和数量。

由于矩形花键采用小径定心，使加

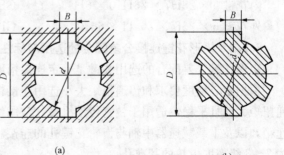

(a)

(b)

图 8-6 矩形花键的基本尺寸

工难度由内花键转为外花键。因而在一般情况下，定心直径 d 的公差带对内外花键取相同的公差等级，这不同于普通光滑孔、轴的配合（一般精度较高的情况下，孔比轴低一级）。但在某些情况下，内花键允许与提高一级的外花键配合，公差带为 H7 的内花键可与公差带为 f6、g6、h6 的外花键配合，公差带为 H6 的内花键，可与公差带为 f5、g5、h5 的外花键配合，这主要是由于矩形花键常用来作为齿轮的基准孔，在贯彻齿轮标准过程中，可能出现外花键的定心直径公差等级比内花键定心直径公差等级高的情况。

表 8 - 4　　　　　　　内外花键的尺寸公差带（摘自 GB/T 1144—2001）

内 花 键				外 花 键			
d	D	B		d	D	B	装配形式
		拉削后不热处理	拉削后热处理				
一 般 用							
H7	H10	H9	H11	f7	a11	10	滑动
				g7		9	紧滑动
				h7		10	固定
精 密 传 动 用							
H5	H10	H7，H9		f5	a11	d8	滑动
				g5		f7	紧滑动
				h5		h8	固定
H6				f6		d8	滑动
				g6		f7	紧滑动
				h6		h8	固定

矩形花键的标记代号应按次序包括下列内容：键数 N、小径 d、大径 D、键宽 B、基本尺寸及配合公差带代号和标准号。

标记示例：

花键 $N = 6$，　$d = 23 \dfrac{\text{H7}}{\text{f7}}$，　$D = 26 \dfrac{\text{H11}}{\text{a11}}$，　$B = 6 \dfrac{\text{H11}}{\text{d10}}$；

花键规格 $6 \times 23 \times 26 \times 6$；

花键副 $6 \times 23 \dfrac{\text{H7}}{\text{f7}} \times 26 \dfrac{\text{H10}}{\text{a11}} \times 6 \dfrac{\text{H11}}{\text{d10}}$　　　GB/T 1144—2001；

内花键 $6 \times 23\text{H7} \times 26\text{H10} \times 6\text{H11}$　　　GB/T 1144—2001；

外花键 $6 \times 23\text{f7} \times 26\text{a11} \times 6\text{d10}$　　　GB/T 1144—2001。

8.2.2　矩形花键连接公差配合的选用与标注

矩形花键公差配合的选用关键是确定连接精度和装配形式。

根据定心精度要求和传递扭矩大小选用连接精度。精密传动因花键连接定心精度高、传递扭矩大而且平稳，适用于精密传动机械，常用作精密齿轮传动基准孔，如精密机床主轴变速箱，以及重载减速器中轴与齿轮花键孔的连接。一般用途矩形花键适用于普通机械，可作为 7~8 级精度齿轮的基准孔。

国家标准 GB/T 1144—2001 规定，装配形式分滑动、紧滑动和固定三种配合。首先根据内外花键之间是否有轴向移动来确定选固定连接，还是滑动连接。对于内外花键之间要求有相对移动，而且移动距离长、移动频率高的情况，应选用配合间隙较大的滑动连接。对于内外花键之间虽然有相对滑动但是定心精度要求高、传递扭矩大或经常有反转的情况，则应选用配合间隙较小的紧滑动连接。对于内外花键之间只用来传递扭矩而无轴向移动的情况，则应选用固定连接。

为保证定心表面的配合性质，内外花键小径（定心直径）的极限尺寸遵守 GB/T 4249—1996 规定的包容要求。

由于矩形花键连接表面复杂，键长与键宽比值较大，因此形位误差是影响连接质量的重要因素，必须对其控制。

键和键槽的位置误差包括它们的中心平面相对于定心轴线的对称度、等分度及键（键槽）侧面对定心轴线的平行度误差。采用综合检验法时，花键的位置度公差按表 8-5 的规定，并采用最大实体要求，用综合量规（即位置量规）检验。

表 8-5　　　　　　　　矩形花键位置度公差（摘自 GB/T 1144—2001）　　　　mm

	键槽宽或键宽 B		3	3.5～6	7～10	12～18
t_1		键槽宽	0.010	0.015	0.020	0.025
	键宽	滑动、固定	0.010	0.015	0.020	0.025
		紧滑动	0.006	0.010	0.013	0.016

在单件小批量生产时，采用单项检验法，花键的位置度公差按表 8-6 的规定；标注见图 8-7，遵守独立原则。花键或花键槽中心平面偏离理想位置（沿圆周均布）的最大值为等分误差，其公差值等于其对称度公差值。

表 8-6　　　　　　　　矩形花键对称度公差（摘自 GB/T 1144—2001）　　　　mm

	键槽宽或键宽 B	3	3.5～6	7～10	12～18
t_2	一般用	0.010	0.012	0.015	0.018
	精密传动用	0.006	0.008	0.009	0.011

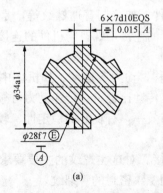 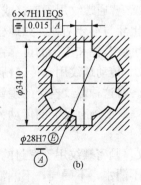

图 8-7　键槽宽或键宽的对称度公差的标注
(a) 外花键；(b) 内花键

对于较长的花键，可根据产品性能自行规定键侧面对定心轴线的平行度公差。

表 8 - 7　矩形花键表面粗糙度推荐值　　μm

加工表面	内花键	外花键
	Ra 不大于	
大　径	6.3	3.2
小　径	0.8	0.8
键　侧	3.2	0.8

矩形花键各结合面的表面粗糙度要求如表 8 - 7 所示。

8.2.3　矩形花键的检测

矩形花键的检测有单项检验和综合检验。

单项检验主要用于单件小批量生产中，用千分尺、游标卡尺、指示表等通用计量器具分别对花键的小径、大径、键宽及大、小径的同轴度误差、各键（键槽）的位置度误差进行测量。花键表面的位置度误差是很少进行单项检验的，一般只有在分析花键加工质量（如机床检修后）及制造花键刀具、花键量规时，或在首件检验和抽查中才进行。

综合检验适用于大批量生产中，用花键综合通规同时检验花键的小径、大径、键宽及大径对小径的同轴度、各键（键槽）的位置度。用单项止规（或其他量具）分别检验小径、大径及键槽宽（键宽）的最大极限尺寸，若综合通规能自由通过，单项止规不通过，则花键合格。当综合通规不通过时，花键不合格。矩形花键综合通规如图 8 - 8 所示。

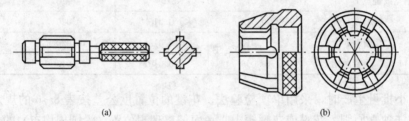

图 8 - 8　矩形花键综合通规
(a) 花键塞规（两短柱起导向作用）；(b) 花键环规（圆孔起导向作用）

8.3　普通螺纹连接的公差与检测

螺纹连接在机电产品中应用十分广泛，是一种最典型的具有互换性的连接结构。按连接性质和使用要求不同，主要分为如下三类。

1）普通螺纹。普通螺纹用于连接或紧固零件，如公制普通螺纹等，是使用最广泛的一种螺纹结合，分粗牙与细牙两种。如螺栓与螺母的连接，螺钉与机件的连接。对这种螺纹连接的主要要求是可旋合性和连接的可靠性。

2）传动螺纹。传动螺纹用于传递精确的位移、动力或运动。如机床中的丝杠和千分尺中的测微螺纹等。对这种螺纹连接的主要要求是传动比恒定、传递动力可靠、螺纹接触良好及耐磨等。另外，还必须有足够的传动灵活性与效率，有良好的稳定性、较小的空程误差和一定的间隙。

3）紧密螺纹。紧密螺纹用于密封的螺纹连接。对这类螺纹的主要要求是具有良好的旋合性及密封性，不漏水，不漏气，不漏油。如用螺纹密封的管螺纹。

本节以普通螺纹为例介绍螺纹连接的互换性。

8.3.1　普通螺纹的几何参数及其对互换性的影响

（1）普通螺纹的主要几何参数

螺纹的几何参数取决于螺纹轴向剖面内的基本牙型。所谓基本牙型，是将原始三角形

（两个底边连接且平行于螺纹轴线的等边三角形，其高度用 H 表示）的顶部截去 $H/8$ 和底部截去 $H/4$ 所形成内外螺纹共有的理论牙型，如图 8-9 所示。它是确定螺纹设计牙型的基础。普通螺纹的几何参数如下所述。

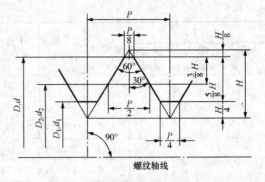

图 8-9　公制普通螺纹的基本牙型

1）基本大径（D、d）。在基本牙型上与外螺纹牙顶或内螺纹牙底相重合的假想圆柱面的直径，称为基本大径。国家标准规定，普通螺纹的基本大径作为螺纹的公称直径。

2）基本小径（D_1、d_1）。在基本牙型上与外螺纹牙底或内螺纹牙顶相重合的假想圆柱面的直径，称为基本小径。

为了应用方便，与牙顶相重合的直径又被称为顶径；与牙底相重合的直径称为底径。

3）中径（D_2、d_2）。中径是一个假想圆柱的直径。该圆柱的母线通过牙型上沟槽宽度和凸起宽度相等的地方，此直径称为中径。

4）螺距（P）和导程（P_h）。螺距是指相邻两牙在中径线上对应两点间的轴向距离。导程是指同一条螺旋线上的相邻两牙在中径线上对应两点间的轴向距离。对单线螺纹，导程与螺距同值；对多线螺纹，导程等于螺距 P 与螺纹线数 n 的乘积，即导程 $P_h = n \times P$。

5）牙型角（α）与牙型半角（$\alpha/2$）。牙型角 α 是指螺纹牙型上相邻两牙侧间的夹角。公制普通螺纹的牙型角为 $60°$。牙型半角 $\alpha/2$ 是指牙侧与螺纹轴线的垂线间的夹角。公制普通螺纹的牙型半角为 $30°$。

牙型角正确时，牙型半角仍可能有误差，如两半角分别为 $29°$ 和 $31°$，故对牙型半角的控制尤为重要。

6）螺纹旋合长度。螺纹旋合长度是指两个相互配合的螺纹，沿螺纹轴线方向相互旋合部分的长度。普通螺纹的基本尺寸，见表 8-8。

表 8-8　　　　普通螺纹的基本尺寸（摘自 GB/T 196—2003）　　　　mm

大径 D, d			螺距 P	中径 D_2, d_2	小径 D_1, d_1	大径 D, d			螺距 P	中径 D_2, d_2	小径 D_1, d_1
第一系列	第二系列	第三系列				第一系列	第二系列	第三系列			
6			**1**	5.350	4.917			9	**(1.25)**	8.188	7.647
			0.75	5.513	5.188				1	8.350	7.917
			(0.5)	5.675	5.459				0.75	8.513	8.188
		7	**1**	6.350	5.917				(0.5)	8.675	8.459
			0.75	6.513	6.188	10			**1.5**	9.026	8.376
			0.5	6.675	6.459				1.25	9.188	8.647
8			**1.25**	7.188	6.647				1	9.350	8.917
			1	7.350	6.917				0.75	9.513	9.188
			0.75	7.513	7.188				(0.5)	9.675	9.459
			(0.5)	7.675	7.459			11	**(1.5)**	10.026	9.376

续表

大径 D, d			螺距 P	中径 D_2, d_2	小径 D_1, d_1	大径 D, d			螺距 P	中径 D_2, d_2	小径 D_1, d_1
第一系列	第二系列	第三系列				第一系列	第二系列	第三系列			
		11	1	10.350	9.917				2	16.701	15.835
			0.75	10.513	10.188				1.5	17.026	16.376
			0.5	10.675	10.459		18		1	17.350	16.917
			1.75	10.853	10.106				(0.75)	17.513	17.188
			1.5	11.026	10.376				(0.5)	17.675	17.459
12			1.25	11.188	10.647				**2.5**	18.376	17.294
			1	11.350	10.917				2	18.701	17.335
			(0.75)	11.513	11.188	20			1.5	19.026	18.376
			(0.5)	11.675	11.459				1	19.350	18.917
			2	12.701	11.835				(0.75)	19.513	19.188
			1.5	13.026	12.375				(0.5)	19.675	19.459
	14		(1.25)	13.188	12.647				**2.5**	20.376	19.294
			1	13.350	12.917				2	20.701	19.835
			(0.75)	13.513	13.188		22		1.5	21.026	20.376
			(0.5)	13.675	13.459				1	21.350	20.917
		15	**1.5**	14.026					(0.75)	21.513	21.188
			(1)	14.350	13.376				(0.5)	21.675	21.459
					13.917				**3**	22.051	20.752
			2	14.701	13.835				2	22.701	21.835
			1.5	15.026	14.376	24			1.5	23.026	22.376
16			1	15.350	14.917				1	23.350	22.917
			(0.75)	15.513	15.188				(0.75)	23.513	23.188
			(0.5)	16.675	15.459				**2**	23.701	22.835
		17	**1.5**	16.026	15.376			25	1.5	24.026	23.376
			(1)	16.350	15.917				(1)	24.350	23.917
	18		**2.5**	16.376	15.294						

注 1. 直径优先选用第一系列,其次是用第二系列。第三系列尽可能不用。

2. 括号内的螺距尽可能不用。用黑体字表示的螺距为粗牙。

(2) 螺纹几何参数对互换性的影响

螺纹的主要几何参数有大径、小径、中径、螺距和牙型半角,这些参数的误差对螺纹互换性的影响不同,由于螺纹的大径和小径处均留有间隙,一般不会影响其配合性质。因此,影响螺纹互换性的主要几何参数是中径、螺距和牙型半角。

1) 螺距偏差对互换性的影响。对紧固螺纹而言,螺距误差主要影响螺纹的可旋合性和连接的可靠性;对传动螺纹而言,螺距误差直接影响传动精度,影响螺牙上负荷分布的均匀性。

螺距偏差分单个螺距偏差和螺距累积偏差两种。前者是指单个螺距的实际尺寸与其基本尺寸之代数差，与旋合长度无关。后者是指旋合长度内，任意个螺距的实际尺寸与其基本尺寸之代数差，与旋合长度有关。后者的影响更为明显。为保证可旋合性，必须对旋合长度范围内的任意两螺牙间螺距的最大累积偏差加以控制。

螺距累积偏差对旋合性的影响，如图8-10所示。

图8-10中，假定内螺纹具有基本牙型，外螺纹的中径及牙型半角与内螺纹相同，但外螺纹螺距有偏差，并假设外螺纹的螺距比内螺纹的小，假定在 n 个螺牙长度上，螺距累积误差为 ΔP_Σ。则内外螺纹的牙型产生干涉（图中交叉剖面线部分），外螺纹将不能自由旋入内螺纹。为了使螺距有偏差的外螺纹仍可自由旋入标准的内螺纹，在制造中可将外螺纹实际中径减小一个数值 f_P（或者将标准内螺纹加大一个数值 f_P），这样可以防止干涉或消除此干涉区。这个 f_P 就是补偿螺距偏差的影响而折算到中径上的数值，被称为螺距偏差的中径当量。从图8-10中几何关系可得

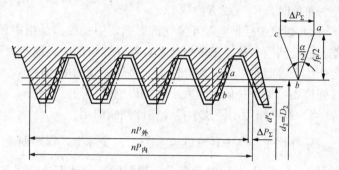

图8-10　螺距累积偏差对旋合性的影响

$$f_P = |\Delta P_\Sigma| \cot \frac{\alpha}{2}$$

对普通螺纹 $\alpha/2 = 30°$ 故 $f_P = 1.732\Delta P_\Sigma$。

2）牙型半角偏差对互换性的影响。牙型半角偏差同样会影响螺纹的可旋合性和连接强度。

假设内螺纹具有基本牙型，外螺纹中径及螺距与内螺纹相同并没有误差，但外螺纹牙型半角有偏差，如图8-11所示。

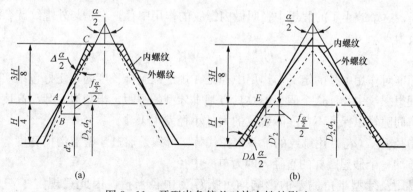

图8-11　牙型半角偏差对旋合性的影响

当外螺纹的牙型半角小于［见图8-11（a）］或大于［见图8-11（b）］内螺纹的牙型半角时，在牙侧处将产生干涉（图中剖面线部分）。为使内、外螺纹能旋合，应将外螺纹的实际中径减小 $f_{\frac{\alpha}{2}}$ 值或将内螺纹的实际中径增加 $f_{\frac{\alpha}{2}}$ 值。$f_{\frac{\alpha}{2}}$ 值叫做半角误差的中径当量。可推

得公式如下：

$$f_{\frac{\alpha}{2}} = 0.073D\left[K_1\left|\Delta\frac{\alpha_1}{2}\right| + K_2\left|\Delta\frac{\alpha_2}{2}\right|\right]$$

式中　　$f_{\frac{\alpha}{2}}$——半角偏差的中径当量，μm；

$\Delta\frac{\alpha_2}{2}$、$\Delta\frac{\alpha_1}{2}$——左右半角偏差，$(')$；

　K_1、K_2——系数。

系数 K_1、K_2 的数值，对外螺纹，半角偏差为正值时，K_1（或 K_2）取 2；当半角偏差为负值时，K_1（或 K_2）取 3。对内螺纹，当半角偏差为正值时，K_1（或 K_2）取 3；半角偏差为负值时，K_1（或 K_2）取 2。

3）螺纹中径偏差对互换性的影响。中径偏差是指中径实际尺寸与中径基本尺寸之代数差。假设其他参数处于理想状态，若外螺纹的中径偏差大于内螺纹的中径偏差，内外螺纹就会产生干涉而影响螺纹旋合性，如果外螺纹的中径过小，内螺纹的中径过大，则会削弱其连接强度。可见中径偏差的大小直接影响螺纹的互换性。

4）螺纹作用中径及中径合格性判断原则。

①作用中径与中径（综合）公差。实际上，螺距偏差 ΔP、牙型半角偏差 $\Delta\frac{\alpha}{2}$ 和中径偏差 Δd_{2a}（ΔD_{2a}）是同时存在的。螺距偏差和牙型半角偏差可折算成中径补偿值（f_P，$f_{\frac{\alpha}{2}}$），即折算成中径误差的一部分。因此，即使螺纹测得的中径合格，由于有 ΔP 和 $\Delta\frac{\alpha}{2}$，还是不能确定螺纹是否合格。为了保证旋合性，外螺纹当有 ΔP 和 $\Delta\frac{\alpha}{2}$ 后，只能与一个中径较大的内螺纹旋合，其效果相当于外螺纹的中径增大了，这个增大了的假想中径叫做外螺纹的作用中径，它是与内螺纹旋合时起作用的中径，其值为

$$d_{2m} = d_{2a} + (f_P + f_{\frac{\alpha}{2}}) \tag{8-1}$$

内螺纹当有 ΔP 和 $\Delta\frac{\alpha}{2}$ 后，只能与一个中径较小的外螺纹旋合，其效果相当于内螺纹的中径减小了，这个减小了的假想中径叫做内螺纹的作用中径，它是与外螺纹旋合时起作用的中径，其值为

$$D_{2m} = D_{2a} - (f'_P + f'_{\frac{\alpha}{2}}) \tag{8-2}$$

国家标准对作用中径的定义：作用中径是在规定的旋合长度内，正好包络实际螺纹的一个假想的理想螺纹中径，这个假想螺纹具有基本牙型的螺距、半角以及牙型高度，并在牙顶和牙底留有间隙，以保证不与实际螺纹的大、小径发生干涉。

实际中径 D_{2a}（d_{2a}）用螺纹的单一中径代替。母线是通过牙型上沟槽宽度等于 1/2 基本螺距的地方的一个假想圆柱的直径，即为单一中径。

由于螺距及牙型半角偏差的影响均可折算为中径当量，因此只规定了一个中径公差（T_{D2}，T_{d2}）。这个公差同时用来控制实际中径（单一中径）偏差、螺距偏差和牙型半角偏差的共同影响。可见中径公差是一项综合公差。

②中径的合格性判断原则。由上分析可知，螺纹中径是衡量螺纹互换性的主要指标。螺纹中径合格性判断准则应遵循泰勒原则，即螺纹的作用中径不能超出最大实体牙型的中径，

任意位置的实际中径（单一中径）不能超出最小实体牙型的中径。所谓最大与最小实体牙型是指在螺纹中径公差范围内，分别具有材料量最多和最少且基本牙型形状一致的螺纹牙型。

对外螺纹，作用中径不大于中径最大极限尺寸，任意位置的实际中径（单一中径）不小于中径最小极限尺寸，即

$$d_{2m} \leqslant d_{2max}, \quad d_{2a} \geqslant d_{2min}$$

对内螺纹，作用中径不小于中径最小极限尺寸，任意位置的实际中径（单一中径）不大于中径最大极限尺寸，即

$$D_{2m} \geqslant D_{2min}, \quad D_{2a} \leqslant d_{2max}$$

8.3.2　普通螺纹的公差与配合

（1）普通螺纹的公差带

螺纹公差带是沿基本牙型的牙侧、牙顶和牙底分布的牙型公差带，由其大小（公差等级）和相对于基本牙型的位置（基本偏差）两个要素构成。国家标准 GB/T 197—2003 对其做了有关规定。

1）公差带大小和公差等级。螺纹公差带大小由公差值确定，并按公差值大小分为若干等级，见表 8-9。各公差等级中 3 级最高，等级依次降低，9 级最低。其中 6 级是基本级。内、外螺纹中径公差值 T_{D_2}、T_{d_2} 和顶径公差值 T_{D_1}、T_d 可分别从表 8-10 和表 8-11 中查取。在同一公差等级中，内螺纹中径公差 T_{D_2} 是外螺纹中径公差 T_{d_2} 的 1.32 倍，原因是内螺纹加工比较困难。

表 8-9　　　　　　　　　　　　　　　螺　纹　公　差　等　级

螺纹直径	公差等级	螺纹直径	公差等级
外螺纹中径 d_2	3，4，5，6，7，8，9	内螺纹中径 D_2	4，5，6，7，8
外螺纹大径 d	4，6，8	内螺纹小径 D_1	4，5，6，7，8

表 8-10　　　　　　　　普通螺纹中径公差（摘自 GB/T 197—2003）　　　　　　μm

公称直径 D(mm)	螺距 P(mm)	内螺纹中径公差 T_{D_2}					外螺纹中径公差 T_{d_2}						
		公差等级					公差等级						
		4	5	6	7	8	3	4	5	6	7	8	9
5.6 ~ 11.2	0.75	85	106	132	170	—	50	63	80	100	125	—	—
	1	95	118	150	190	236	56	71	90	112	140	180	224
	1.25	100	125	160	200	250	60	75	95	118	150	190	236
	1.5	112	140	180	224	280	67	85	106	132	170	212	295
11.2 ~ 22.4	1	100	125	160	200	250	60	75	95	118	150	190	236
	1.25	112	140	180	224	280	67	85	106	132	170	212	265
	1.5	118	150	190	236	300	71	90	112	140	180	224	280
	1.75	125	160	200	250	315	75	95	118	150	190	236	300
	2	132	170	212	265	335	80	100	125	160	200	250	315
	2.5	140	180	224	280	355	85	106	132	170	212	265	335

续表

公称直径 D(mm)		螺距 P(mm)	内螺纹中径公差 T_{D_2} 公差等级					外螺纹中径公差 T_{d_2} 公差等级						
			4	5	6	7	8	3	4	5	6	7	8	9
22.4	45	0.75	95	118	150	190	—	56	71	90	112	140	—	—
		1	106	132	170	212	—	63	80	100	125	160	200	250
		1.5	125	160	200	250	315	75	95	118	150	190	236	300
		2	140	180	224	280	355	85	106	132	170	212	265	335
		3	170	212	265	335	425	100	125	160	200	250	315	400
		3.5	180	224	280	355	450	106	132	170	212	265	335	425
		4	190	236	300	375	475	112	140	180	224	280	355	450
		4.5	200	250	315	400	500	118	150	190	236	300	375	475

表 8-11　　普通螺纹基本偏差和顶径公差（摘自 GB/T 197—2003）　　　　μm

螺距 P (mm)	内螺纹的基本偏差 EI	外螺纹的基本偏差 es				内螺纹小径公差 T_{D_1} 公差等级					外螺纹大径公差 T_d 公差等级		
1	+26		−60	−40	−26	150	190	236	300	375	112	180	280
1.25	+28		−63	−42	−28	170	212	265	335	425	132	212	335
1.5	+32		−67	−45	−32	190	236	300	375	475	150	236	375
1.75	+34		−71	−48	−34	212	265	335	425	530	170	265	425
2	+38	0	−71	−52	−38	0	236	300	375	475	600	180	280	450
2.5	+42		−80	−58	−42	280	355	450	560	710	212	335	530
3	+48		−85	−63	−48	315	400	500	630	800	236	375	600
3.5	+53		−90	−70	−53	355	450	560	710	900	265	425	670
4	+60		−95	−75	−60	375	475	600	750	950	300	475	750

对外螺纹小径和内螺纹大径（即螺纹底径），没有规定公差值，而只规定该处的实际轮廓不得超越按基本偏差所确定的最大实体牙型，即应保证旋合时不发生干涉。由于螺纹加工时，外螺纹中径和小径、内螺纹中径和大径是同时由刀具切出的，其尺寸由刀具保证，故在正常情况下，外螺纹的大径间和小径间不会产生干涉，以满足旋入性的要求。

2）公差带位置和基本偏差。螺纹的公差带位置是由基本偏差确定的。基本偏差为公差带两极限偏差中靠近零线的那个偏差，它确定公差带相对基本牙型的位置。对外螺纹，基本偏差为上偏差（es）；对内螺纹，基本偏差为下偏差（EI）。

标准对内螺纹规定了代号为 G 和 H 两种基本偏差，如图 8-12 (a)、(b) 所示。

外螺纹规定了代号为 e、f、g、h 四种基本偏差。其中径和大径的基本偏差是相同的，而小径只规定了最大极限尺寸，如图 8-12 (c) 和 (d) 所示。基本偏差数值见表 8-11，选择基本偏差主要依据螺纹表面涂镀层的厚度及螺纹件的装配间隙。

（2）螺纹的旋合长度与精度等级

为了满足普通螺纹不同使用性能的要求，国家标准规定了螺纹的旋合长度分三组，分别

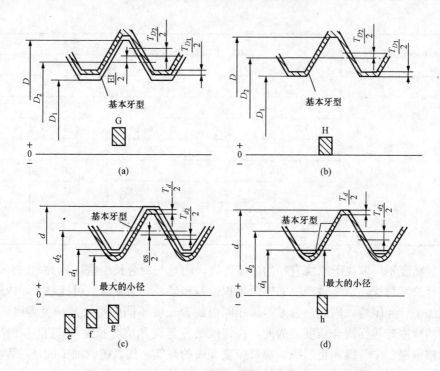

图 8-12　内外螺纹基本偏差

(a) 内螺纹公差带位置 G；(b) 内螺纹公差带位置 H；(c) 外螺纹公差带位置 e, f, g；

(d) 外螺纹公差带位置 h

T_{D_1}—内螺纹小径公差；T_{D_2}—内螺纹中径公差；T_d—外螺纹大径公差；

T_{d_2}—外螺纹中径公差

为短旋合长度组（S）、中等旋合长度组（N）和长旋合长度组（L）。一般采用中等旋合长度组。其数值见表 8-12。

表 8-12　　　　　　　　　　螺纹的旋合长度（摘自 GB/T 197—2003）　　　　　　　　mm

基本大径 D, d		螺距 P	旋 合 长 度			
			S	N		L
>	≤		≤	>	≤	>
5.6	11.2	0.75	2.4	2.4	7.1	7.1
		1	3	3	9	9
		1.25	4	4	12	12
		1.5	5	5	15	15
11.2	22.4	1	3.8	3.8	11	11
		1.25	4.5	4.5	13	13
		1.5	5.6	5.6	16	16
		1.75	6	6	18	18
		2	8	8	24	24
		2.5	10	10	30	30

续表

基本大径 D, d		螺距 P	旋 合 长 度			
			S	N		L
>	≤		≤	>	≤	>
22.4	45	1	4	4	12	12
		1.5	6.3	6.3	19	19
		2	8.5	8.5	25	25
		3	12	12	36	36
		3.5	15	15	45	45
		4	18	18	53	53
		4.5	21	21	63	63

螺纹的精度不仅取决于螺纹直径的公差等级，而且与旋合长度密切相关。当公差等级一定时，旋合长度越长，加工时产生的螺距累积偏差和牙型半角偏差就可能越大，以同样的中径公差值加工就越困难。因此，公差等级相同而旋合长度不同的螺纹的精度等级就不相同，衡量螺纹的精度应包括旋合长度。为此，按螺纹公差等级和旋合长度规定了三种精度等级，分别称为精密级、中等级和粗糙级。螺纹精度等级的高低，代表螺纹加工的难易程度。同一精度级，随旋合长度的增加应降低螺纹的公差等级（见表 8-13 和表 8-14）。

表 8-13 　　　　　　　　　内螺纹的推荐公差带（摘自 GB/T 197—2003）

公差等级	公差带位置 G			公差带位置 H		
	S	N	L	S	N	L
精密	—	—	—	4N	5H	6H
中等	(5G)	6G	(7G)	5H	6H	7H
粗糙	—	(7G)	(8G)	—	7H	8H

表 8-14 　　　　　　　　　外螺纹的推荐公差带（摘自 GB/T 197—2003）

公差等级	公差带位置 e			公差带位置 f			公差带位置 g			公差带位置 h		
	S	N	L	S	N	L	S	N	L	S	N	L
精密	—	—	—	—	—	—	—	(4g)	(5g4g)	(3h4h)	4h	(5h4h)
中等	—	6e	(7e6e)	—	6f	—	(5g6g)	6g	(7g6g)	(5h6h)	6h	(7h6h)
粗糙	—	(8e)	(9e8e)	—	—	—	—	—	(9g8g)	—	—	—

（3）螺纹在图样上的标记

完整的螺纹标记由螺纹特征代号、尺寸代号、公差带代号及其他有必要做进一步说明的个别信息组成。

螺纹特征代号用字母"M"表示。

1）单线螺纹的尺寸代号为"公称直径×螺距"，公称直径和螺距的单位为 mm。对粗牙螺纹，可以省略标注其螺距项。

例如，公称直径为 8mm、螺距为 1mm 的单线细牙螺纹表示为 M8×1；公称直径为

8mm、螺距为 1.25mm 的单线粗牙螺纹表示为 M8。

2）多线螺纹的尺寸代号为"公称直径×Ph 导程 P 螺距"，公称直径、导程和螺距数值的单位为 mm。如果要进一步表明螺纹的线数，可在后面增加括号说明，使用英语进行说明。例如，双线为 two starts；三线为 three starts；四线为 four starts。

例如，公称直径为 16mm、螺距为 1.5mm、导程为 3mm 的双线螺纹：M16×Ph3P1.5 或 M16×Ph3P1.5（two starts）。

3）公差带代号包含中径公差带代号和顶径公差带代号。中径公差带代号在前，顶径公差带代号在后。各直径的公差带代号由表示等级的数值和表示公差带位置的字母（内螺纹用大写字母，外螺纹用小写字母）组成。如果中径公差带代号与顶径公差带代号相同，则应只标注一个公差带代号。螺纹尺寸代号与公差带间用"—"号分开。

例如，中径公差带为 5g、顶径公差带为 6g 的外螺纹 M8×1—5g6g；中径公差带和顶径公差带为 6g 的粗牙外螺纹 M8—6g；中径公差带为 5H、顶径公差带为 6H 的内螺纹，M8×1—5H6H；中径公差带和顶径公差带为 6H 的粗牙内螺纹，M10—6H。

4）在下列情况下，中等公差精度螺纹不标注其公差带代号。

内螺纹——5H 公称直径小于和等于 1.4mm 时；

　　　　——6H 公称直径大于和等于 1.6mm 时。

注：对螺距为 0.2mm 的螺纹，其公差等级为 4 级。

外螺纹——6h 公称直径小于和等于 1.4mm 时；

　　　　——6g 公称直径大于和等于 1.6mm 时。

例如，中径公差带和顶径公差带为 6g、中等公差精度的粗牙外螺纹 M10；中径公差带和顶径公差带为 6H、中等公差精度的粗牙内螺纹 M10。

5）表示内、外螺纹配合时，内螺纹公差代号在前，外螺纹公差带代号在后，中间用斜线分开。

例如，公差带为 6H 的内螺纹与公差带为 5g6g 的外螺纹组成配合 M20×2—6H/5g6g；公差带为 6H 的内螺纹与公差带为 6g 的外螺纹组成配合（中等公差精度，粗牙）M6。

6）对短旋合长度组和长旋合长度组的螺纹，宜在公差带代号后分别标注"S"和"L"代号。旋合长度代号与公差带间用"—"号分开。中等旋合长度组螺纹不标注旋合长度代号（N）。

例如，短旋合长度的内螺纹 M20×2—5H—S；长旋合长度的内、外螺纹 M6—7H/7g6g—L；中等旋合长度的外螺纹（粗牙、中等精度的 6g 公差带）M6。

7）对左旋螺纹，应在旋合长度代号之后标注"LH"代号。旋合长度代号与旋向代号间用"—"号分开。右旋螺纹不标注旋向代号。

例如，左旋螺纹 M8×1—LH（公差带代号和旋合长度代号被省略）；

　　　　　　M6×0.75—5h6h—S—LH；

　　　　　　M14×Ph6P2—7H-L—LH 或 M14×Ph6P2（three starts）—7H—L—LH。

右旋螺纹 M6（螺距、公差带代号、旋合长度代号和旋向代号被省略）。

（4）普通螺纹公差与配合的选用

1）螺纹连接精度与旋合长度的确定。对标准规定的普通螺纹连接的精密、中等和粗糙三种精度等级，其应用情况如下所述。

①精密级，用于精密连接螺纹。要求配合性质稳定和保证一定的定心精度的螺纹连接。

②中等级，用于一般的用途螺纹。

③粗糙级，用于制造螺纹有困难的场合。如在深盲孔内和热轧棒料上加工螺纹。

实际选用时，还必须考虑螺纹的工作条件、尺寸的大小、工艺结构、加工的难易程度等情况。例如，当螺纹的承载较大，且为交变载荷或有较大的振动，则应选用精密级；对于小直径的螺纹，为了保证连接强度，也必须提高其连接精度；而对于加工难度较大的，虽是一般要求，此时也需降低其连接精度。

旋合长度的选择，一般用中等旋合长度。只有当结构和强度上有特殊要求时，才可采用短旋合长度或长旋合长度。应注意的是，尽可能缩短旋合长度，改变那种认为螺纹旋合长度越长，其密封性、可靠性就越好的错误认识。实践证明，旋合长度过长，不仅结构笨重，加工困难，而且由于螺距累积误差的增大，降低了承载能力，造成螺牙强度和密封性的下降。

2）公差带的确定。不同的螺纹公差等级（3～9级）和不同的基本偏差（G、H、e、f、g、h）可以组成各种不同的公差带。在生产中，为了减少螺纹刀具和螺纹量规的规格和数量，对公差带的种类应加以限制。标准规定了内、外螺纹的选用公差带，见表8-13和表8-14。

公差带优先选用顺序为：粗字体公差带、一般字体公差带、括号内公差带。带方框的粗字体公差带用于大量生产的紧固件螺纹。

3）配合的选择。从原则上讲，表8-13所列的内螺纹公差带和表8-14所列的外螺纹公差带可以任意组合成各种配合。但是为了保证有足够的接触高度，最好组成 H/g、H/h、G/h 的配合。为了保证旋合性，内、外螺纹应具有较高的同轴度，并有足够的接触高度和结合强度，通常采用 H/h 配合，其配合的最小间隙为零。H/g 与 G/h 配合保证具有间隙，用于如下几种情况：要求很容易装拆的螺纹，高温下工作的螺纹，需要涂镀层的螺纹和用于补偿因长旋合长度螺纹的螺距累积误差而产生干涉的螺纹。

4）螺纹的表面粗糙度。螺纹牙侧表面粗糙度，主要按用途和中径公差等级来确定，如表8-15所示。

表 8-15　　　　螺纹牙侧表面粗糙度　　　　μm

Ra 不大于　螺纹公差等级 螺纹工作表面	4，5	6，7	7～9
螺栓、螺钉、螺母	1.6	3.2	3.2～6.3
轴及套上的螺纹	0.8～1.6	1.6	3.2

8.3.3　螺纹的检测

螺纹有两类不同的检测方法，分别为综合检验和单项测量。

（1）螺纹的综合检验

螺纹的综合检验，目的是检查螺纹各参数误差的综合质量是否符合螺纹的使用性能要求。生产中主要用螺纹量规来做综合检验。用螺纹量规检验螺纹，检验效率高，适用于成批生产。

外螺纹的大径和内螺纹的小径分别用光滑极限环规（或卡规）和光滑极限塞规检查，其他参数均用螺纹量规（见图8-13）检查。

根据螺纹中径合格性判断原则，螺纹量规通端和止端在螺纹长度和牙型上的结构特征

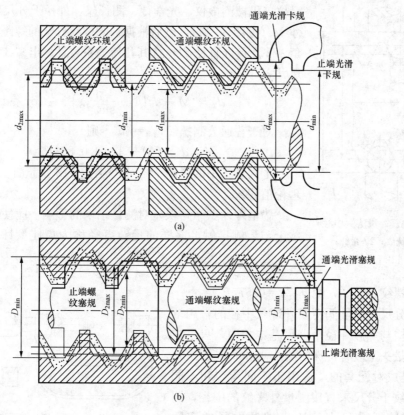

图 8-13　螺纹量规的测量方法

(a) 外螺纹量规；(b) 内螺纹量规

是不相同的。螺纹量规通端主要用于检查作用中径使其不得超出最大实体牙型中径（同时控制螺纹的底径），应该有完整的牙型，且其螺纹长度至少要等于工件螺纹的旋合长度的 80%。当螺纹通规可以和螺纹工件自由旋合时，就表示螺纹工件的作用中径未超出最大实体牙型。螺纹量规止端只控制螺纹的实际中径不得超出其最小实体牙型中径，为了消除螺距误差和牙型半角误差的影响，其牙型应做成截短牙型，且螺纹长度只有 2～3.5牙。当螺纹量规止端不能旋合或不完全旋合，则说明螺纹的实际中径没有超出最小实体牙型。

螺纹通规能自由旋过工件，螺纹止规不能旋入工件（或旋入工件不超过两圈），这样则表示工件合格。

(2) 螺纹的单项测量

螺纹的单项测量用于螺纹工件的工艺分析或螺纹量规及螺纹刀具的质量检查。所谓单项测量，即分别测量螺纹的每个参数，主要是中径、螺距和牙型半角，其次是顶径和底径，有时还需要测量牙底的形状。除了顶径可用内、外径量具测量外，其他参数多用通用仪器测量，其中用得最多的是大型（或小型）工具显微镜和投影仪。下面介绍用三针量法及螺纹千分尺测量中径。

三针量法主要用于测量精密外螺纹（如螺纹塞规、丝杆等）的中径（d_2），该法所用的量针是量具厂专门生产的。它是用三根直径相等的精密量针放在螺纹沟槽中，用光学或机械

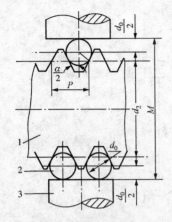

图 8-14 三针量法测中径
1—被测螺纹；2—量针；
3—外径千分尺

量仪（机械测微仪、光学计、测长仪、外径千分尺等）量出尺寸 M（见图 8-14），然后根据被测螺纹已知的螺距 P、牙型半角 $\alpha/2$ 及量针直径 d_0，按其几何关系可计算出螺纹中径的实际尺寸 d_2 为

$$d_2 = M - d_0\left(1 + \frac{1}{\sin\alpha/2}\right) + \frac{P}{2}\cot\frac{\alpha}{2}$$

对于普通公制螺纹，$\alpha=60°$，则

$$d_2 = M - 3d_0 + 0.866P$$

上列各式中的螺距 P，牙型半角 $\alpha/2$ 及量针直径 d_0 均按理论值代入。

为消除牙型半角误差对测量结果的影响，应使量针在中径线上与牙侧接触，这样的量针直径称为最佳量针直径 $d_{0最佳}$，

$$d_{0最佳} = 0.5P/\cot\frac{\alpha}{2}$$

对公制螺纹 $\alpha=60°$，则 $d_{0最佳}=0.577P$。

螺纹千分尺是测量低精度外螺纹中径的常用量具。它的结构与一般外径千分尺基本相同，只是在测量砧和测量头上装有特殊的测头 1 和 2（见图 8-15），测头是成对配套的，适用于不同牙型和不同螺距。用螺纹千分尺来直接测量外螺纹的中径，测量时可由螺纹千分尺直接读出螺纹中径的实际尺寸。

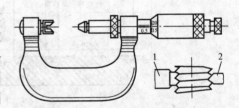

图 8-15 螺纹千分尺
1、2—测头

8.4 滚动轴承的公差与配合

滚动轴承是机器中广泛使用的、作为一种传动支承的标准部件。它的作用、结构、类型、寿命、强度计算等在"机械设计"课程中已做了详细介绍，本节主要介绍滚动轴承的精度和它与轴、外壳孔的配合选用问题。

滚动轴承工作时，要求运转平稳、旋转精度高、噪声小。滚动轴承的工作性能取决于滚动轴承本身的制造精度、滚动轴承与轴和壳体孔的配合性质，以及轴和壳体孔的尺寸精度、形位公差、表面粗糙度等因素。设计时，应根据以上因素合理选用。

8.4.1 滚动轴承的精度等级及其应用

（1）滚动轴承的精度等级

滚动轴承的精度是按其外形尺寸公差和旋转精度分级的。外形尺寸公差是指成套轴承的内径 d、外径 D 和宽度尺寸 B 的公差；旋转精度主要指轴承的内、外圈的径向跳动、端面对滚道的跳动、端面对内孔的跳动等。

国家标准 GB/T 307.3—1996《滚动轴承通用技术规则》规定，向心轴承（圆锥滚子轴承除外）分为 0、6、5、4 和 2 五级，其中 0 级精度最低，精度依次升高（相当于 GB 307.3—1984 中的 G、E、D、C 和 B 级）；圆锥滚子轴承精度分为 0、6x、5 和 4 四级；推力

轴承分为 0、6、5 和 4 四级。

（2）滚动轴承精度等级的选用

滚动轴承各级精度的应用情况如下所述。

0 级——通常称为普通级，应用最广。用于低、中速及旋转精度要求不高的一般旋转机构中。如普通机床中的变速箱、进给箱的轴承，汽车、拖拉机变速箱的轴承，普通电动机、水泵、压缩机、涡轮机等旋转机构中的轴承等。

6 级——用于转速和旋转精度较高的旋转机构中。如普通机床的主轴后轴承、精密机床传动轴使用的轴承等。

5、4 级——用于转速和旋转精度高的机构中。如精密机床的主轴轴承、精密仪器仪表的主要轴承等。

2 级——用于转速和旋转精度很高的机构中。如齿轮磨床、精密坐标镗床的主轴轴承，高精度仪器仪表和高转速机构中使用的轴承。

（3）滚动轴承内径、外径公差带及其特点

滚动轴承的内圈和外圈都是薄壁零件，在制造和保管过程中容易变形，但当轴承内圈与轴、外圈与壳体孔装配后，这种微量变形又能跟随做得较圆的轴和孔的形状得到一些矫正。因此，国家标准对轴承内径和外径尺寸公差做了两种规定：一是轴承套圈任意横截面内测得的最大直径与最小直径的平均值 d_m（D_m）与公称直径 d（D）的差，即单一平面平均内（外）径偏差 Δd_{mp}（ΔD_{mp}）必须在极限偏差范围内，目的用于控制轴承与轴和壳体孔的配合，因为平均尺寸是配合时起作用的尺寸；二是规定套圈任意横截面内最大直径、最小直径与公称直径的差，即单一内孔直径（外径）偏差 Δd_s（ΔD_s）必须在极限偏差范围内，主要目的是为了控制轴承的变形程度。

对于高精度的 2、4 级轴承，上述两个公差项目都做了规定，而对其余公差等级的轴承，只规定了第一项。

部分向心轴承内、外圈单一平面平均内（外）径偏差 Δd_{mp}（ΔD_{mp}）的值，如表 8-16 所示。

表 8-16　　　　　　　向心轴承的 Δd_{mp} 和 ΔD_{mp}　（摘自 GB/T 307.1—1994）

精度等级		0		6		5		4		3	
基本直径（mm）		极　限　偏　差　（μm）									
大　于	到	上偏差	下偏差	上偏差	下偏差	上偏差	下偏差	上偏差	下偏差	上偏差	下偏差
内圈	18	30	0	−10	0	−8	0	−6	0	−5	0	−2.5
	30	50	0	−12	0	−10	0	−8	0	−6	0	−2.5
外圈	50	80	0	−13	0	−11	0	−9	0	−7	0	−4
	80	120	0	−15	0	−13	0	−10	0	−8	0	−5

滚动轴承是标准部件，它的内、外圈与轴颈和外壳孔的配合表面无需再加工，为了便于互换和大批量生产，轴承内圈与轴颈的配合采用基孔制，外圈与壳体孔的配合采用基轴制。

标准中规定，轴承外圈单一平面平均直径 D_{mp} 的公差带与一般基准轴的公差带位置相同，上偏差为零，下偏差为负，如图 8-16 所示。但因 D_{mp} 的公差值是特殊规定的，所以轴承外圈与外壳孔的配合，与《公差与配合》国家标准中基轴制的同名配合不完全相同。

标准中规定，轴承内圈内孔的单一平面平均直径 d_{mp} 的公差带与一般基准孔的公差带位置不同，它置于零线下方，上偏差为零，下偏差为负（见图 8-16），这主要考虑轴承配合的

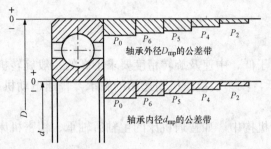

图 8-16　轴承内、外径公差带

特殊需要。因为在多数情况下轴承内圈随轴一起旋转，为防止内圈和轴颈的配合面相对滑动而产生磨损，两者之间配合必须有一定过盈，但过盈量又不宜过大，以保证拆卸方便，防止内圈应力过大（因内圈是薄壁零件，容易变形）。假如轴承内孔的公差带与一般基准孔的公差带一样，单向偏置在零线上侧，并与《公差与配合》标准中规定的公差带形成过盈配合，所取得的过盈量通常偏大；若改用过渡配合，又可能出现孔、轴结合不可靠的情况；若采用非标准配合，不仅给设计者带来麻烦，而且不符合标准化和互换性原则。因此，轴承标准将内孔的单一平面平均内径 d_{mp} 的公差带置于零线下方，再与《公差与配合》标准中推荐常用（优先）的轴公差带结合，就能较好地满足使用要求。

8.4.2　滚动轴承与轴和外壳孔的配合

（1）轴颈和外壳孔的公差带

国家标准 GB/T 275—1993《滚动轴承与轴和外壳孔的配合》对与 0 级和 6 级轴承配合的轴颈规定了 17 种公差带，对外壳孔规定了 16 种公差带，如图 8-17 所示。

该标准的适用范围包括：对轴承的旋转精度、运转平稳性、工作温度等无特殊要求；轴为实心或厚壁钢制轴；外壳为铸钢或铸铁制件；轴承游隙为 0 组。

（2）滚动轴承与轴、外壳孔配合的选用

正确选择滚动轴承与轴和外壳孔的配合对保证机器正常运转、提高轴承的使用寿命、充分发挥轴承的承载能力影响很大，选择轴承配合时应综合考虑以下几个方面。

1）轴承套圈相对于负荷的状况。作用在轴承上的径向负荷，一般有以下两种情况：a. 定向负荷（如皮带拉力或齿轮的作用力）；b. 由定向负荷和一个较小的旋转负荷（如机件的离心力）合成，如图 8-18 所示。

负荷的作用方向与套圈间存在以下三种关系。

①套圈相对于负荷方向固定。作用于轴承上的合成径向负荷与套圈相对静止，即径向负荷始终作用在套圈滚道的局部区域上。如图 8-18（a）所示的固定外圈和图 8-18（b）所示的固定内圈均受到一个方向一定的径向负荷 F_0 的作用。其配合应选得稍松些，一般选用过渡配合或具有极小间隙的间隙配合，以便让套圈在振动或冲击下被滚道间的摩擦力矩带动，偶尔产生少许转位，从而改变滚道的受力状态使滚道磨损较均匀，延长轴承的使用寿命。

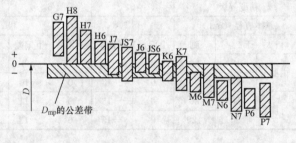

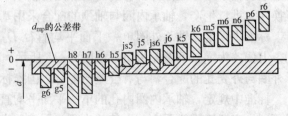

图 8-17　轴承与轴和外壳孔的配合

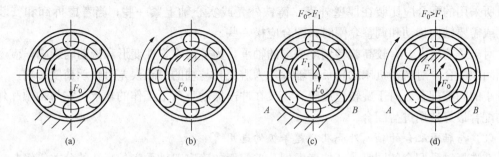

图 8-18　轴承套圈承受的负荷类型

(a) 内圈旋转负荷，外圈定向负荷；(b) 内圈定向负荷，外圈旋转负荷；

(c) 内圈旋转负荷，外圈摆动负荷；(d) 内圈摆动负荷，外圈旋转负荷

②套圈相对于负荷方向旋转。作用于轴承上的合成径向负荷与套圈相对旋转，并依次作用在该套圈的整个圆周滚道上。如图 8-18（a）所示的旋转内圈和图 8-18（b）所示的旋转外圈均受到一个作用位置依次改变的径向负荷 F_0 的作用。当套圈相对于负荷方向旋转时，为防止套圈在轴颈上或外壳孔的配合表面打滑，引起配合表面发热、磨损，配合应选得紧些，一般选用过盈量较小的过盈配合或有一定过盈量的过渡配合。

③套圈相对于负荷方向摆动。大小和方向按一定规律变化的径向负荷作用在套圈的部分滚道上，此时套圈相对于负荷方向摆动。如图 8-18（c）和图 8-18（d）所示，轴承同时受到定向负荷 F_0 和较小旋转负荷 F_1 的作用，二者的合成负荷 F 将以由小到大、再由大到小的周期变化，在 $A'B'$ 区域内摆动（见图 8-19）。固定的套圈相对于负荷方向摆动，旋转的套圈则相对于负荷方向旋转。当套圈相对于负荷方向摆动时，其配合的松紧程度一般与相对于负荷方向旋转时相同或略松些。

2）负荷的大小。滚动轴承套圈与轴或外壳孔配合的最小过盈，取决于负荷的大小。负荷大小可用当量径向动负荷 F_r 与轴承额定动负荷 C_r 的比值来衡量，GB/T 275—1993 中规定：$F_r \leqslant 0.07C_r$ 时为轻负荷；$0.07C_r \leqslant F_r \leqslant 0.15C_r$ 时为正常负荷；$F_r > 0.15C_r$ 时为重负荷。

轴承在承受重负荷和冲击负荷时，套圈容易产生变形，使配合面受力不均匀、结合面间实际过盈减少和轴承内部的实际间隙增大，引起配合松动。因此，负荷越大，过盈量应选得越大；承受冲击负荷应比承受平衡负荷选用较紧的配合。

3）工作温度的影响。轴承运转时，由于摩擦发热、散热条件不同等原因，轴承套圈的温度通常高于与其相配合的零件温度。轴承内圈的热膨胀可能会引起它与轴的配合松动，外圈的热膨胀可能会引起它与孔的配合变紧，在选择配合时，必须考虑轴承工作温度（或温差）的影响。因此，轴承的工作温度一般应低于 100℃，在高于此温度条件下工作的轴承，应将所选的配合适当进行修正。

4）其他因素。滚动轴承的尺寸越大，选取的配合应越紧。但对于重型机械上使用的特别大尺寸的轴承，应采用较松的配合。

与整体式外壳相比，剖分式外壳孔与轴承外圈配合应松些，以免造成外圈产生圆度误差；当轴承安装在薄壁外壳、轻合金外壳或薄壁空心轴上时，为保证轴承工作有足够的支承刚度和强

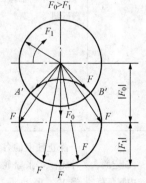

图 8-19　摆动负荷

度，所采用的配合应比装在厚壁外壳、铸铁外壳或实心轴上紧一些；当考虑拆卸和安装方便，或需要轴向移动和调整套圈时，配合应松一些。

对于负荷较大、有较高旋转精度要求的轴承，为了消除弹性变形和振动的影响，应避免采用间隙配合。对精密机床的轻负荷轴承，为避免孔与轴的形状误差对轴承精度影响，常采用较小的间隙配合。对于旋转速度较高，又在冲击振动负荷下工作的轴承，它与轴颈和外壳孔的配合最好选用过盈配合。

（3）与轴承配合的轴、外壳孔公差等级的选用

在选择轴承配合的同时，还应考虑到公差等级的确定。轴颈和外壳孔的公差等级与轴承的精度等级有关。与0、6（6x）级轴承配合的轴颈一般为IT6级，外壳孔一般为IT7级。对旋转精度和运转平稳性有较高要求的场合，在提高轴承精度等级的同时，与其相配合的轴颈和外壳孔的精度也要相应提高。

滚动轴承的配合，一般用类比的方法选用。GB/T 275—1993列出了四张表，推荐与0级、6（6x）级向心轴承和推力轴承配合的轴、孔的公差带。表8-17和表8-18即为其中的两张表。

表 8-17　　　　向心轴承和轴配合的轴公差带代号（摘自 GB/T 275—1993）

运　转　状　态		负荷状态	深沟球轴承、调心球轴承和角接触球轴承	圆柱滚子轴承和圆锥滚子轴承	调心滚子轴承	公差带
说　明	举　例		轴承公称内径（mm）			
旋转的内圈负荷及摆动负荷	一般通用机械、电动机、机床主轴、泵、内燃机、直齿轮传动装置、铁路机车辆轴箱、破碎机等	轻负荷	≤18	—	—	h5
			>18～100	≤40	≤40	j6[1]
			>100～200	>10～140	>40～100	k6[1]
			—	>140～200	>100～200	m6[1]
		正常负荷	≤18	—	—	j5, js5
			>18～100	≤40	≤40	k5[2]
			>100～140	>40～100	>40～65	m5[2]
			>140～200	>100～140	>65～100	m6
			>200～280	>140～200	>100～140	n6
			—	>200～400	>140～280	p6
			—		>280～500	r6
		重负荷		>50～140	>50～100	n6
				>140～200	>100～140	p6[3]
				>200	>140～200	r6
				—	>200	r7
固定的内圈负荷	静止轴上的各种轮子，张紧轮绳轮、振动筛、惯性振动器	所有负荷	所有尺寸			f6
						g6[1]
						h6
						j6

续表

圆 柱 孔 轴 承					
运 转 状 态		负荷状态	深沟球轴承、调心球轴承和角接触球轴承	圆柱滚子轴承和圆锥滚子轴承	调心滚子轴承	公差带
说 明	举 例		轴 承 公 称 内 径（mm）			
仅有轴向载荷			所 有 尺 寸			j6, js6

圆 锥 孔 轴 承					
运 转 状 态		负荷状态	深沟球轴承、调心球轴承和角接触球轴承	圆柱滚子轴承和圆锥滚子轴承	调心滚子轴承	公差带
说 明	举 例		轴 承 公 称 内 径（mm）			
所有负荷	铁路机车车辆轴箱		装在推卸套上的所有尺寸			h8 (IT6)④⑤
	一般机械传动		装在紧定套上的所有尺寸			h6 (IT7)④⑤

① 凡对精度有较高要求的场合，应用 j5、k5、…代替 j6、k6、…。

② 圆锥滚子轴承、角接触球轴承配合对游隙影响不大，可用 k6、m6 代替 k5、m5。

③ 重负荷下轴承游隙应选大于 0 组。

④ 凡有较高精度或转速要求的场合，应选用 h7 (IT5) 代替 h8 (IT6) 等。

⑤ IT6、IT7 表示圆柱度公差数值。

表 8-18   向心轴承和外壳配合的孔公差带代号（摘自 GB/T 275—1993）

运转状态		负荷状态	其他状况	公差带①	
说 明	举 例			球轴承	滚子轴承
固定的外圈负荷	一般机械、铁路机车车辆轴箱、电动机、泵、曲轴主轴	轻、正常、重	轴向易移动，可采用剖分式外壳	H7, G7②	
		冲击	轴向能移动，可采用整体或剖分式外壳	J7, JS7	
		轻、正常			
摆动		正常、重		K7	
		冲击	轴向不移动，采用整体式外壳	M7	
旋转的外圈负荷	张紧滑轮、轮毂轴承	轻		J7	K7
		正常		K7, M7	M7, N7
		重		—	N7, P7

① 并列公差带随尺寸的增大从左至右选择，对旋转精度有较高要求时，可相应提高一个公差等级。

② 不适用于剖分式外壳。

（4）配合表面的其他技术要求

GB/T 275—1993 规定了与轴承配合的轴颈和外壳孔表面的圆柱度公差、轴肩及外壳孔端面的端面圆跳动公差、各表面的粗糙度要求等，列于表 8-19 和表 8-20 中。

表 8 - 19　　　　　　　　　　　　　　　轴和外壳的形位公差

基本尺寸（mm）		圆 柱 度 t				端面圆跳动 t₁			
		轴 颈		外 壳 孔		轴 肩		外壳孔肩	
		轴 承 公 差 等 级							
		0	6 (6x)	0	6 (6x)	0	6 (6x)	0	6 (6x)
大于	至	公 差 值（μm）							
	6	2.5	1.5	4	2.5	5	3	8	5
6	10	2.5	1.5	4	2.5	6	4	10	6
10	18	3.0	2.0	5	3.0	8	5	12	8
18	30	4.0	2.5	6	4.0	10	6	15	10
30	50	4.0	2.5	7	4.0	12	8	20	12
50	80	5.0	3.0	8	5.0	15	10	25	15
80	120	6.0	4.0	10	6.0	15	10	25	15
120	180	8.0	5.0	12	8.0	20	12	30	20
180	250	10.0	7.0	14	10.0	20	12	30	20
250	315	12	8.0	16	12.0	25	15	40	25
315	400	13.0	9.0	18	13.0	25	15	40	25
400	500	15.0	10.0	20	15.0	25	15	40	25

表 8 - 20　　　　　　　　　　　　　配合面的表面粗糙度　　　　　　　　　　　　　　μm

轴或轴承座 直径（mm）		轴或外壳配合表面直径公差等级								
		IT7			IT6			IT5		
		表 面 粗 糙 度								
大于	至	Rz	Ra		Rz	Ra		Rz	Ra	
			磨	车		磨	车		磨	车
	80	10	1.6	3.2	6.3	0.8	1.6	4	0.4	0.8
80	500	16	1.6	3.2	10	1.6	3.2	6.3	0.8	1.6
端面		25	3.2	6.3	25	3.2	6.3	10	1.6	3.2

　　[例 8 - 1]　在 C616 车床主轴后支承上，装有两个单列向心球轴承（见图 8 - 20），其外形尺寸为 $d×D×B=50mm×90mm×20mm$。试选定轴承的精度等级，轴承与轴和壳体孔的配合。

　　解　（1）分析确定轴承的精度等级

　　1）C616 车床属轻载的普通车床，主轴承受轻载荷。

　　2）C616 车床主轴的旋转精度和转速较高，选择 6 级精度的滚动轴承。

　　（2）分析确定轴承与轴和壳体孔的配合

　　1）轴承内圈与主轴配合一起旋转，外圈装在壳体中不转。

　　2）主轴后支承主要承受齿轮传递力，故内圈承受循环负荷，外圈承受局部负荷，前者配合应紧，后者配合略松。

　　3）参考表 8 - 17、表 8 - 18 选出轴公差带为 50j5，壳体孔公差带为 90J6。

　　4）机床主轴前轴承已轴向定位，若后轴承外圈与壳体孔配合无间隙，则不能补偿由于温度变化引起的主轴伸缩性；若外圈与壳体孔配合有间隙，会引起主轴跳动，影响车床的工作精度。为了满足使用要求，将壳体孔公差带提高一挡，改用 90K6。

　　5）按滚动轴承公差国家标准，由表 8 - 16 查出 6 级轴承单一平面平均内径偏差（Δd_{mp}）

为 $\phi 50_{-0.01}^{0}$，查出 6 级轴承单一平面平均外径偏差（ΔD_{mp}）为 $\phi 90_{-0.013}^{0}$。

根据 GB/T 1800.3—1998，查得轴为 $\phi 50j5_{-0.005}^{+0.006}$，壳体孔为 $\phi 90K6_{-0.018}^{+0.004}$。

图 8-21 所示为 C616 车床主轴后轴承的公差与配合图解，由此可知，轴承与轴的配合比与壳体孔的配合要紧些。

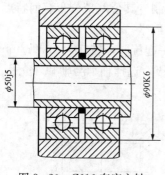

图 8-20　C616 车床主轴
后轴承结构

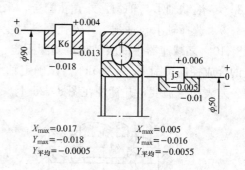

$X_{max}=0.017$ 　　$X_{max}=0.005$
$Y_{max}=-0.018$ 　　$Y_{max}=-0.016$
　　　　　　$Y_{平均}=-0.0005$ 　$Y_{平均}=-0.0055$

图 8-21　C616 车床主轴后轴承公差与
配合图解

6）按表 8-19、表 8-20 查出轴和壳体孔的形位公差和表面粗糙度值，标注在零件图 8-22 和图 8-23 上。

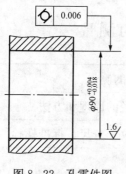

图 8-22　孔零件图

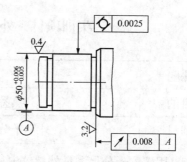

图 8-23　轴零件图

习　　题

8-1　平键连接为什么只对键（槽）宽规定较严的公差？

8-2　某减速器传递一般扭矩，其中某一齿轮与轴之间通过平键连接来传递扭矩。已知键宽 $b=8\text{mm}$，试确定键宽 b 的配合代号，查出其极限偏差值，并作公差带图。

8-3　什么是花键定心表面？为什么 GB 1144—2001《矩形花键尺寸公差和检验》规定矩形花键的定心方式采用小径定心？

8-4　某机床变速箱传动轴采用矩形花键连接，花键规格为 $6\times 23\times 26\times 6$，定心精度要求不高，固定连接，并批量生产。试将确定的内、外花键的尺寸公差、位置公差和表面粗糙度，标注在图 8-24 上。

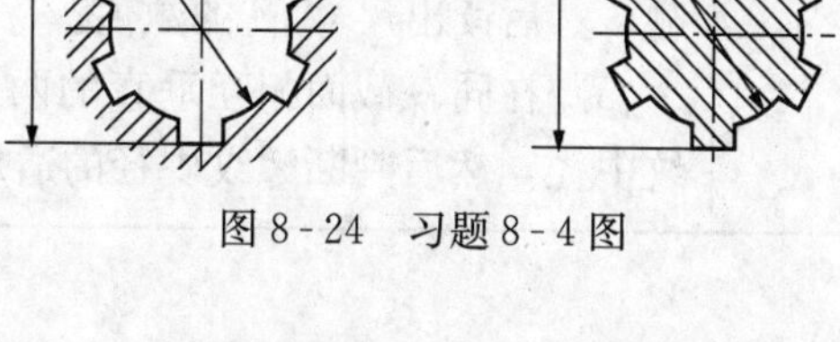

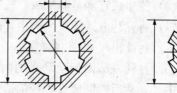

图 8-24　习题 8-4 图

8-5 如何计算螺纹的作用中径? 如何判断螺纹中径是否合格?

8-6 查出 M20×2—7g6g 螺纹基本尺寸、基本偏差和公差,画出中径和顶径的公差带图,并在图上标出相应的偏差值。

8-7 滚动轴承的精度有哪几个等级? 哪个等级应用最广泛?

8-8 滚动轴承与轴颈、外壳孔配合,采用何种基准制? 其公差带分布有何特点?

8-9 选择轴承与轴颈、外壳孔配合时主要考虑哪些因素?

8-10 某减速器中的滚动轴承外圈固定,内圈与轴一起旋转,转速为 1000r/min。轴上承受的合成径向负荷 F_r 为 2.5kN。试确定轴承的精度等级,选择轴承与轴和外壳孔的配合、形位公差表面粗糙度,并标注在图 8-25 上。

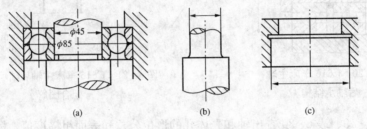

(a)　　　　　　　(b)　　　　　　　(c)

图 8-25　习题 8-10 图

实训项目　外螺纹中径的测量

实验课题	外螺纹中径的测量
实验目的	熟悉测量外螺纹中径的原理和方法
实验器材	外径千分尺,量针,螺纹千分尺,标准螺栓
实验内容与步骤	1. 用螺纹千分尺测量外螺纹中径 (1) 根据被测螺纹的螺距,选取一对测量头。 (2) 擦净仪器和被测螺纹,校正螺纹千分尺零位。 (3) 将被测螺纹放入两测量头之间,找正中径部位。 (4) 分别在同一截面相互垂直的两个方向上测量螺纹中径。取它们的平均值作为螺纹的实际中径,然后判断被测螺纹中径的适用性。 2. 用三针测量外螺纹中径 (1) 根据被测螺纹的螺距,计算并选择最佳量针直径。 (2) 在尺座上安装好杠杆千分尺和三针。 (3) 擦净仪器和被测螺纹,校正仪器零位。 (4) 将三针放入螺纹牙凹中,旋转杠杆千分尺的微分筒,使两端测量头与三针接触,然后读出尺寸 M 的数值。 (5) 在同一截面相互垂直的两个方向上测出尺寸 M,并按平均值用公式计算螺纹中径,然后判断螺纹中径的适用性。

数据记录与处理	1. 记录所用实验器材的规格型号。 2. 量针直径选取的计算过程。 3. 由测得的 M 值计算所测螺纹中径。 4. 分别测量的数据并求平均值。
结果分析	从教材中查出所测规格外螺纹的中径尺寸和公差，比较与测量值的差异，并对测量结果进行分析。
思考题	1. 用三针测量螺纹中径时，有哪些测量误差？ 2. 用三针测得的中径是否作用中径？ 3. 用三针测量螺纹中径的方法属于哪一种测量方法？为什么要选用最佳量针直径？
教师评语	

课题九　渐开线直齿圆柱齿轮的公差与检测

9.1　概　　述

齿轮传动是机器和仪器中最常用的传动形式之一，广泛应用于传递运动和动力的场合。齿轮传动的质量将影响到机器或仪器的工作性能、承载能力、使用寿命和工作精度。因此，现代工业中的各种机器和仪器对齿轮传动提出了多方面的要求，归纳起来主要有下面几点。

1）传递运动准确性。要求从动轮与主动轮运动协调，为此应限制齿轮在一转内传动比的不均匀。

2）传动平稳性。在传递运动的过程中，要求工作平稳，振动、冲击和噪声小，应限制在一齿范围内瞬时传动比的变化。

3）载荷分布均匀性。要求啮合轮齿齿宽均匀接触，在传递载荷时不致因接触不均匀使局部接触应力过大而导致过早磨损。

4）侧隙的合理性。为储存润滑油和补偿由于温度、弹性变形、制造误差及安装误差所引起的尺寸变动，防止齿轮卡住，在齿侧非工作面间应有一定的间隙，这就是齿侧间隙。

不同用途和不同工作条件下的齿轮，对上述四项要求的侧重点是不同的。读数装置和分度机构的齿轮，主要要求是传递运动的准确性，当需要可逆传动时，应对齿侧间隙加以限制，以减小反转时的空程误差。

对于低速重载齿轮，如矿山机械、起重机中的齿轮，主要要求载荷分布均匀性，而对传递运动准确性则要求不高。

对于高速重载齿轮，如汽轮机减速器中的齿轮，对传递运动准确性、传动平稳性和载荷分布均匀性要求都很高，而且要求有较大的侧隙以满足润滑需要。

通常的汽车、拖拉机及机床的变速箱齿轮往往主要考虑平稳性要求，以降低噪声。

9.2　单个齿轮的精度指标

齿轮是一个较为复杂的多参数几何形体，国家标准《渐开线圆柱齿轮精度》（GB/T 10095—2001）对单个齿轮齿廓的加工误差规定了17个控制参数。

9.2.1　影响传递运动准确性的因素及检验参数

（1）影响传递运动准确性的因素

根据齿轮啮合原理可以知道，齿轮齿距分布不均匀是回转中传动比变动的一个很重要的因素。由工艺分析可知，齿距分布不均匀主要是齿轮的安装偏心和运动偏心造成的。

安装偏心（也叫几何偏心），就是指齿坯安装在加工机床的心轴上后，齿坯的几何中心线和心轴中心线不重合，如图9-1所示。由于这种偏心的存在，使齿轮齿顶圆各处到心轴中心的距离不相等，从而造成加工后的齿轮一侧齿高增大（轮齿变得瘦尖），另一侧齿高减小（轮齿变得粗肥），如图9-2所示。

实际齿廓相对于机床心轴是均匀对称的，但相对齿轮本身的几何中心就有所偏移，而加工以后齿轮的工作、测量却是以其本身中心为基准。从图 9-2 可明显看出，在以 O' 为圆心的圆周上齿距是不相等的，齿距由最小逐渐变到最大，然后又逐渐变到最小，在齿轮一转中按正弦规律变化。如果将这种齿轮作为从动轮与理想齿轮相啮合，则从动轮将产生转角误差，从而影响传递运动的准确性。

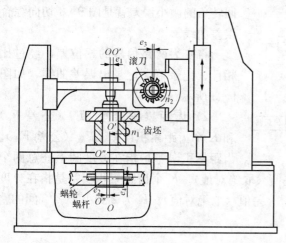

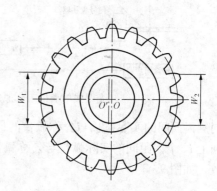

图 9-1　用滚齿机加工齿轮　　　　图 9-2　具有安装偏心误差的齿轮

　　由图 9-1 所示可知，滚齿时，由于机床分度蜗轮的偏心（e_2）会使工作台按正弦规律以一转为周期时快时慢地旋转，这种由分度蜗轮的角速度变化所引起的偏心误差称为运动偏心。运动偏心使被切轮齿在分度圆周上分布不均匀，齿距由最小逐渐变到最大，然后又逐渐变到最小，在齿轮一转中也按正弦规律变化。因此，运动偏心也影响传递运动的准确性。

　　需要说明的是，安装偏心使齿廓位置沿径向方向变动，称径向误差；运动偏心使齿廓位置沿圆周切线方向变动，称切向误差。前者与被加工齿轮的直径无关，仅取决于安装误差的大小；后者在齿轮加工机床精度一定时，将随齿坯直径的增加而增大。

　　（2）检验参数

　　为保证齿轮运动的准确性，特规定以下六个评定参数。

　　1）切向综合误差 $\Delta F'_i$（公差 F'_i）。切向综合误差是指被测齿轮与理想、精确的测量齿轮单面啮合时，在被测齿轮一转内的实际转角与公称转角之差的最大幅度值。该误差以分度圆弧长计值，如图 9-3 所示。

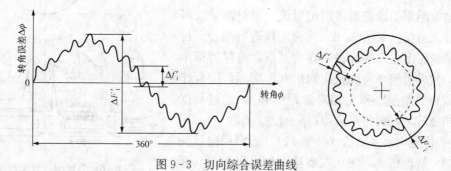

图 9-3　切向综合误差曲线

　　$\Delta F'_i$ 反映齿轮的安装偏心、运动偏心和基节偏差、齿形误差等的综合结果。$\Delta F'_i$ 的测量在单啮仪上进行（同时也可测得 $\Delta f'_i$）。光栅式单啮仪进行测量原理如图 9-4 所示。标准

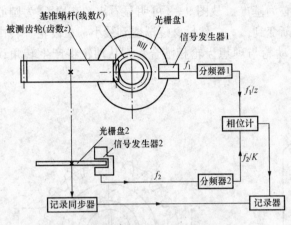

图 9-4　光栅式单啮仪工作原理

蜗杆与被测齿轮啮合，两者各带一个光栅盘和信号发生器，二者的角位移信号经分频器后变为同频信号。当被测齿轮有误差时，将使其回转角产生误差，此回转角的微小误差就是图 9-3 切向综合误差曲线。

将变为两路信号的相位差，经过比相计、记录器，记录出误差曲线，如图 9-3 所示。

2) 齿距累积误差 ΔF_p（公差 F_p）和 K 个齿距累积误差 ΔF_{pk}（公差 F_{pk}）。齿距累积误差是指在分度圆上任意两个同侧齿面间的实际弧长与公称弧长的最大差值（取绝对值）。K 个齿距累积误差是指在分度圆上 K 个齿距间的实际弧长与公称弧长的最大差值（取绝对值）。K 为 2 到小于 $Z/2$ 间的整数，如图 9-5 所示。

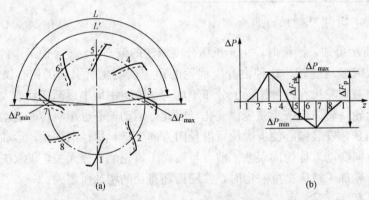

图 9-5　齿距累积误差

规定 ΔF_{pk} 主要是为了限制齿距累积误差集中在局部圆周上。

齿距累积差可以反映齿轮安装偏心、运动偏心等综合结果。

测量齿距累积误差通常用相对法。相对测量法可利用万能测齿仪（见图 9-6）或齿距仪进行测量。首先以被测齿轮上任一实际齿距作为基准，将仪器指示表调零，然后沿整个齿圈依次测出其他实际齿距与作为基准齿距的差值（称为相对齿距偏差），经过数据处理求出 ΔF_P（同时也可求得齿距偏差 Δf_{Pt}）。

3) 齿圈径向跳动 ΔF_r（公差 F_r）。齿圈径向跳动是指齿轮一转范围内，测头在齿槽内与齿高中部双面接触，测头相对于齿轮轴线的最大变动量，如图 9-7 所示。

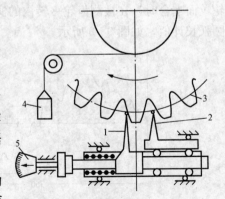

图 9-6　万能测齿仪测齿距
1—活动测头；2—固定测头；3—被测齿轮；
4—重锤；5—指示表

ΔF_r 可以反映安装偏心，但不能反映运动偏心，所以它不能完全反映齿轮传递运动的准确性。

ΔF_r 可以在齿圈径向跳动检查仪、万能测齿仪或普通偏摆检查仪上测量。

4）径向综合误差 $\Delta F''_i$（公差 F''_i）。径向综合误差是指在被测齿轮与理想精确的测量齿轮双面啮合时，在被测齿轮一转内双啮中心距的最大变动量。

$\Delta F''_i$ 主要反映齿轮的几何偏心，所以它也不能完全反映齿轮传递运动的准确性。

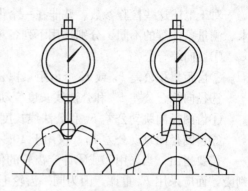

图 9-7　齿圈径向跳动

$\Delta F''_i$ 用双面啮合仪测量，如图 9-8（a）所示。被测齿轮 4 的轴线可浮动，测量齿轮 1 的轴线固定，在弹簧 2 的作用下两轮做双面啮合。若被测齿轮有几何偏心，在一转中双啮中心距会发生变化，连续记录其变化情况，可得如图 9-8（b）所示曲线（也可用指示表指示其变化范围），即可测得 $\Delta F''_i$（也可同时测得 $\Delta f''_i$）。

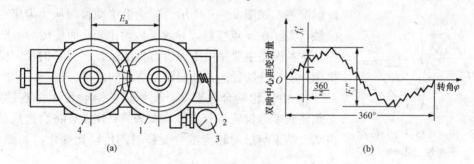

$$F''_i = E_{amax} - E_{amin}$$

图 9-8　用双啮仪测径向综合误差

1—测量齿轮；2—弹簧；3—指示表（或记录仪）；4—被测齿轮

5）公法线长度变动 ΔF_w（公差 F_w）。公法线长度变动是指在齿轮一转范围内实际公法线长度最大值与最小值之差。即 $\Delta F_w = W_{max} - W_{min}$，反映的是运动偏心，如图 9-9（a）所示。

ΔF_w 不能反映由安装偏心引起的径向误差，所以它也不能充分反映齿轮传递运动的准确性。

公法线长度变动 ΔF_w 可用公法线千分尺，如图 9-9（b）所示。或公法线指示卡规进行测量。

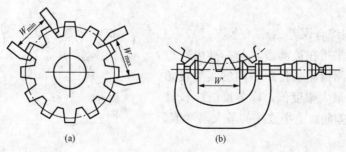

图 9-9　公法线长度变动及测量

对于上述这些检验参数，并非在一个齿轮设计中全部提出，而是根据生产类型、精度要求、测量条件等的不同，分别选用下列各项工作组（检验组）之一即可。

①切向综合公差 F_i'；

②齿距累积公差 F_p 或 K 个齿距累积公差 F_{pk}；

③径向综合公差 F_i'' 和公法线长度变动公差 F_w；

④齿圈径向跳动公差 F_r 和公法线长度变动公差 F_w；

⑤齿圈径向跳动公差 F_r（仅用于 10～12 级）。

需要指出，当采用③或④评定齿轮的传递运动准确性时，若有一项超差，不能将该齿轮判废，而应采用 F_p 重评，因为同一齿轮上安装偏心和运动偏心可能叠加，也可能抵消，如 $\Delta F_p \leqslant F_p$ 则判合格。

9.2.2　影响传动平稳性的因素及检验参数

（1）影响传动平稳性的因素

传动平稳性是反映齿轮瞬时传动比变化的，这里以一个轮齿来做分析。

1）只有理想的设计齿廓曲线（如渐开线），才能保持传动比不变。齿轮加工完后总存在齿形误差，如图 9 - 10 所示。理论上主动齿与从动齿应在 a 点接触，实际在 a' 点接触，导致了传动比变化而使传动不平稳。

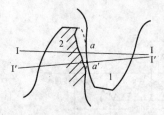

图 9 - 10　齿形误差对传动平稳性的影响

这种误差主要是由于切齿刀具的误差、刀具的径向跳动和机床分度蜗杆的径向及轴向跳动造成的。

2）由齿轮啮合原理知，要保证多对轮齿工作连续啮合，必须使两啮合齿轮基节相等，如基节有误差，将会造成前对轮齿啮合结束与后对轮齿啮合交替时的传动比变化，如图 9 - 11 所示。

当主动轮基节大于从动轮基节时，前对轮齿啮合完成而后对轮齿尚未进入，发生瞬间脱离，引起换齿撞击，如图 9 - 11（a）所示。主动轮基节小于从动轮基节时，前对轮齿啮合尚未完成，后对轮齿啮合已开始，从动轮转速加快，同样也引起换齿撞击、振动和噪声，影响传动平稳性，如图 9 - 11（b）所示。

由工艺分析知，基节偏差主要是由刀具的基节误差造成的，这种误差的实质是齿形的位置误差。

齿形误差使一对轮齿啮合时瞬时传动比发生变化；基节偏差是一对轮齿啮合结束与下对轮齿啮合交替时的传动比变化，它们的影响阶段不同，应把二者综合起来才能全面反映转一齿整个过程中的传动比变化。

（2）检验参数

1）一齿切向综合误差 $\Delta f_i'$（公差 f_i'）。一齿切向综合误差是指在被测齿轮与标准齿轮单面啮合时，在被测齿轮一齿距角内的实际转角与公称角之差的最大幅度值，以分度圆弧长计值。切向综合误差曲线上小波纹的最大幅度值，如图 9 - 3 所示。

$\Delta f_i'$ 综合反映转过一齿过程中齿廓各项局

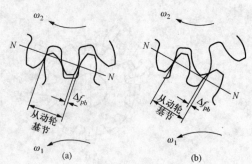

图 9 - 11　有基节偏差时的齿轮啮合

部误差对瞬时角位移的影响，用它评定齿轮传动的平衡性比较理想。

2）一齿径向综合误差 $\Delta f_i''$（公差 f_i''）。一齿径向综合误差是指被测齿轮与理想精确的测量齿轮双面啮合时，在被测齿轮一齿距角内的双啮中心距最大变动量径向综合误差曲线上小波纹的最大幅度值，如图 9 - 8 所示。

与 $\Delta f_i'$ 相同，$\Delta f_i''$ 也能综合反映一个齿距角内齿廓上各局部误差对瞬时角位移的影响，所以它也是评定齿轮传动平衡性的一个综合误差项目。但它不如 f_i' 精确，因其测量条件为双啮。

3）齿形误差 Δf_f（公差 f_f）。齿形误差是指在端截面上齿形工作部分内（齿顶倒棱部分除外）包容实际齿形，且距离为最小的两条设计齿形之间的法向距离，如图 9 - 12 所示。

通常齿形工作部分为理论渐开线。近代齿轮设计中，有时需要对理论渐开线做些修正，此时就应以修正齿形作为设计齿形。Δf_f 的测量可以在渐开线检查仪等仪器上进行。

4）基节偏差 Δf_{pb}（基节极限偏差 $\pm f_{pb}$）。基节偏差是指实际基节与公称基节之差，如图 9 - 13 所示。实际基节是指基圆柱切平面所截两相邻同侧齿面的交线之间的法向距离。

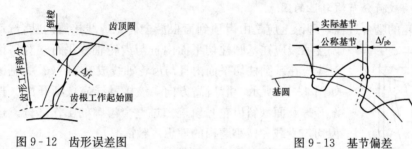

图 9 - 12　齿形误差图　　　　　　　　图 9 - 13　基节偏差

5）齿距偏差 Δf_{pt}（齿距极限偏差 $\pm f_{pt}$）。齿距偏差是指在分度圆上实际齿距与公称齿距之差，如图 9 - 14 所示。

齿距 P_t 和基节 P_b 之间有 $P_b = P_t \cos\alpha$ 的关系，微分则有

$$\Delta f_{pb} = \Delta f_{pt} \cos\alpha - p_t \Delta\alpha \cos\alpha$$

由此式可以看出，齿距偏差是基节偏差和齿形误差（齿形角误差的表现）的综合反映。基节和齿距偏差都可用万能测齿仪进行测量。

6）螺旋线波度误差 $\Delta f_{f\beta}$（公差 $f_{f\beta}$）。螺旋线波度误差是宽斜齿轮齿高中部实际齿线波纹的最大波幅，沿齿面法线方向计值，如图 9 - 15 所示。

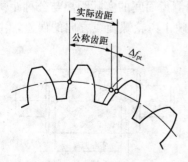

图 9 - 14　齿距偏差图

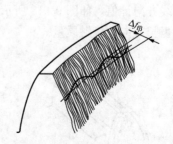

图 9 - 15　螺旋线波度误差

齿线是齿面与分度圆柱面的交线。通常，直齿轮的齿线为直线，斜齿轮的齿线为螺旋

线。设计齿线是指设计给定的齿线。在近代齿轮设计中，根据需要常将齿线进行修正，此时应以修正齿线作为设计齿线。

对这些检验参数，也并非要在一个齿轮设计中都提出。根据生产规模、齿轮精度、测量条件及工艺方法的不同，可分别提出下列各组之一。

①齿形公差 f_f 与基节极限偏差 $\pm f_{pt}$；

②齿形公差 f_f 与齿距极限偏差 $\pm f_{pf}$；

③一齿切向综合公差 f_i'（必要时加检 $\pm f_{pt}$）；

④一齿径向综合公差 f_i''（保证齿形精度时，一般用于 6～9 级）；

⑤齿距极限偏差 $\pm f_{pt}$ 与基节极限偏差 $\pm f_{pb}$（用于 9～12 级）；

⑥齿距极限偏差 $\pm f_{pt}$ 或基节极限偏差 $\pm f_{pb}$（用于 10～12 级）；

⑦螺旋线波度公差 $\pm f_{f\beta}$（用于轴向重合度 ε_β 大于 1.25 的 6 级及 6 级精度以上的斜齿轮或人字齿轮）。

9.2.3　影响载荷分布均匀性的因素及其检验参数

（1）影响载荷分布均匀性的因素

一对齿轮的啮合过程，理论上应是由齿顶到齿根沿全齿宽成线接触的啮合。对直齿轮，

图 9-16　接触线

该接触线应在基圆柱切平面内且与齿轮轴线平行；对斜齿轮，该接触线应在基圆柱切平面内且与齿轮轴线成 β_b 角（β_b 为基圆螺旋角），如图 9-16 所示。沿齿高方向，该接触线应按渐开面（直齿轮）或渐开螺旋面（斜齿轮）轨迹扫过整个齿廓的工作部分。这是齿轮轮齿均匀受载和减小磨损的理想接触情况。

当实际情况与上述不符时，如齿形误差、齿向误差的存在（齿形误差在平稳性要求项目已得到控制，主要是齿向误差），轮齿的方向会产生偏斜。齿轮加工时，齿坯定位端面的端面跳动、刀架导轨与心轴不平行等因素，都是产生轮齿偏斜的主要因素。

（2）检验参数

对影响齿轮承载均匀性的误差，国标规定了三个检验参数。

1）齿向误差 ΔF_β（公差 F_β）。齿向误差是指在分度圆柱面上齿宽有效部分范围内（端部倒角部分除外）包容实际齿线且距离为最小的两条设计齿线之间的端面距离，如图 9-17 所示。

2）轴向齿距偏差 ΔF_{px}（轴向齿距极限偏差 F_{px}）。轴向齿距偏差是指在与齿轮基准轴线平行且大约通过齿高中部的一条直线上任意两个同侧齿面间的实际距离与公称距离之差。它沿齿面法线方向计值，如图 9-18 所示。该误差反映了齿轮螺旋线方向的误差，主要影响宽斜齿轮沿齿长方向的接触质量。

图 9-17　齿向误差

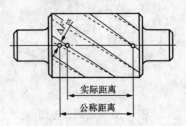

图 9-18　轴向齿距偏差

3) 接触线误差 ΔF_b（公差 F_b）。接触线误差是指在基圆柱的切平面内平行于公称接触线并包容实际接触线的两条直线间的法向距离，如图 9-19 所示。ΔF_b 全面反映了齿形误差和齿向误差，它是评定斜齿轮载荷分布均匀性的主要指标。

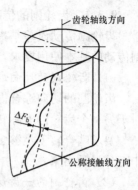

图 9-19　接触线误差

9.2.4　影响齿轮副侧隙的单个齿轮因素及检验参数

（1）影响侧隙的单个齿轮因素

具有公称齿厚的齿轮副在公称中心距下啮合时是无侧隙的。毫无疑问，齿厚是影响侧隙变动的重要因素（获取必要的侧隙，通常采用减薄齿厚的方法，切齿时加深切齿刀径向进给量）。此外，几何偏心与运动偏心也会引起齿厚不均匀，使齿轮工作时侧隙也不均匀。

（2）检验参数

国家标准规定评定齿厚的参数有两项。

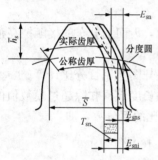

图 9-20　齿厚极限偏差与公差

1）齿厚偏差 ΔE_s（上偏差 E_{ss}、下偏差 E_{si}）。齿厚偏差是指在分度圆柱面上齿厚的实际值与公称值之差，如图 9-20 所示。对于斜齿轮则是指法向齿厚，可用齿厚游标卡尺进行测量。

2）公法线平均长度偏差 ΔE_{wm}（上偏差 E_{wms}、下偏差 E_{wmi}）

公法线平均长度偏差是指在齿轮一周内公法线平均长度与公称值之差，即

$$\Delta E_{wm} = \frac{W_1 + W_2 + \cdots + W_n}{z} - W_{公称}$$

式中　z——齿轮齿数。

齿轮公法线公称值按下式计算

$$W_{公称} = m\cos\alpha[\pi(n-0.5) + z \times \mathrm{inv}\alpha] + 2xm\sin\alpha$$

式中　x——径向变位系数；

$\mathrm{inv}\alpha$——α 角的渐开线函数，$\mathrm{inv}20° = 0.014\,904$；

n——测量时跨齿数，取整数，$\alpha = 20°$ 的标准齿轮 $n = \dfrac{z}{9} + 0.5$（四舍五入）。

为满足侧隙要求，应适当减薄齿厚，相应公法线长度必然减小。控制公法线平均长度偏差，实质上就是间接控制齿厚偏差。

由于齿轮存在运动偏心，致使在齿轮的分度圆上各处的公法线实际长度不等，且呈正弦规律变化，因此应取各处实际公法线长度的平均值，以排除运动偏心的影响。

需要指出，公法线平均长度偏差 ΔE_{wm} 与公法线长度变动 ΔF_w 具有完全不同的含义和作用。后者影响齿轮传递运动的准确性，测量时取 W_{max} 和 W_{min} 的差值，而无需知道公法线的公称长度。

9.3　齿轮副的精度和侧隙指标

在齿轮传动中，由两个相啮合的齿轮组成的基本机构称为齿轮副，齿轮副的误差可分为传动误差和安装误差。

9.3.1　齿轮副的传动误差和误差项目

齿轮副传动误差是指一对齿轮在装配后的啮合传动条件下测定的综合性误差。针对齿轮副传动的基本使用要求，国家标准对其传动误差规定了四项控制参数（误差项目）。

（1）齿轮副的切向综合误差 $\Delta F'_{ic}$（公差 F'_{ic}）

齿轮副的切向综合误差是指装配好的齿轮副，在啮合转动足够多的转数内，一个齿轮相对于另一个齿轮的实际转角与公称转角之差的最大幅度值，以分度圆弧长计值。

要求啮合转动足够多的转数是为了使一对啮合齿轮的误差在齿轮相对位置变化的全周期中充分显示出来。

（2）齿轮副的一齿切向综合误差 $\Delta f'_{ic}$（公差 f'_{ic}）

齿轮副的一齿切向综合误差是指装配好的齿轮副在啮合转动足够多的转数内，一个齿轮相对于另一个齿轮的一个齿距的实际转角与公称转角之差的最大幅度值，以分度圆弧长计值，即齿轮副切向综合误差记录曲线上小波纹的最大幅度值。

（3）齿轮副的接触斑点

齿轮副的接触斑点是指装配好的齿轮副在轻微制动下转动后，齿面上分布的接触擦亮痕迹，如图 9-21 所示。

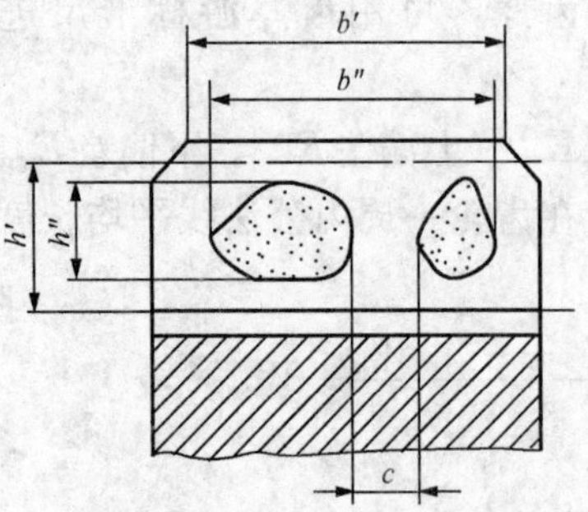

接触痕迹的大小在齿面展开图上用百分比计算。

沿齿长方向为接触痕迹的长度 b''（扣除超过模数值的断开部分 c）与工作长度 b' 之比的百分数，即

$$\frac{b''-c}{b'}\times100\%$$

沿齿高方向为接触痕迹的平均高度 h'' 与工作高度 h' 之比的百分数，即

$$\frac{h''}{h'}\times100\%$$

图 9-21　接触斑点

施加轻微制动是为了在啮合齿面间可靠地接触而又不致使轮齿产生明显弹性变形的状态下进行检验。

（4）齿轮副的侧隙及其评定指标

齿轮副的侧隙分为圆周侧隙和法向侧隙。

1）圆周侧隙 j_t（圆周最大极限侧隙 $j_{t,max}$、圆周最小极限侧隙 $j_{t,min}$）。圆周侧隙 j_t 是指装配好后的齿轮副，当一个齿轮固定，另一个齿轮的圆周晃动量。以分度圆弧长计值［见图 9-22（a）］。

2）法向侧隙 j_n（法向最大极限侧隙 $j_{n,max}$、法向最小极限侧隙 $j_{n,min}$）。法向侧隙 j_n 是指装配好后的齿轮副，当工作齿面接触时，非工作齿面之间的最短距离［见图 9-22（b）］。

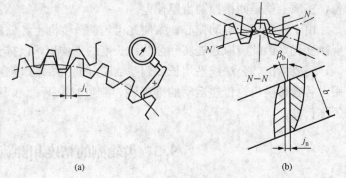

(a)　　　　　　　　(b)

图 9-22　齿轮副的侧隙
(a) 圆周侧隙；(b) 法向侧隙

圆周侧隙 j_t 和法向侧隙 j_n 之间的关系为

$$j_n = j_t\cos\beta_b\cos\alpha_t$$

式中　β_b——基圆螺旋角；

　　　α_t——端面齿形角。

9.3.2　齿轮副的安装误差和误差项目

为保证齿轮副的传动精度，标准还规定了两项专门控制齿轮副安装误差的项目。

（1）齿轮副轴线的平行度误差 Δf_x、Δf_y（公差为 f_x 和 f_y）

x 方向轴线的平行度误差 Δf_x 是指一对齿轮的轴线在其基准面 H 上投影的平行度误差，如图 9-23（a）所示。

y 方向轴线的平行度误差 Δf_y 是指一对齿轮的轴线在垂直于基准平面且平行于基准轴线的平面 V 上投影的平行度误差，如图 9-23（b）所示。

Δf_x 和 Δf_y 均在等于齿宽的长度上测量。

基准平面是包含基准轴线，并通过由另一轴线与齿宽中间平面相交的点所形成的平面。两条轴线中任何一条都可作为基准轴线。

（2）齿轮副的中心距偏差 Δf_a（中心距极限偏差 $\pm f_a$）

齿轮副的中心距偏差是指在齿轮副的齿宽中间平面内实际中心距与公称中心距之差，如图 9-24 所示。

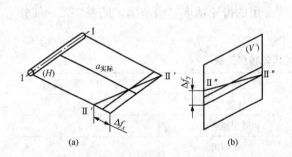

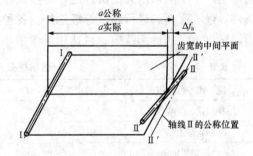

图 9-23　轴线的平行度误差　　　　　　图 9-24　齿轮副中心距偏差

Δf_a 将直接影响装配后齿侧间隙的大小，对轴线不可调节的齿轮传动必须予以控制。

9.4　渐开线圆柱齿轮精度标准及其应用

国家标准 GB/T 10095—2008《渐开线圆柱齿轮精度》是我国机械工业的一项重要基础标准。该标准规定了渐开线圆柱齿轮与齿轮副的误差定义，代号（如本章前面所述），精度等级、公差组与误差检验组、侧隙代号、齿坯精度等。该标准适用于平行轴传动、法向模数 $m_n \geq 1mm$，分度圆直径 $d \leq 4000mm$，有效齿宽 $< 630mm$ 的渐开线圆柱齿轮。当齿轮规格超过以上范围时，其公差可按有关公式计算。对于小模数齿轮（$m_n < 1mm$），则按 GB/T 2363—1990 的规定进行精度设计。

9.4.1　精度等级及其选择

齿轮和齿轮副有 12 个精度等级，从 1~12 级精度依次降低。目前，用机械加工的方法还难以得到 1 级和 2 级精度的齿轮，所以这两个精度等级是考虑到发展前景而规定的。3～5级属于高精度，6～8 级属于中等精度，9～12 级属于低精度。

用来评定齿轮精度的项目很多，按各项误差对齿轮传动性能的主要影响，将齿轮的各项公差分为Ⅰ、Ⅱ、Ⅲ三个公差组，见表 9-1。

表 9-1 齿 轮 的 公 差 组

公 差 组	公差与极限偏差项目	误差特性	对传动性能的主要影响
Ⅰ	F_i', F_p, F_{pk}, F_i'', F_r, F_w	以齿轮一转为周期的误差	传递运动的准确性
Ⅱ	f_i', f_i'', f_f, f_{pt}, f_{pb}, $f_{f\beta}$	在齿轮一转内，多次周期地重复出现的误差	传动的平稳性、噪声、振动
Ⅲ	F_β, F_b, F_{px}	齿线误差	载荷分布的均匀性

对某一种齿轮，三个公差组可选用相同的精度等级，也可根据齿轮传动的特点及其使用要求选用不同的精度等级。

齿轮精度等级的选用与齿轮的用途、工作条件及技术要求有关，如圆周速度、传递的功率、传递运动的精度、振动和噪声、工作持续时间、使用寿命等，并应考虑工艺的可能性和经济性。确定齿轮精度等级的方法同样有计算法、试验法和类比法。这里的计算法主要是根据传动链误差的传递规律或强度、振动等方面的理论来确定精度等级，详见有关资料。目前，生产中一般采用类比法选定，即参照经过实践验证的齿轮精度所适用的产品性能、工作条件等经验资料，进行精度等级选择。各种机械采用的齿轮精度等级范围，见表 9-2。部分齿轮精度等级的适用范围，供选用时参考，见表 9-3。

表 9-2 一些机械采用的齿轮精度等级

应 用 范 围	精 度 等 级	应 用 范 围	精 度 等 级
单啮仪、双啮仪	2～5	载重汽车	6～9
蜗轮减速器	3～5	通用减速器	6～8
金属切削机床	3～8	轧钢机	5～10
航空发动机	4～7	矿用绞车	6～10
内燃机车、电气机车	5～8	起重机	6～9
轻型汽车	5～8	拖拉机	6～10

表 9-3 圆柱齿轮精度等级的适用范围

精度等级	工作条件及应用范围	圆周速度 (m/s)		效 率	切齿方法	齿面的最后加工
		直齿	斜齿			
3级	用于特别精密的分度机构①或在最平稳且无噪声②的极高速下工作的齿轮传动中的齿轮；特别精密机构中的齿轮；特别高速传动的齿轮（透平传动）；检测 5、6 级的测量齿轮	>40	>75	不低于 0.99（包括轴承不低于 0.985）	在周期误差特小的精密机床上用展成法加工	特精密的磨齿和研齿，用精密滚刀或单边剃齿后的大多数不经淬火的齿轮

精度等级	工作条件及应用范围	圆周速度 (m/s)		效率	切齿方法	齿面的最后加工
		直齿	斜齿			
4级	用于特别精密的分度机构①或在最平稳且无噪声②的极高速下工作的齿轮传动中的齿轮；特别精密机构中的齿轮；高速透平传动的齿轮；检测7级齿轮的测量齿轮	>35	>70	不低于0.99（包括轴承不低于0.985）	在周期误差极小的精密机床上用展成法加工	精密磨齿，大多数用精密滚刀和研齿或单边剃齿
5级	用于精密分度机构①的齿轮或要求极平稳且无噪声②的高速工作的齿轮传动中的齿轮；精密机构用齿轮；透平传动的齿轮；检测8、9级的测量齿轮	>20	>40	不低于0.99（包括轴承不低于0.985）	在周期误差小的精密机床上用展成法加工	精密磨齿，大多数用精密滚刀加工，进而研齿或剃齿
6级	用于要求最高效率且无噪声②的高速下工作的齿轮传动或分度机构①的齿轮传动中齿轮；特别重要的航空、汽车用齿轮；读数装置中的特别精密的齿轮	~15	~30	不低于0.99（包括轴承不低于0.985）	在精密机床上用展成法加工	精密磨齿或剃齿
7级	在高速和适度功率或大功率和适度速度②下工作的齿轮；金属切削机床中需要运动协调性①的进给齿轮；高速减速器齿轮；航空、汽车以及读数装置用齿轮	~10	~15	不低于0.98（包括轴承不低于0.975）	在精密机床上用展成法加工	无须热处理的齿轮，仅用精确刀具加工，对于淬硬齿轮必须精整加工（磨齿、研齿、珩齿）
8级	无须特别精密的一般机械制造用齿轮；不包括在分度链中的机床齿轮；飞机、汽车制造业中不重要的齿轮；起重机构用齿轮；农业机械中的重要齿轮；通用减速器齿轮	~6	~10	不低于0.97（包括轴承不低于0.965）	用范成法或分度法（根据齿轮实际齿数设计齿形的工具）加工	齿不用磨，必要时剃齿或研齿
9级	用于粗糙工作的、不提正常精度要求的齿轮，因结构上考虑受载低于计算载荷的传动用齿轮	~2	~4	不低于0.96（包括轴承不低于0.95）	任何方法	无须特殊的精加工工序

①　第Ⅱ公差组的精度等级可以低一级。

②　若不是多级传动，则第Ⅰ公差组的精度等级可以低一级。

参考表 9-3 所列资料，按速度确定的齿轮精度等级是指第Ⅱ公组的精度等级，然后以此为基础参照前述原则确定第Ⅰ和第Ⅲ公差组的精度等级。

齿轮和齿轮副的精度等级确定以后，各级精度的各项公差的公差值可查表 9-4～表 9-14，这些表格是从 GB/T 10095—2008 的公差表格中摘录的。

表 9-4 　　　　齿距累积公差（F_p）及 K 个齿距累积公差（F_{pk}）值 　　　　μm

L （mm）		精 度 等 级				
大于	至	5	6	7	8	9
50	80	16	25	36	50	71
80	160	20	32	45	63	90
160	315	28	45	63	90	125
315	630	40	63	90	125	180
630	1000	50	80	112	160	224

注 　1. F_p 和 F_{pk} 按分度圆弧长 L 查表，查 F_p 时，取 $L=\dfrac{\pi d}{2}=\dfrac{\pi m_n Z}{2\cos\beta}$；查 F_{pk} 时，取 $L=\dfrac{K\pi m_n}{\cos\beta}$（$K$ 为 2 到小于 $\dfrac{Z}{2}$ 的整数）。

　2. 除特殊情况外，对于 F_{pk} 规定取 K 值为小于 $\dfrac{Z}{6}$ 或 $\dfrac{Z}{8}$ 的最大整数。

表 9-5 　　　　　　　　径向综合公差（F_i''）值 　　　　μm

分度圆直径 （mm）		法向模数 （mm）	精 度 等 级			
大于	至		6	7	8	9
—	125	≥1～3.5	36	50	63	90
		＞3.5～6.3	40	56	71	112
		＞6.3～10	45	63	80	125
125	400	≥1～3.5	50	71	90	112
		＞3.5～6.3	56	80	100	140
		＞6.3～10	63	90	112	160
400	800	≥1～3.5	63	90	112	140
		＞3.5～6.3	71	100	125	160
		＞6.3～10	80	112	140	180

表 9-6 　　　　　　　　齿圈径向圆跳动（F_r）值 　　　　μm

分度圆直径 （mm）		法向模数 （mm）	精 度 等 级			
大于	至		6	7	8	9
—	125	≥1～3.5	25	36	45	71
		＞3.5～6.3	28	40	50	80
		＞6.3～10	32	45	56	90
125	400	≥1～3.5	36	50	63	80
		＞3.5～6.3	40	56	71	100
		＞6.3～10	45	63	86	112

续表

分度圆直径（mm）		法向模数（mm）	精度等级			
大于	至		6	7	8	9
400	800	≥1～3.5	45	63	80	100
		>3.5～6.3	50	71	90	112
		>6.3～10	56	80	100	125

表9-7　　　　　公法线长度变动公差（F_w）值　　　　　μm

分度圆直径（mm）		精度等级				
大于	至	5	6	7	8	9
—	125	12	20	28	40	50
125	400	16	25	36	50	71
400	800	20	32	45	63	90

表9-8　　　　　一齿径向综合公差（f_i''）值　　　　　μm

分度圆直径（mm）		法向模数（mm）	精度等级			
大于	至		6	7	8	9
—	125	≥1～3.5	14	20	28	36
		>3.5～6.3	18	25	36	45
		>6.3～10	20	28	40	50
125	400	≥1～3.5	16	22	32	40
		>3.5～6.3	20	28	40	50
		>6.3～10	22	32	45	56
400	800	≥1～3.5	18	25	36	45
		>3.5～6.3	20	28	40	50
		>6.3～10	22	32	45	56

表9-9　　　　　齿形公差（f_f）值　　　　　μm

分度圆直径（mm）		法向模数（mm）	精度等级				
大于	至		5	6	7	8	9
—	125	≥1～3.5	6	8	11	14	22
		>3.5～6.3	7	10	14	20	32
		>6.3～10	8	12	17	22	36
125	400	≥1～3.5	7	9	13	18	28
		>3.5～6.3	8	11	16	22	36
		>6.3～10	9	13	19	28	45
400	800	≥1～3.5	9	12	17	25	40
		>3.5～6.3	10	14	20	28	45
		>6.3～10	11	16	24	36	56

表 9 - 10　　　　　　　　　　基节极限偏差（±f_{pb}）值　　　　　　　　　μm

分度圆直径（mm）		法向模数（mm）	精 度 等 级				
大于	至		5	6	7	8	9
—	125	≥1～3.5	5	9	13	18	25
		>3.5～6.3	7	11	16	22	32
		>6.3～10	8	13	18	25	36
125	400	≥1～3.5	6	10	14	20	30
		>3.5～6.3	8	13	18	25	36
		>6.3～10	9	14	20	30	40
400	800	≥1～3.5	7	11	16	22	32
		>3.5～6.3	8	13	18	25	36
		>6.3～10	10	16	22	32	45

注　对6级及高于6级的精度，在一个齿轮的同侧齿面上，最大基节与最小基节之差，不允许大于基节单向极限偏差数值。

表 9 - 11　　　　　　　　　　齿距极限偏差（±f_{pt}）值　　　　　　　　　μm

分度圆直径（mm）		法向模数（mm）	精 度 等 级				
大于	至		5	6	7	8	9
—	125	≥1～3.5	6	10	14	20	28
		>3.5～6.3	8	13	18	25	36
		>6.3～10	9	14	20	28	40
125	400	≥1～3.5	7	11	16	22	32
		>3.5～6.3	9	14	20	28	40
		>6.3～10	10	16	22	32	45
400	800	≥1～3.5	8	13	18	25	36
		>3.5～6.3	9	14	20	28	40
		>6.3～10	11	18	25	36	50

表 9 - 12　　　　　　　　　　齿向公差（$F_β$）值　　　　　　　　　μm

齿轮宽度（mm）		精 度 等 级			
大于	至	6	7	8	9
—	40	9	11	18	28
40	100	12	16	25	40
100	160	16	20	32	50

表 9 - 13　　　　　　　　　　接 触 斑 点

接触斑点	精 度 等 级			
	6	7	8	9
按高度不小于（%）	50（40）	45（35）	40（30）	30
按长度不小于（%）	70	60	50	40

注　1. 接触斑点的分布位置应趋近齿面中部，齿顶和两端部棱边处不允许接触；
　　2. 括号内数值，用于轴向重合度 $ε_β$>0.8 的斜齿轮。

表 9 - 14 中心距极限偏差（±f_a）

第Ⅱ公差组精度等级	5～6	7～8	9～10
f_a	$\frac{1}{2}$IT7	$\frac{1}{2}$IT8	$\frac{1}{2}$IT9

还有如下 9 个齿轮公差项目尚未制订出公差表格，需要时可按下列计算式计算：

$$F_i' = F_p + f_f$$
$$f_i' = 0.6(f_{pt} + f_f)$$
$$f_{f\beta} = f_i' \cos\beta(\beta \text{为分度圆螺旋角})$$
$$F_{px} = F_\beta$$
$$F_b = F_\beta(\text{按接触线长度查表})$$
$$F_{ic}' = F_{i1}' + F_{i2}'$$
$$f_{ic}' = f_{i1}' + f_{i2}'$$
$$f_x = F_\beta$$
$$f_y = \frac{1}{2}F_\beta$$

9.4.2 公差组的检验组及其选择

因各公差组中的公差项目所控制的误差性质是相同的，所以只要在每一个公差组中选出一项或数项公差标在齿轮工作图样上，就可以保证齿轮传动精度。将每一个公差组中所选出的最少，但又能控制齿轮传动精度要求的公差组合称为齿轮检验组，见表 9 - 15。

表 9 - 15 公差组的检验组

公差组	检 验 组						
Ⅰ	1	2	3	4	5	6	
	F_i'	F_p 与 F_{pk}	F_p	F_i'' 与 F_w[①]	F_r 与 F_w[②]	F_r[⑥]	
Ⅱ	1	2	3	4	5	6	7
	f_i'[②]	f_f 与 $\pm f_{pb}$	f_f 与 $\pm f_{pt}$	$f_{f\beta}$[③]	f_i''[④]	$\pm f_{pt}$ 与 $\pm f_{pb}$[⑤]	$\pm f_{pt}$ 与 $\pm f_{pb}$[⑥]
Ⅲ	1	2	3	4			
	F_β	F_b[⑦]	F_{px} 与 f_t[⑧]	F_{px} 与 f_b[⑧]			

① 当其中有一项超差时，应按 F_p 检定和验收齿轮的精度。

② 需要时，可加检 f_{pb}。

③ 用于轴向重合度 $\varepsilon_\beta > 1.25$，6 级及 6 级精度以上的斜齿轮或人字齿轮。

④ 要保证齿形要求。

⑤ 仅用于 9～12 级。

⑥ 仅用于 10～12 级。

⑦ 仅用于轴向重合度 $\varepsilon_\beta \leq 1.25$，齿线不做修正的斜齿轮。

⑧ 仅用于轴向重合度 $\varepsilon_\beta > 1.25$，齿线不做修正的斜齿轮。

各种齿轮精度等级所选用的检验组组合列于表 9 - 16 中。

表 9 - 16　　　　　　　　　　　　检 验 组 组 合

公差组	精 度 等 级						
	3～8级	3～6级	7～8级	5～8级	5～9级	·9级	10～12级
I	F_i'	F_p 与 F_{pk}	F_p	F_r 与 F_w	F_i'' 与 F_w	F_r 与 F_w	F_r
II	f_i'	f_f 与 $\pm f_{pb}$ 或 f_f 与 $\pm f_{pt}$ 或 $f_{f\beta}$ [3]	f_f 与 $\pm f_{pb}$ 或 f_f 与 $\pm f_{pt}$		f_i''	$\pm f_{pt}$ 与 $\pm f_{pb}$	$\pm f_{pt}$ 与 $\pm f_{pb}$
III	F_β 或 F_b	F_β 或 F_b 或 F_{pk} 与 F_b				F_β 或 F_b	
侧隙	E_{wms}　E_{wmi}				E_{wms}　E_{wmi} 或 E_{ss}　E_{si}		

9.4.3　齿坯公差与箱体公差的确定

齿轮传动的制造精度与安装精度在很大程度上取决于齿坯和箱体的精度。若这两方面达不到相应的要求，也难保证齿轮传动的互换性。

（1）齿坯精度

包括齿轮内孔、顶圆、齿轮轴的定位基准面和安装基准面的精度以及各工作表面的粗糙度要求。

齿轮内孔与轴颈常常作为加工、测量和安装基准，按齿轮精度对它们的尺寸和位置也提出一定的精度要求。标准规定见表 9 - 17。

表 9 - 17　　　　　　　　　　　　齿 坯 公 差

齿轮精度等级[1]		6	7	8	9
孔	尺寸公差、形状公差	IT6	IT7		IT8
轴	尺寸公差、形状公差	IT5	IT6		IT9
顶圆直径[2]		IT8			IT9
分度圆直径（mm）		齿坯基准面径向和端面圆跳动（μm）			
大于	至	精 度 等 级			
		6	7	8	9
—	125	11	18	18	28
125	400	14	22	22	36
400	800	20	32	32	50

①　当三个公差组的精度等级不同时，按最高的精度等级确定公差值。

②　当齿顶圆不作测量齿厚基准时，尺寸公差按 IT11 给定，但不大于 0.1mm；当以齿顶圆作基准时，齿坯基准面径向圆跳动就指齿顶圆的径向圆跳动。

齿轮顶圆在加工时也常作安装基准（尤其是单件生产或尺寸较大的齿轮），或以它作为测量基准（如测齿厚），而使用时又以内孔或齿轮轴线为基准，这种基准不一致会影响传递运动的准确性，故对齿顶圆直径及其径向圆跳动都提出一定的精度要求，见表 9 - 17。

端面在加工时常作定位基准，如前所述它与轴线不垂直就会产生齿向误差，因此对基准端面也必须提出一定的位置公差要求，见表 9 - 17。

齿轮各主要表面的粗糙度与齿轮的精度等级有关，见表 9 - 18。

表 9-18			齿轮各表面的粗糙度推荐值				μm
精度等级 粗糙度（Ra）	6		7		8	9	
齿面	0.63～1.25		1.25	2.5	5（2.5）	5	10
齿面加工方法	磨或珩齿		剃或珩齿	精滚或精插	滚或插	滚	铣
基准孔	1.25		1.25～2.5			5	
基准轴颈	0.63		1.25			2.5	
基准端面	2.5～5					5	
顶圆	5						

注　当三个公差组的精度等级不同时，按最高的精度等级确定 Ra 值。

（2）箱体公差

前述的安装轴线的平行度及中心距偏差，对传动载荷分布均匀性及侧隙都有很大的影响，因此，对箱体安装齿轮轴的孔中心线及中心距必须提出一定的精度要求。依据生产经验，箱体中心距公差 f'_a 取 $\pm 0.8 f_a$；而 $f_{x箱}$ 和 $f_{y箱}$ 可按标准值 f_x、f_y 给出。

9.4.4　齿轮副的侧隙及其确定

（1）齿轮副正常工作所要求的最小法向侧隙 $j_{n,min}$

齿轮副的侧隙按齿轮的工作条件决定，与齿轮的精度等级无关。在传动工作中温度有较大升高的齿轮，为保证正常润滑，避免发热卡死，要求有较大的法向侧隙。对于需正反转或读数机构中的齿轮，为避免空程影响，则要求较小的法向侧隙。设计选定的最小法向侧隙 $j_{n,min}$ 应足以补偿齿轮传动时温度升高而引起的变形，并保证正常的润滑。

为补偿温升引起变形所需的最小侧隙量 j_{n1} 由下式计算：

$$j_{n1} = a(\alpha_1 \Delta t_1 - \alpha_2 \Delta t_2)2\sin\alpha_n$$

式中　　a——齿轮副中心距，mm；

α_1、α_2——齿轮和箱体材料的线膨胀系数；

α_n——齿轮法向啮合角；

Δt_1、Δt_2——齿轮和箱体工作温度与标准温度之差，标准温度为 20℃。

为保证正常润滑，所需的最小侧隙量 j_{n2} 取决于润滑方式和齿轮的工作速度。用油池润滑时，$j_{n2}=(5～10)m_n$。用喷油润滑时，对于低速传动（圆周速度 $v\leqslant 10m/s$），$j_{n2}=10m_n$；对于中速传动（$10m/s < v\leqslant 25m/s$），$j_{n2}=20m_n$；对于高速传动（$25m/s < v\leqslant 60m/s$），$j_{n2}=30m_n$；对于超高速传动（$v > 60m/s$），$j_{n2}=(30～50)m_n$。m_n 为法向模数。

齿轮副的最小法向侧隙应为

$$j_{n,min} = j_{n1} + j_{n2}$$

（2）侧隙的获得方法和齿厚极限偏差代号

获得侧隙的方法有两种，一种是基齿厚制，即固定齿厚的极限偏差，通过改变中心距的基本偏差来获得不同的最小极限侧隙。这种方法用在中心距可调的情况下。另一种方法是基中心距制，即固定中心距的极限偏差，通过改变齿厚的上偏差来得到不同的最小极限侧隙。后一种方法是国家标准采用的。

国家标准规定了 14 种齿厚极限偏差的数值，并用 14 个大写英文字母表示，如图 9-25

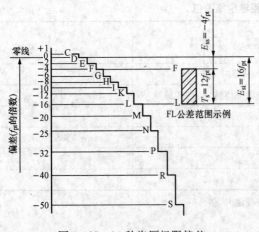

图 9-25　14 种齿厚极限偏差

所示。

每种代号所表示的齿厚偏差值以齿距极限偏差（f_{pt}）值的倍数表示。

(3) 齿厚极限偏差的确定

在上述 14 种齿厚极限偏差中选取合适的代号组合。选取前先要根据齿轮副工作所要求的最小侧隙 $j_{n,min}$ 等，计算出齿厚的上偏差 E_{ss}，然后根据切齿时的进刀误差、能引起齿厚变化的齿圈径向跳动等，再算出齿厚的公差 T_s，最后再算出齿厚的下偏差 E_{si}。具体计算方法如下：

$$E_{ss} = -\left(f_a \tan\alpha_n + \frac{j_{n,min} + K}{2\cos\alpha_n} \right)$$

式中　f_a——齿轮副中心距极限偏差；

α_n——法向齿形角；

K——齿轮加工和安装误差所引起的法向侧隙减小量。

$$K = \sqrt{(f_{pb1})^2 + (f_{pb2})^2 + 2.104 F_\beta^2}$$

齿厚公差为

$$T = \sqrt{F_r^2 + b_r^2} \cdot 2\tan\alpha_n$$

式中　F_r——齿圈径向跳动公差；

b_r——切齿径向进刀公差。

b_r 值按齿轮第 I 公差组的精度级决定，当第 I 公差组精度为 4 级时，$b_r = 1.26 IT7$；5 级时，$b_r = IT8$；6 级时，$b_r = 1.26 IT8$；7 级时，$b_r = IT9$；8 级时，$b_r = 1.26 IT9$；9 级时，$b_r = IT10$。b_r 值按齿轮分度圆直径查表确定。于是，齿厚的下偏差为 $E_{si} = E_{ss} - T_s$。

将算出的齿厚上、下偏差分别除以齿距极限偏差 f_{pt}，再按所得的商值从图 9-25 中选取相应的齿厚偏差代号。如果侧隙要求严格，而齿厚极限偏差又不能正好以国家标准所规定的 14 个代号表示时，允许直接用数字表示。

(4) 公法线平均长度极限偏差的计算

公法线平均长度的极限偏差是反映齿厚减薄量的另一种形式。由于测量公法线长度比测量齿厚方便、准确，而且还能在评定侧隙的同时测公法线长度的变动来评定传递运动的准确性，所以在设计时，通常将齿厚的上、下偏差分别换算成公法线平均长度的上、下偏差（E_{wms}，E_{wmi}），其换算式为

对外齿轮

$$E_{wms} = E_{ss}\cos\alpha_n - 0.72 F_r \sin\alpha_n$$
$$E_{wmi} = E_{si}\cos\alpha_n + 0.72 F_r \sin\alpha_n$$

对内齿轮

$$E_{wms} = E_{si}\cos\alpha_n - 0.72 F_r \sin\alpha_n$$
$$E_{wmi} = -E_{ss}\cos\alpha_n + 0.72 F_r \sin\alpha_n$$

公法线平均长度极限偏差与齿厚极限偏差、公差带的关系如图 9-26 和图 9-27 所示。

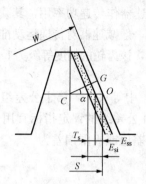

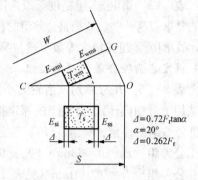

图 9-26　齿厚、公法线关系　　　　　　图 9-27　齿厚、公法线公差带关系

9.4.5　齿轮精度与侧隙的标注

在齿轮零件图上应标注齿轮的精度等级和齿厚极限偏差的字母代号。

以下为标注示例。

1）齿轮的三个公差组精度同为 7 级，其齿厚上偏差为 F，下偏差为 L，标注为

$$7FL \quad GB/T \ 10095{-}2008$$

2）齿轮第 I 公差组精度为 7 级，第 II 公差组精度为 6 级，第 III 公差组精度为 6 级，齿厚上偏差为 G，下偏差为 M，标注为

$$7{-}6{-}6 \ GM \ GB/T \ 10095{-}2008$$

3）齿轮的三个公差组精度同为 4 级，其齿厚上偏差为 $-330\mu m$，下偏差为 $-495\mu m$，标注为

$$4{-}^{0.330}_{0.495} \quad GB/T \ 10095{-}2008$$

[例 9-1]　某直齿圆柱齿轮减速器，其传递的功率为 5kW，高速轴转速 $n=700r/min$，齿轮的模数 $m=3mm$，齿形角 $\alpha=20°$，小齿轮为轴齿轮，齿数 $Z_1=20$，齿宽 $b=60mm$，大齿轮齿数 $Z_2=79$。该减速器为小批生产，试确定小齿轮的精度等级、检验组、齿厚极限偏差代号、侧隙及其评定指标和齿坯、箱体公差及主要表面粗糙度，并画出齿轮工作图。齿轮的材料为 45 钢，线胀系数 $\alpha_1=11.5\times10^{-6}℃^{-1}$；箱体的材料为铸铁，线胀系数 $\alpha_2=11.5\times10^{-6}℃^{-1}$；在传动工作时，齿轮的温度 $t_1=45℃$，箱体的温度 $t_2=30℃$。

解　由题目条件得

小齿轮分度圆直径

$$d_1=mz_1=3\times20=60(mm)$$

大齿轮分度圆直径

$$d_2=mz_2=3\times79=237(mm)$$

中心距

$$a=m\frac{z_1+z_2}{2}=3\times\frac{20+79}{2}=148.5(mm)$$

（1）**确定齿轮精度等级**

传递动力的齿轮一般可按其分度圆的圆周速度来确定第 II 公差组的精度等级。齿轮的圆周速度为

$$v=\pi d_1 n=3.14\times60\times10^{-3}\times700=131.9(m/min)=2.2(m/s)$$

　　参考表 9-3，第Ⅱ公差组精度等级选用 8 级。考虑到该减速器作传递功率用，其载荷分布均匀性的要求应高一些，故第Ⅲ公差组的精度等级选用 7 级；一般减速器对传递运动准确性要求不高，故第Ⅰ公差组的精度等级可选与第Ⅱ公差组相同。因此，该齿轮的精度等级为 8-8-7。

　　(2) 确定各齿轮公差组的检验组

　　参考表 9-16，并考虑到该齿轮为小批生产，中等精度，中等尺寸，第Ⅰ公差组的评定指标可选用 F_p。由于第Ⅰ公差组的评定指标选用了 F_p，第Ⅱ公差组的评定指标宜用 $\pm f_{pt}$ 和 f_f。第Ⅲ公差组的评定指标选用 F_β。各公差组检验项目的公差值或极限偏差为

　　第Ⅰ公差组　$F_p = 0.063$mm（见表 9-4）

　　第Ⅱ公差组　$f_f = 0.014$mm（见表 9-9）

　　　　　　　　$f_{pt} = \pm 0.020$mm（见表 9-11）

　　第Ⅲ公差组　$F_\beta = 0.016$mm（见表 9-12）

　　(3) 确定最小极限侧隙及齿厚极限偏差代号

　　1) 确定最小极限侧隙，由补偿热变形所需的侧隙

$$j_{n1} = a(\alpha_1 \Delta t_1 - \alpha_2 \Delta t_2) 2\sin\alpha$$
$$= 148.5 \times (11.5 \times 10^{-6} \times 25 - 10.5 \times 10^{-6} \times 10) \times 0.684$$
$$= 0.019 \text{(mm)}$$

保证正常润滑条件所需侧隙

$$j_{n2} = 10 m_n = 30(\mu m) = 0.030 \text{(mm)}$$

最小极限侧隙

$$j_{n,min} = j_{n1} + j_{n2} = (0.019 + 0.030)\text{(mm)} = 0.049 \text{(mm)}$$

　　2) 选择齿厚上偏差代号，查表 9-10 得 $f_{pb1} = \pm 0.018$mm，$f_{pb2} = \pm 0.020$mm 则

$$K = \sqrt{f_{pb1}^2 + f_{pb2}^2 + 2.104 F_\beta^2}$$
$$= \sqrt{0.018^2 + 0.020^2 + 2.104 \times 0.016^2}$$
$$= 0.0355 \text{(mm)}$$

由查表 9-14 得，$f_a = \dfrac{\text{IT8}}{2} = \dfrac{0.063}{2} = 0.0315$mm 则

$$E_{ss} = -\left(f_a \tan\alpha + \frac{j_{n,min} + K}{2\cos\alpha}\right) = -\left(0.0315 \times \tan 20° + \frac{0.049 + 0.0355}{2\cos 20°}\right)$$
$$= 0.056 \text{(mm)}$$

将计算得到的齿厚上偏差除以 f_{pt} 得

$$\frac{E_{ss}}{f_{pt}} = -\frac{0.056}{0.020} = -2.8$$

查图 9-25 得齿厚上偏差代号 $E = -2f_{pt}$，$F = -4f_{pt}$。

　　为保证最小极限侧隙要求，取齿厚上偏差代号为 F，即齿厚上偏差为

$$E_{ss} = 4 f_{pt} = -4 \times 0.020 = -0.080 \text{(mm)}$$

　　3) 选择齿厚下偏差代号，查表 9-6 得 $F_r = 0.045$mm。

　　由第Ⅰ公差组 8 级时 $b_r = 1.26\text{IT}9 = 1.26 \times 0.074 = 0.093$（mm）（按分度圆直径 60mm 查 IT9 级得 0.074mm）

　　则齿厚公差为

$$T_s = \sqrt{F_r^2 + b_r^2} \times 2\tan\alpha = \sqrt{0.045^2 + 0.093^2} \times 2\tan20°$$

$$= 0.075(\text{mm})$$

由计算得齿厚下偏差为

$$E_{si} = E_{ss} - T_s = -0.080 - 0.075 = -0.155(\text{mm})$$

将计算得到的齿厚下偏差除以 f_{pt}，得

$$\frac{E_{si}}{f_{pt}} = -\frac{0.155}{0.020} = -7.75$$

查图 9-25 得齿厚下偏差代号为 H，即齿厚下偏差为

$$E_{si} = -8f_{pt} = -8 \times 0.020 = -0.160(\text{mm})$$

4) 确定侧隙评定指标，中等精度齿轮侧隙评定指标选用 E_{wms}、E_{wmi}。

由公法线平均长度极限偏差为

上偏差

$$E_{wms} = E_{ss}\cos\alpha - 0.72F_r\sin\alpha = -0.080\cos20° - 0.72 \times 0.045\sin20°$$

$$= -0.086(\text{mm})$$

下偏差

$$E_{wmi} = E_{si}\cos\alpha + F_r 0.72\sin\alpha$$

$$= -0.160\cos20° + 0.72 \times 0.045\sin20°$$

$$= -0.139(\text{mm})$$

跨齿数 k 为

$$k = z \cdot \frac{\alpha}{180} + 0.5 = 20 \times \frac{20°}{180} + 0.5 = 2.7$$

取 $k=3$，则公法线长度公称值 W 为

$$W = m[1.476(2k-1) + 0.014z]$$

$$= 3[1.476 \times (2 \times 3 - 1) + 0.014 \times 20]$$

$$= 22.980(\text{mm})$$

得公法线长度的标注为 $22.980_{-0.139}^{-0.086}$。

（4）确定齿坯公差

由于该轴齿轮的基准 $\phi40$mm 轴颈及 $\phi50$mm 的端面也是安装轴承的轴颈及端面，故其精度不仅与齿轮的加工精度有关，而且与轴承的配合精度也有关。因此，该处的精度应按两者中要求较高的一方来确定。按齿坯公差：查表 9-17，$\phi40$mm 轴颈的公差等级为 IT6；基准端面的径向圆跳动公差为 0.018mm，但该端面圆跳动公差指的是齿轮分度圆直径处的跳动。故应将它折算到 50mm 的端面上，即 50mm 端面圆跳动为

$$0.018 \times \frac{50}{60} = 0.015\text{mm}$$

按轴颈与轴承内圈的配合：查表 9-17，$\phi40$mm 轴颈的公差应为 j6，$\phi50$mm 端面圆跳动为 0.012mm。

比较两者，取 $\phi40$mm 轴颈的公差带为 j6，$\phi50$mm 端面圆跳动为 0.012mm。

齿顶圆不作为基准，按表 9-17，其直径的公差带为 h11（即 $\phi66_{-0.190}^{0}$）。

（5）齿轮主要表面的表面粗糙度

查表 9-18，齿轮表面粗糙度 $Ra \leqslant 1.25\mu$m，其余各表面粗糙度 Ra 值参照图 9-28。

法向模数	m_n	3
齿数	z	20
齿形角	α	$20°$
径向变位系数	x	0
齿厚	公法线长度及偏差	$22.980^{-0.086}_{-0.139}$
	跨测齿数 k	3
精度等级	$8-8-7FH$ GB/T 10095—2001	
齿轮副中心距	$a±f_a$	$148.5±0.0315$
配对齿轮	图号	
	齿数	79
公差组	检验项目代号	公差
第 I 公差组	F_p	0.063
第 II 公差组	F_{pt}	±0.020
	f_f	0.014
第 III 公差组	f_β	0.016
标题栏		

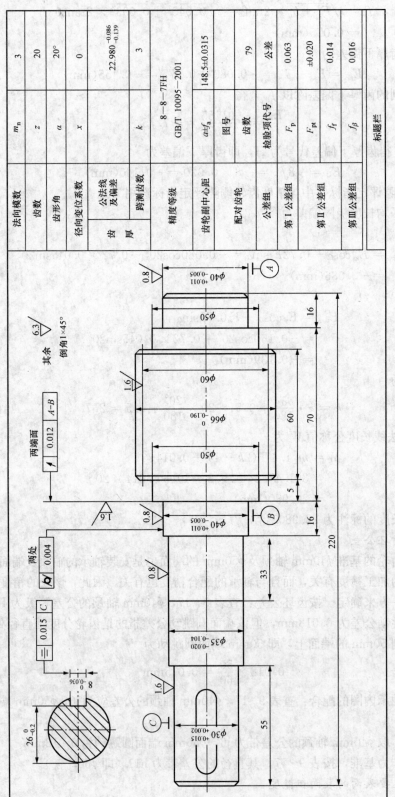

图 9 - 28　齿轮工作图

(6) 齿轮工作图

(7) 箱体公差

由表 9-14，齿轮副安装误差的公差值为

齿轮副中心距极限偏差

$$f_a = \pm 0.0315 \text{mm}$$

由表 9-12 齿向公差

$$F_\beta = 0.016 \text{mm}$$

齿轮副轴线平行度公差

$$f_x = F_\beta = 0.016 \text{(mm)}$$

$$f_y = \frac{1}{2} F_\beta = 0.008 \text{(mm)}$$

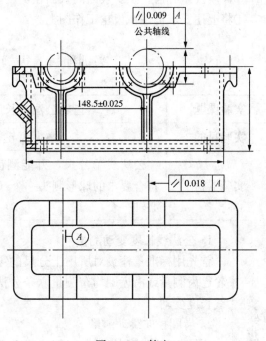

参照图 9-28，箱体的支承间距

$$L = 60 + 2(5 + 8) = 86 \text{(mm)}$$

箱体孔轴线平行度公差 f_x'，f_y'

由箱体孔心距极限偏差 f_a'，分别为

$$f_a' = \pm 0.8 \times 0.0315 = \pm 0.025 \text{(mm)}$$

$$f_x' = 0.8 f_x L / b = 0.8 \times 0.016 \times 86/60$$

$$= 0.018 \text{(mm)}$$

$$f_y' = 0.8 f_y L / b = 0.8 \times 0.008 \times 86/60$$

$$= 0.009 \text{(mm)}$$

箱体公差的标注见图 9-29 箱座图。

图 9-29 箱座

习 题

9-1 齿轮传动的使用要求有哪些？影响这些使用要求的主要误差是哪些？它们之间有何关系？

9-2 齿圈向跳动 ΔF_r 与径向综合误差有何不同？

9-3 切向综合误差与径向综合误差 $\Delta F_i''$ 同属综合误差，它们之间有何不同？

9-4 为什么单独检测齿圈径向跳动 ΔF_r 或公法线长度变动 ΔF_w 不能充分保证齿轮传递运动的准确性？

9-5 齿轮副的侧隙是如何形成的？影响齿轮副侧隙大小的因素有哪些？

9-6 公法线长度变动 ΔF_w 与公法线平均长度偏差 ΔE_{wm} 有何区别？

9-7 选择齿轮精度等级时应考虑哪些因素？

9-8 齿轮精度标准中，为什么规定检验组？合理地选择检验组应考虑哪些问题？

9-9 规定齿坯公差的目的是什么？齿坯公差主要有哪些项目？

9-10 某卧式车床进给系统中的一直齿圆柱齿轮，传递功率 $P = 3 \text{kW}$，最高转速 $n = 700 \text{r/min}$，模数 $m = 2 \text{mm}$，齿数 $z = 40$，齿形角 $\alpha = 20°$，齿宽 $B = 15 \text{mm}$，齿轮内孔直径 $d = 32 \text{mm}$，齿轮副中心距 $a = 120 \text{mm}$。齿轮的材料为钢，线胀系数 $\alpha_1 = 11.5 \times 10^{-6}/°C$；箱体材料为铸铁，线胀系数 $\alpha_2 = 10.5 \times 10^{-6}/°C$。齿轮和箱体的工作温度分别为 60°C 和 40°C。生产

类型为小批生产。试确定:

    ①齿轮的精度等级和齿厚极限偏差的代号;

    ②齿轮精度评定指标和侧隙指标的公差或极限偏差的数值;

    ③齿坯公差和齿轮主要表面的表面粗糙度;

    ④将上述要求标注在齿轮工作图上。

实训项目　齿轮精度检测

实验课题	齿轮公法线长度变动测量和齿圈径向跳动测量
实验目的	掌握齿轮精度参数的意义和测量方法
实验器材	公法线千分尺,万能测齿仪(或偏摆检查仪)及测量 ΔF_r 的附件,符合要求的球形测头一个(或量棒一个),能与被测齿轮孔配合的标准心轴一个。
实验步骤与内容	1. 公法线长度变动测量 　首先用标准量棒校对所用千分尺的零位。根据跨齿数 n 按图 9-9 所示对被测齿轮逐齿测量或沿齿圈均布测量六条公法线长度,取最大值 W_{max} 与 W_{min} 之差为公法线长度变动。 　2. 齿圈径向跳动测量 　测量前,将被测齿轮无间隙地装于标准心轴上,并将心轴安装在万能测齿仪(或偏摆检查仪)顶尖间。应无轴向窜动,但可转动自如。测量时,将球形测头(或量棒)逐齿伸入齿槽中,从千分表中读取测量数据,沿齿圈测量一周,其最大值与最小值之差即为齿圈径向跳误差 ΔF_r。也可用测得的数据描点作图求 ΔF_r。如图 9-7 所示,横轴为齿序 n,纵轴为指示表读数 i,折线上最高点与最低点在纵轴方向上的距离为 ΔF_r。
数据记录与处理	1. 公法线长度变动测量 计算所测齿轮的公法线长度,记录公法线长度变动测量数据。 2. 齿圈径向跳动测量 制表记录测量数据,按数据画 ΔF_r—齿序图。
结果分析	1. 公法线的计算数据和测量数据的差异原因; 2. ΔF_r 的查表数据和测量数据的差异原因。
思考题	1. 公法线长度变动对齿轮使用有何影响? 2. ΔF_r 产生的原因是什么? 它对齿轮传动有何影响?
教师评语	

课题十 尺寸链的运用

10.1 概 述

在机械产品设计时，除了需要进行强度、刚度等计算和考虑加工工艺外，通常还需进行精度设计。同样，为了使机械产品能顺利装配，并达到预期使用性能，也需设计有关零部件间的几何精度。它们的关系可以用尺寸链来计算和处理。

10.1.1 基本术语

（1）尺寸链

尺寸链是指在机器装配或零件加工过程中，由相互连接的尺寸形成封闭的尺寸组。

在图 10-1 中，车床尾座顶尖轴线和主轴轴线的同轴度 A_0 是车床的主要标注之一。影响该指标的尺寸是：导轨面到主轴轴线的中心高 A_1、尾座顶尖轴线的中心高 A_3 和尾座垫块厚度 A_2。这四个连接尺寸构成封闭的尺寸组，即尺寸链。

如图 10-2 所示的阶梯轴，在加工右侧小端面后，按 A_1 尺寸车削台阶，再按 A_2 切断零件，此时 A_0 也随之而定。这样 A_0、A_1、A_2 尺寸构成尺寸链。

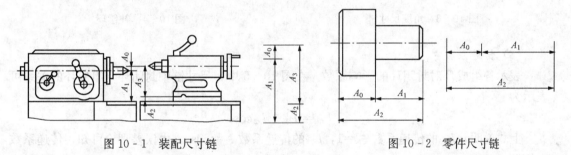

图 10-1 装配尺寸链   图 10-2 零件尺寸链

如图 10-3 所示的轴承座，左端面对座底面的角度 α_0 的（垂直度）大小受左端面对孔轴线角度 α_1 和孔轴线对底面角度 α_2（平行度）的影响，这三个角度尺寸也组成一个尺寸链。

（2）环

列入尺寸链中的每一个尺寸、角度，均称为该尺寸链的环。环可以分为封闭环和组成环。

（3）封闭环

加工或装配过程中最后自然形成的尺寸称为封闭环。如图 10-1 和图 10-2 中的 A_0 和图 10-3 中的 α_0。一个尺寸链中只有一个封闭环。

（4）组成环

尺寸链中对封闭环有影响的全部环均称为组成环。这些环中任一环的变化必然引起封闭环的变动。

（5）增环

尺寸链中的组成环，由于该环的变动引起封闭环同向变动，该组成环称为增环。同向变动是指该环增大时，封闭环尺寸也增大，该环减小时，封闭环尺寸也减小。如图 10-1 中的 A_2、A_3 和图 10-2 中的 A_2 及图 10-3 中的 α_1、α_2。

（6）减环

尺寸链中的组成环，由于该环的变动引起封闭环反向变动，该组成环称为减环。反向变动是指该环增大时，封闭环尺寸反而减小，该环减小时，封闭环尺寸增大，如图 10 - 1 和图 10 - 2 中的 A_1。

（7）补偿环

在尺寸链中预先选定某一组成环，通过改变该环的大小或位置可以使封闭环达到规定要求。如图 10 - 4 所示的 L_2，通过改变该环的尺寸，可以使轴承间隙 L_0 达到合适的值。

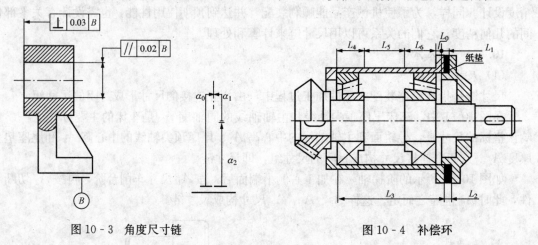

图 10 - 3 角度尺寸链   图 10 - 4 补偿环

（8）传递系数 ξ

表示各组成环对封闭环的影响系数。在图 10 - 5 中，尺寸链中封闭环与组成环的关系可表示为

$$L_0 = L_1 + L_2 \cos\alpha$$

上式说明，L_1 的传递系数 $\xi_1 = 1$，L_2 的传递系数 $\xi_2 = \cos\alpha$。由误差理论可知，传递系数由 $\dfrac{\partial f}{\partial L_i}$ 表示，即传递系数等于封闭环的函数对某一组成环求偏导数。若将上式中的 L_0 分别对 L_1、L_2 求偏导数，则可得到 $\dfrac{\partial L_0}{\partial L_1} = 1$，$\dfrac{\partial L_0}{\partial L_2} = \cos\alpha$。

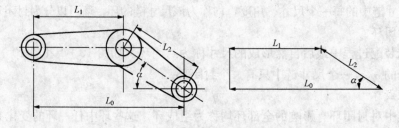

图 10 - 5 传递系数

10.1.2 尺寸链的分类

（1）按应用范围，尺寸链可分为

1）装配尺寸链：全部组成环为不同零件设计尺寸所形成的尺寸链。这种尺寸链用于组

成机器零部件有关尺寸的精度关系，如图 10-1 所示。

2）零件尺寸链：全部组成环为同一零件设计尺寸所形成的尺寸链，如图 10-2 所示。

3）工艺尺寸链：全部组成环为同一零件工艺尺寸所形成的尺寸链。工艺尺寸是指工序尺寸、定位尺寸和基准尺寸。

（2）按尺寸链各环所在空间位置，尺寸链可分为

1）直线尺寸链：全部组成环平行于封闭环的尺寸链，如图 10-1 和图 10-2 所示。

2）平面尺寸链：各组成环位于同一平面或几个平行平面内，但某些组成环不平行于封闭环的尺寸链，如图 10-5 所示。

3）空间尺寸链：组成环位于几个不平行平面内的尺寸链。

（3）按几何特征，尺寸链可分为

1）长度尺寸链：尺寸链中各环均为长度尺寸，如图 10-1、图 10-2 和图 10-5 所示。

2）角度尺寸链：全部环为角度尺寸的尺寸链。角度尺寸链常用于分析和计算机械结构中零件的位置精度，如平行度、垂直度、同轴度等，如图 10-3 所示。

10.1.3 尺寸链的建立

（1）环的代号

在尺寸链分析计算中，为了方便起见，通常不画出零部件的具体结构，只将各环依次连接（见图 10-1、图 10-2、图 10-5 的右图），而且尺寸也不必严格按比例绘制。环的代号中长度环用大写的拉丁字母 A、B、C、$\cdots$ 表示，角度环用小写希腊字母 α、β、γ、$\cdots$ 表示；在同一尺寸链中常用同一字母，但在封闭环的右下角标 "0"，组成环右下角标 i（$i=1$、2、3、$\cdots$）以示区别。

（2）装配尺寸链的建立

1）确定封闭环。封闭环的特征是最后自然形成的，应抓住这个特点。同轴度误差 A_0 是在主轴箱、尾座垫块和尾座安装于床身后最后自然形成的；如图 10-1 所示的轴向间隙 L_0 是在轴、轴承、轴承座、垫片和端盖装配后自然形成的；图 10-2 所示的 A_0 是在加工了 A_1 和 A_2 后自然形成的。

装配尺寸链的封闭环通常就是装配技术要求，在一个尺寸链中只有一个封闭环。

2）查找组成环。确定了封闭环后，在封闭环的任意一端开始，依次找出对封闭环有影响的零件尺寸，直到与封闭环另一端连接为止。

当结构简单时，较容易做到；当结构复杂时，需要在充分了解部件或机器的结构和功能的基础上，认真查找，才不致出错。

在一个尺寸链中，最少有两个组成环；在组成环中，可能只有增环没有减环，但不可能只有减环而没有增环。

3）画出尺寸链图。明确了尺寸链后，为了清楚表达，还需用规定的代号，按各环的实际顺序绘制尺寸链图。如图 10-1～图 10-3 和图 10-5 中的右图。

10.1.4 尺寸链计算的类型

尺寸链计算是指计算尺寸链中的各环的基本尺寸和极限偏差。

1）正计算。已知各组成环的基本尺寸和极限偏差，求封闭环的基本尺寸和极限偏差。

用于验证设计的正确性，又叫校核计算。

2）反计算。已知封闭环的极限尺寸和各组成环的基本尺寸，求各组成环的极限偏差。常用于设计机器或零件时，合理地确定各部件或零件上各尺寸的极限偏差，即根据设计的精度要求，进行公差分配。

3）中间计算。已知封闭环和部分组成环的基本尺寸和极限偏差，求某一组成环的基本尺寸和极限偏差。它常用于工艺设计，如基准的换算、工序尺寸的确定等。

10.2　装配尺寸链的解算

10.2.1　解算装配尺寸链的方法

按产品设计要求、结构特点、生产批量和条件，可以采用不同的方法，达到封闭环或组成环的公差要求。

1）完全互换法。按此方法计算、加工的全部零件，装配时各组成环不需挑选或改变其大小或位置，装配后即能满足封闭环的公差要求。

2）大数互换法。按此方法计算、加工的绝大部分零件，装配时各组成环不需挑选或改变其大小或位置，装配后即能满足封闭环的公差要求。按大数互换法计算，在相同的封闭环公差条件下，可使各组成环公差扩大，从而获得良好的技术经济效益，也较科学、合理。但应有适当的工艺措施，以排除或恢复超出公差范围或极限偏差的个别零件。

3）修配法。装配时去除补偿环的部分材料以改变其实际尺寸，使封闭环达到其公差或极限偏差要求。

4）调整法。装配时用调整的方法改变补偿环的实际尺寸或位置，使封闭环达到其公差或极限偏差要求。

5）分组法。先按完全互换法计算各组成环的公差和极限偏差，再将各组成环的公差扩大若干倍，得到经济可行的公差后再加工，然后按完工零件的实际尺寸分组，根据大配大、小配小的原则，进行装配，达到封闭环的公差要求。这样同组内零件可互换，不同组的零件不具备互换性。

本课题重点介绍完全互换法和大数互换法。

10.2.2　基本公式（以下是直线尺寸链）

1）封闭环的基本尺寸。封闭环的基本尺寸 L_0 等于所有组成环的尺寸与传递系数之积的和

$$L_0 = \sum_{i=1}^{m} \xi_i L_i$$

式中　L_i——各组成环的基本尺寸；

　　　m——组成环数；

　　　ξ_i——传递系数，ξ_i 为增环时，取 $+1$，ξ_i 为减环时，取 -1。

2）封闭环的中间偏差。封闭环的中间偏差 Δ_0 等于所有组成环的中间偏差与传递系数之积的和

$$\Delta_0 = \sum_{i=1}^{m} \xi_i \Delta_i$$

式中　Δ_i——各组成环的中间偏差。

3）封闭环的公差。封闭环的公差 T_0 等于所有组成环的公差之和

按完全互换法

$$T_0 = \sum_{i=1}^{m} T_i$$

按大数互换法

$$T_0 = \sqrt{\sum_{i=1}^{m} T_i^2}$$

式中　T_i——各组成环公差。

4）封闭环的极限偏差

$$ES_0 = \Delta_0 + \frac{T_0}{2}$$

$$EI_0 = \Delta_0 - \frac{T_0}{2}$$

5）组成环的中间偏差

$$\Delta_i = \frac{ES_i + EI_i}{2}$$

6）组成环的极限偏差

$$ES_i = \Delta_i + \frac{T_i}{2}$$

$$EI_i = \Delta_i - \frac{T_i}{2}$$

7）各环的极限尺寸

$$L_{i\max} = L_i + ES_i$$
$$L_{i\min} = L_i + EI_i$$

8）各环的公差

$$T_i = a_{av} i_i$$

式中　a_{av}——各组成环的平均等级系数；

　　　i_i——第 i 个组成环的公差单位（见表 10 - 1）。

按完全互换法

$$a_{av} = \frac{T_0}{\sum\limits_{i=1}^{m} i_i}$$

按大数互换法

$$a_{av} = \frac{T_0}{\sqrt{\sum\limits_{i=1}^{m} i_i^2}}$$

表 10 - 1　　　　　　　　　　公 差 单 位 数 值

尺寸段（mm）	1～3	>3～6	>6～10	>10～18	>18～30	>30～50	>50～80	>80～120	>120～180	>180～250
i（μm）	0.54	0.73	0.90	1.08	1.31	1.56	1.86	2.17	2.52	2.90

　　按完全互换法求封闭环 A_0 的基本尺寸：不必套用公式，甚至不必考虑增环、减环，利用"距离"的概念，有已知求未知即可；求封闭环 A_0 的上下偏差思路：A_0 的上偏差，即 A_0 最大时，增环也应该最大，对应各自的上偏差，对 A_0 有"正贡献"，俗话说"有一是一"；此时，减环应该最小，对应各自的下偏差，对 A_0 有"负贡献"，是"有一减一"。根据以上思路，总结为口诀"增增上减减下"（增环加上偏差，减环减下偏差）。同理，A_0 的下偏差，总结为口诀"增增下减减上"，将口诀合并为"A_0 的上下偏差，增增上减减下，上下颠倒另一半"。

10.2.3　装配尺寸链的解算

（1）设计计算

设计计算是根据封闭环的极限尺寸和组成环的基本尺寸来确定各组成环的公差和极限偏差，最后再进行校核计算。

[例 10 - 1]　如图 10 - 6（a）所示轴和齿轮的连接图，各件之间的轴向间隙总量为 0.1～0.4mm。已知 $L_1 = 30$mm，$L_2 = L_5 = 4$mm，$L_3 = 41$mm，L_4 是标准件，其尺寸 $L_4 = 3_{-0.05}^{\ 0}$mm。用完全互换法设计各组成环的公差和极限偏差。

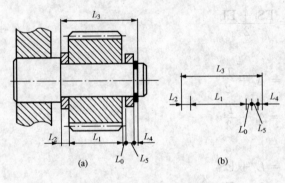

图 10 - 6　设计计算尺寸链

解　1）确定封闭环，查找组成环，画出尺寸链图。

由于轴向间隙是装配时最后自然形成的，所以它是封闭环。然后依次寻找和封闭环相连的组成环，最后画出尺寸链图，如图 10 - 6 所示。在尺寸链图中，L_3 为增环，$\xi_3 = 1$；L_1、L_2、L_4、L_5 为减环，所以 $\xi_1 = \xi_2 = \xi_4 = \xi_5 = -1$

2）封闭环的基本尺寸

$$L_0 = \sum_{i=1}^{5} \xi_i L_i = 41 - 30 - 4 - 4 - 3 = 0$$

封闭环为

$$L_0 = 0_{+0.10}^{+0.40}$$

3）计算组成环的公差。由题中已知条件可得，L_1 尺寸的公差为

$$T_1 = 0.40 - 0.10 = 0.30(\text{mm})$$

各组成环的平均公差为

$$a_{\text{av}} = \frac{T_0}{\displaystyle\sum_{i=1}^{5} i_i} = (0.3 \times 1000)/(1.31 + 0.73 + 0.73 + 1.56 + 0.54) = 61.6(\mu\text{m})$$

查公差计算公式表，确定组成环的公差等级最低为 IT9（按等精度），按 $T_i = 40i_i$ 得

$$T_1 = 40 \times 1.31(\mu\text{m}) = 0.052(\text{mm})$$

$$T_2 = T_5 = 40 \times 0.73(\mu\text{m}) = 0.030(\text{mm})$$

$$T_3 = 40 \times 1.56(\mu\text{m}) = 0.062(\text{mm})$$

$$T_4 = 0.05(\text{mm})$$

4）计算组成环的极限偏差。根据"体内原则"，L_1、L_2、L_5 均为轴的尺寸，取 L_3 为调整环。所以各组成环（L_3 除外）的极限偏差和中差可定为

$$L_1 = 30_{-0.052}^{\ 0}\text{mm}, \quad L_2 = L_5 = 4_{-0.053}^{\ 0}\text{mm}, \quad L_4 = 3_{-0.05}^{\ 0}\text{mm}$$

$$\Delta_0 = 0.250\text{mm}, \quad \Delta_1 = -0.026\text{mm}, \quad \Delta_2 = \Delta_5 = -0.015\text{mm}, \quad \Delta_4 = -0.025\text{mm}$$

根据 $\Delta_0 = \sum\limits_{i=1}^{5} \xi_i\Delta_i$ 可得

$$\Delta_3 = 0.250 + (-0.026 - 0.015 - 0.025 - 0.015) = 0.169(\text{mm})$$

$$\text{ES}_3 = \Delta_3 + \frac{T_3}{2} = 0.169 + \frac{0.062}{2} = +0.200(\text{mm})$$

$$\text{EI}_3 = \Delta_3 - \frac{T_3}{2} = 0.169 - \frac{0.062}{2} = +0.138(\text{mm})$$

所以 $L_3 = 41_{+0.138}^{+0.200}$ mm。

5）校核

$$\sum_{i=1}^{5} T_i = T_1 + T_2 + T_3 + T_4 + T_5$$

$$= 0.052 + 0.03 + 0.062 + 0.05 + 0.03$$

$$= 0.224(\text{mm}) < 0.300\text{mm}$$

结果满足要求（封闭环的上下偏差校核从略）。

[例 10 - 2] 已知条件同上例，试用大数互换法设计各组成环的公差和极限偏差。

解 1）、2）同例 10 - 1；

3）计算组成环公差

$$a_{\text{av}} = \frac{T_a}{\sqrt{\sum\limits_{i=1}^{m} i_i^2}} = (0.3 \times 1000)/\sqrt{1.31^2 + 0.73^2 + 0.73^2 + 1.56^2 + 0.54^2} = 127.8$$

查公差计算公式表，确定组成环的公差等级为 IT11（按等精度），按 $T = 100i$

$T_1 = 100 \times 1.31$（μm）$= 0.131$（mm），$T_2 = T_5 = 100 \times 0.73$（$\mu$m）$= 0.073$（mm），$T_3 = 100 \times 1.56$（$\mu$m）$= 0.156$（mm），$T_4 = 0.05$（mm）。

4）计算组成环的极限偏差。取 A_3 为调整环，其余各组成环的极限偏差为

$$A_1 = 30_{-0.131}^{\ 0}\text{mm}, \quad A_2 = A_5 = 4_{-0.073}^{\ 0}\text{mm}, \quad A_4 = 3_{-0.05}^{\ 0}\text{mm},$$

$$\Delta_0 = 0.250\text{mm}, \quad \Delta_2 = -0.066\text{mm}, \quad \Delta_2 = \Delta_5 = -0.073\text{mm}, \quad \Delta_4 = -0.025\text{mm}$$

根据 $\Delta_0 = \sum\limits_{i=1}^{5} \xi_i\Delta_1$ 可得

$$\Delta_3 = 0.250 + (-0.066 - 0.037 - 0.025 - 0.037) = 0.085(\text{mm})$$

$$\text{ES}_3 = \Delta_3 + \frac{T_3}{2} = 0.085 + \frac{0.156}{2} = +0.163(\text{mm})$$

$$\text{EI}_3 = \Delta_3 - \frac{T_3}{2} = 0.085 - \frac{0.156}{2} = +0.007(\text{mm})$$

所以 $A_3 = 41_{+0.007}^{+0.163}$ mm。

5）校核

$$\sqrt{\sum_{i=1}^{m} T_i^2} = \sqrt{0.131^2 + 0.073^2 + 0.073^2 + 0.156^2 + 0.05^2}$$

$$=0.234(\text{mm}) < 0.300\text{mm}$$

结果满足要求（封闭环的上下偏差校核从略）。

（2）校核计算

校核计算主要应用于已知各组成环的基本尺寸和极限偏差，设计或验算封闭环的基本尺寸和极限偏差。

［例 10 - 3］ 如图 10 - 7 所示的齿轮箱部件图。根据设计要求，齿轮和挡圈之间的间隙为 $0.1 \sim 0.6\text{mm}$。在设计时，确定了各零件的基本尺寸和极限偏差：$L_1 = 80^{+0.30}_{+0.10}\text{mm}$，$L_2 = 60^{0}_{-0.020}\text{mm}$，$L_3 = 20^{0}_{-0.20}\text{mm}$。试用大数互换法和完全互换法验算该设计是否能保证间隙要求。

解 1）确定封闭环，查找组成环，画出尺寸链图，见图 10 - 7 （b）。轴向间隙 L_0 为封闭环；L_1 为增环，$\xi_1 = 1$；L_2、L_3 为减环 $\xi_2 = \xi_3 = -1$。

2）封闭环的基本尺寸

$$L_0 = \sum_{i=1}^{3} \xi_i L_i = 80 - 60 - 20 = 0(\text{mm})$$

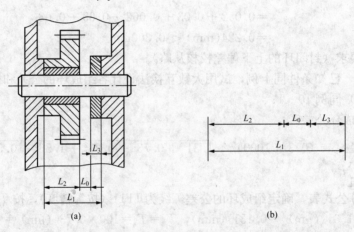

图 10 - 7 齿轮箱部件的校核计算尺寸链

3）封闭环的中间偏差

$$\Delta_0 = \sum_{i=1}^{3} \xi_i \Delta_i = 0.20 + 0.10 + 0.10 = 0.31(\text{mm})$$

4）封闭环的公差

按大数互换法

$$T_0 = \sqrt{\sum_{i=1}^{3} T_i^2} = \sqrt{0.2^2 + 0.02^2 + 0.2^2} = 0.284(\text{mm})$$

按完全互换法

$$T_0 = \sum_{i=1}^{3} T_i = 0.2 + 0.02 + 0.2 = 0.42(\text{mm})$$

5）校核封闭环的极限偏差

按大数互换法

$$ES_0 = \Delta_0 + \frac{T_0}{2} = 0.31 + \frac{0.284}{2} = +0.452\,(\text{mm})$$

$$EI_0 = \Delta_0 - \frac{T_0}{2} = 0.31 - \frac{0.284}{2} = +0.168\,(\text{mm})$$

$L_0 = 0^{+0.452}_{+0.168}$，即 L_0 的最大极限尺寸为 0.452，最小极限尺寸为 0.168，在 0.1～0.6mm 范围内，按大数互换法完全能保证轴向间隙。

按完全互换法

$$ES_0 = \Delta_0 + \frac{T_0}{2} = 0.31 + 0.21 = +0.52\,(\text{mm})$$

$$EI_0 = \Delta_0 - \frac{T_0}{2} = 0.31 - 0.21 = +0.10\,(\text{mm})$$

$L_0 = 0^{+0.52}_{+0.10}$，即 L_0 的最大极限尺寸为 0.52，最小极限尺寸为 0.10，在 0.1～0.6mm 范围内，按完全互换法也能保证轴向间隙。

习 题

10-1 锥齿轮减速箱部件图，如图 10-4 所示。保证轴承端盖和右轴承的间隙为 0.1～0.6mm，$L_1 = 6$mm、$L_3 = 90$mm、$L_5 = 45$mm、L_4、L_6 是标准件轴承的宽度，$L_4 = L_6 = 20^{\ 0}_{-0.05}$mm，$L_2$ 是补偿环，用来调整轴向间隙。试用完全互换法和大数互换法确定补偿环的基本尺寸、极限偏差和其他组成环的极限偏差。

10-2 曲轴、连杆和衬套等零件装配图，如图 10-8 所示。装配的后要求间隙为 $A_0 = 0.1～0.2$mm，而图样设计时 $A_1 = 150^{+0.016}_{\ 0}$mm，$A_2 = A_3 = 75^{-0.02}_{-0.06}$，试验算设计图样给定零件的极限尺寸是否合理。

10-3 套类零件，如图 10-9 所示。按图样注出的尺寸 $10^{\ 0}_{-0.36}$ 加工时不易测量，现改为控制大孔深度和 $50^{\ 0}_{-0.060}$ 尺寸，从而保证 $10^{\ 0}_{-0.36}$，为了保证图纸要求，试计算大孔深度的基本尺寸和偏差。

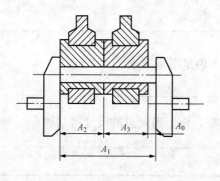

图 10-8 习题 10-2 图

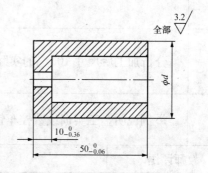

图 10-9 习题 10-3 图

实训项目　加工中尺寸链的解算和验证

实验课题	常用量具的使用
实验目的	掌握加工中尺寸链的解算
实验器材	卡尺、千分尺、工件，车床

<table>
<tr>
<td rowspan="1">实验步骤与内容</td>
<td>

　　1. 按图示要求加工中要保证 $10^{+0.1}_{0}$ 和 $20^{+0.2}_{0}$，实际加工中通过测量 $\phi30$ 孔深和 $20^{+0.2}_{0}$ 尺寸来间接保证 $10^{+0.1}_{0}$，画出尺寸链图；

　　2. 解尺寸链求 $\phi30$ 孔深的基本尺寸和偏差；

　　3. 按解出值加工零件，加工过程中用卡尺测量孔深；

　　4. 加工完成卸下零件，用千分尺再测量 $10^{+0.1}_{0}$ 是否满足图纸要求。 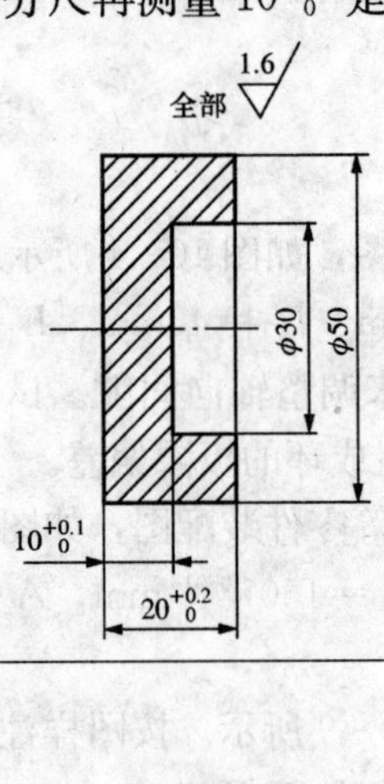

</td>
</tr>
<tr>
<td colspan="2">

全部 $\sqrt{}$ 1.6

$\phi30$　$\phi50$

$10^{+0.1}_{0}$

$20^{+0.2}_{0}$

</td>
</tr>
</table>

数据记录与处理	1. 尺寸链计算过程； 2. 加工后尺寸 $10^{+0.1}_{0}$ 的实际尺寸。
结果分析	分析加工后尺寸 $10^{+0.1}_{0}$ 的实际尺寸是否满足图纸要求。
思考题	举例说明金工实训或数控车铣等实训中，你还遇到过的尺寸链问题。
教师评语	

参 考 文 献

[1] 汪恺主编．机械工业基础标准应用手册．北京：机械工业出版社，2001．

[2] 廖念钊等编著．互换性与技术测量．第5版．北京：中国计量出版社，2007．

[3] 王伯平主编．互换性与技术测量．北京：机械工业出版社，2000．

[4] 温松明主编．互换性与测量技术基础．长沙：湖南大学出版社，1998．

[5] 黄云清主编．公差配合与测量技术．北京：机械工业出版社，2000．

[6] 陈于萍主编．互换性与测量技术基础．北京：机械工业出版社，2002．

[7] 甘永立主编．几何量公差与检测．上海：上海科学技术出版公司，2005．